Peter H. Jamin

Der Sieg der Taube

Peter H. Jamin

Der Sieg der Taube

Roman

Grupello

Ich danke für die Unterstützung ...
... Bruni und Stefan Gebauer-Huys, Karin und Burkhard Gellesch, Ilka Göbel, Oliver Hohengarten, Werner Kister, Thomas Klefisch, Yelka und Michael Lentz, Kathrin Lenzer, Edeltraut Plug, Jens Prüss, Jürgen Schneider, Jürgen Spreemann und Familie, Reinhild Verburg-Köhler und vielen Freunden und Fremden für Hinweise, Anregungen und Informationen.

Die Deutsche Bibliothek – CIP-Einheitsaufnahme

Jamin, Peter H.:
Der Sieg der Taube : Roman
– 1. Aufl. – Düsseldorf : Grupello Verlag, 2001
ISBN 3-933749-54-9

1. Auflage 2001

Schwerinstr. 55 · 40476 Düsseldorf
Tel.: 0211–491 25 58 · Fax: 0211–498 01 83
Umschlaggestaltung: Thomas Klefisch
Druck: Müller, Grevenbroich

ISBN 3-933749-54-9

Für Mone und Kato

Der Abschied

Das Mädchen zog hastig ein Höschen und noch ein Höschen und ein weiteres Höschen und darüber Hemdchen für Hemdchen an, und über die Unterkleider streifte es einen blauen Trainingsanzug, darüber einen Pullover, der ihm fast bis zu den Knien reichte, und schließlich schlüpfte es in ein weites, weißes Nachthemd, das die Kleiderfülle bedeckte und dessen Saum bei jedem Schritt über den Holzboden strich; so vermummt legte sich das Mädchen in sein Bett und zog die Daunendecke bis unter das Kinn.

Draußen blies der Wind vom Rhein her über die Deiche. Er wirbelte durch die Gassen von Kaiserswerth und rund um das Haus und zwängte sich durch die Ritzen des alten Holzfensters bis in das Zimmer des Mädchens. Ein Bulle auf der Weide schlug mit den Hörnern gegen den Zaun und schnaubte. Das Horn scheuerte über Holz, und das Geräusch wehte, zerrissen vom Wind, bis zu den Häusern.

Das Mädchen faltete unter der Decke seine Hände zu einem Nachtgebet. »Lieber Gott, heute nicht! Bitte nicht.«

Es schaltete die Nachttischlampe aus und kuschelte sich, die Arme um die Knie geschlungen, unter der Daunendecke.

Es war schon fast eingeschlafen und die ersten Traumgestalten verbeugten sich, als es am Fenster klopfte. Es schreckte hoch und blickte mit weitaufgerissenen Augen zur Tür. Erst als es noch einmal an der Fensterscheibe klopfte, sprang es aus dem Bett, lief zum Fenster und schob vorsichtig die Gardine einen Spalt zur Seite. Im Schein der Straßenlaterne stand ein Junge auf einer Leiter vor dem Fenster und lugte in die Dunkelheit des Zimmers. Eine schmächtige Gestalt. Der Wind zerrte an seinen Kleidern und den langen schwarzen Haaren. Die Pappeln hinter ihm rauschten im Sturm wie zitterndes Silberpapier.

Das Mädchen öffnete das Fenster. »Was willst du hier, Miguel?«

»Laß mich rein.«

»Nein!«

»Laß mich rein, Nena. Ich muß mit dir sprechen, und ich friere so.«

»Ich friere abends immer. Was willst du?«

»Wir gehen aus Düsseldorf weg. Gleich morgen früh. Nach Spanien. Meine Mutter hat's mir grad´ gesagt.«

Ein Windstoß, feucht und kalt, wehte über den Kopf des Jungen ins Zimmer, und Nena schreckte zurück. Miguel kletterte schnell die Leiter weiter hoch. Er beugte sich über die Fensterbank, rutschte Hände und Kopf voran auf den Boden und machte noch im Fallen eine Rolle vorwärts. Dann stand er vor ihrem Bett.

»Du darfst hier nicht sein. Bitte!« flehte Nena. Sie sah ängstlich zur Tür. »Jungen dürfen nicht in die Zimmer von Mädchen.«

»Ich geh' doch gleich wieder. Will dir doch nur Wiederseh'n sagen!«

»Wieso?«

»Wir verlassen Düsseldorf ...«

»Ihr geht?«

»Fort. Für immer.«

Erst jetzt verstand Nena, warum ihr Freund gekommen war. »Oh Miguel«, flüsterte sie sanft und streichelte über das Gesicht des kleinen Jungen, der immer wieder »Nena, Nena, kleines Mädchen« stammelte, und schließlich sein Gesicht an ihren Hals schmiegte.

Dann stockte er. »Du bist so weich. Was hast du denn alles an?« fragte er neugierig, und tastete über ihr Nachthemd.

»Laß mich!« Sie löste sich aus der Umarmung.

Er betrachtete sie. »Wie du aussiehst ...«

»Ich friere eben.«

»Habt ihr keine Heizung?«

»Doch. – Wann kommst du zurück?«

»Weiß nicht. Vater hat Arbeit gefunden. Er muß aber sofort hinkommen. Wir wohnen erst beim Onkel.«

»Wo in Spanien?«

»Is'n kleiner Ort. Irgendwo an der Küste. Wir sind morgen den ganzen Tag unterwegs, sagt Vater.«

Sie flüsterten miteinander. Sprachen über gemeinsame Erlebnisse und die Hoffnung, sich bald wiederzusehen. Manchmal schwiegen sie und lauschten zur Tür hinüber. »Freust du dich?« fragte sie.

»Ich würde so gern hierbleiben. Bei dir. Aber Mutter sagt, daß es besser für uns ist. Vor allem für Vater. Er hatte so lange keine Arbeit.« Miguel stockte einen Moment, dann sagte er noch leiser als vorher: »Ich hab' dich so gern.«

Nena drückte Miguel, der etwas kleiner war als sie, wieder an sich. So konnte er nicht sehen, daß sie weinte.

Plötzlich hörten sie Schritte auf der Treppe. Der Junge schreckte hoch.

»Wer kommt da?«

»Mein Vater!! Verschwinde! Schnell!«

Miguel wandte sich zum Fenster, das noch immer geöffnet war. Da fiel ihm ein, daß er sich noch nicht von seiner Freundin verabschiedet hatte. Er drehte sich um und küßte Nena auf die Backe. »Ich denke immer an dich.«

»Schnell! Geh schon.«

»Ich würd' so gern bleiben.«

Jetzt waren die Schritte fast an der Tür. Die Kinder sahen sich entsetzt an. Nena blickte sich im Raum um. Sie sah ihr Bett. Daneben der kleine Schreibtisch, auf dem die Schulhefte für die Hausaufgaben lagen. Dann die Kommode, in der die Wäsche aufbewahrt wurde. Keine guten Verstecke.

»In den Schrank. Schnell.«

Nena schubste den Jungen in das Dunkel zwischen ihrem weißen Kommunionskleid und dem Hochzeitskleid der Mutter.

»Was machst du da?«

Nena fuhr herum. Die grelle Deckenbeleuchtung ging an. Ihr Vater stand im Türrahmen. Mit einer Hand hielt er die Hose seines Schlafanzugs. Die Jacke war ihm zu klein und die roten Querstreifen spannten wie ein Absperrgitter über seinem Bauch. Er sah sich im Zimmer um. Er stand so nah vor dem Schrank, daß er den kleinen Jungen darin eigentlich hätte riechen müssen. Seine Nase schnüffelte in der Luft. Der Geruch seiner Tochter, die wie die meisten Mädchen abends nach Seife und der Hautcreme der Mutter duftete, hatte sich mit etwas gemischt, das er nicht kannte.

»Hast du dich nicht gewaschen?«

In diesem Moment wehte ein Windstoß durch das Fenster, und während er hinging und die Fensterflügel schloß, fuhr er das Mädchen grimmig an: »Warum bist du noch nicht im Bett?«

Nena beobachtete ihren Vater ängstlich. Da hatte sie eine Idee.

Mit einem Ruck zog sie das Hochzeitskleid der Mutter aus dem Schrank und schob dabei die Schranktür ein wenig mehr zu. Mit dem Packen aus weißem Tüll und Seide unter dem Arm ging sie zu ihrem Bett.

Miguel beobachtete sie durch einen schmalen Spalt neben der Schranktür. Mit zitternden Händen füllte er die Lücke, die das Hochzeitskleid hinterlassen hatte, mit anderen Kleidungsstücken. In einer weniger bedrohlichen Situation hätte er sich hier wohlfühlen können. Es roch so vertraut nach Nena.

Jetzt wäre es ihm lieber gewesen, die Schranktür wäre fest verschlossen, und er hätte sich im Dunkel verstecken können. Er hatte Angst, fühlte sich wie ein Fisch im Käscher und traute sich nicht, sich zu bewegen. Er sah nur einen Ausschnitt des Zimmers, das Bett und Nena mit dem Hochzeitskleid im Arm. Ihren Vater konnte er nicht sehen. Er hörte nur seine rauhe Stimme, die einmal so gefährlich nah klang, als würde er jeden Moment die Kleider zur Seite reißen und ihn aus dem Dunkel hinaus in den Raum zerren.

Ein Schatten fiel auf den Türspalt, und nun sah er den mächtigen Rücken des Mannes, der sich dem Bett näherte. Miguel spürte ein Kribbeln auf den Lippen, sein Herzschlag beschleunigte, wurde lauter und lauter, und das Pumpen und Tuckern in seinen Adern dröhnte in den Ohren.

»Papa. Es geht mir nicht gut. Heute nicht. Bitte. Heute bitte nicht.«

»Was willst du mit dem Kleid?«

»Ich hab's mir nur angesehen.«

»Zieh's an.«

Miguel ahnte, daß da etwas Böses passierte. Nena stand neben dem Bett. Hastig zog sie das viel zu große Kleid über den Kopf. Als ihr Gesicht wieder zum Vorschein kam, war es rot angelaufen.

»Tu' dir doch nichts, mein Puppi«, schmeichelte der Vater und drückte Nena mit einer Hand auf das Bett, als würde er ein Schaf zum Scheren in die richtige Stellung bringen. »Wenn es dir nicht gut geht, tröste ich dich.«

»Laß mich schlafen. Bitte.«

»Ich laß' dich doch schlafen, mein kleines Puppi«, flüsterte der Vater und lächelte sie an. Er strich Nena zärtlich über den Kopf. Sie duckte sich. Miguel spürte, wie sich sein Körper verkrampfte. Die Schleife des roten Kleids neben seinem Gesicht kitzelte ihn. Er wagte nicht, sich zu kratzen.

Was passierte da mit Nena? Der Vater schob die Daunendecke zur Seite, unter die sie sich inzwischen verkrochen hatte. Er streichelte über den mit den vielen Kleidungsstücken bedeckten Körper, der wie ein Embryo zusammengerollt vor ihm lag.

»Sei nicht so steif. Beweg dich! Sei meine kleine Frau. Sei meine Braut im Hochzeitskleid.«

Er nestelte am Unterteil des Hochzeitskleides.

»Nun mach' schon!«

Sie rührte sich nicht. Er schob das Stoffgewölbe zur Seite.

»Verdammt!«

Unwillig riß er an dem Nachthemd, zerrte an dem Pullover und dann an dem Trainingsanzug.

»Hast du schon wieder dieses Zeug an?«

Miguels Lippen zitterten, als erhielten sie kleine Stromstöße.

»Puppi, zieh das Zeug aus! Verdammt!« polterte die Stimme des Vaters.

»Bitte, Vati. Nicht heute. Nein.«

Für einen Moment sah es so aus, als wollte er ihr über das Gesicht streicheln. Sie schloß die Augen. Die Hand schlug kurz, ganz kurz zu. Nenas Kopf schleuderte zur Seite. Der Haarkranz löste sich und die dunkelbraunen Haare fielen ihr ins Gesicht. Miguel wurde es schwindelig.

Der Vater schob die Beine von Nena auseinander. Er riß ihr die Trainingshose vom Körper. Dann flog ein Höschen und noch ein Höschen und noch eins gegen die Schranktür. Sie blieben nur wenige Zentimeter von Miguels Füßen entfernt auf dem Boden liegen.

»Nein!!!« wimmerte Nena. »Bitte!!!«

Miguel sah ihren Blick. Die Tränen in ihren Augen. Die großen Augen. Augen voller Angst. Er versteckte sein Gesicht in den Händen, preßte seine Augenlider fest zusammen und schluckte und schluckte, als könnte er Angst und Ekel und Panik herunterwürgen.

»Vater unser, der du bist im Himmel ... Vater unser, der du bist im Himmel ... Vater unser, der du bist im Himmel ...«, murmelte er.

Er hatte den restlichen Text des Gebets vergessen. Flüsterte immer nur die eine Zeile: »... Vater unser, der du bist im Himmel ...« Schneller. Schneller. Immer schneller bis ihm schwindelig wurde und die wenigen Worte durch seinen Kopf rasten wie Raketen und ihn alles andere vergessen ließen.

Dann hörte er ein unruhiges Rascheln, ein leises Wimmern und hastiges Atmen. Und das Knarren von Holz. Ein monotones Knarren. Es war ihm, als würde das Holz aufstöhnen. Immer wieder und immer lauter.

»Mein Mädchen ... du bist mein Mädchen ...« Die Worte des Vaters klangen mehr wie ein Stöhnen: »Meine Frau ... in Deinem schönen Hochzeitskleid ... du hast es für mich angezogen ... meine liebe, kleine Frau ... oh meine liebe Liebe ... ich liebe dich.«

Unten im Haus knallte laut eine Tür. Miguel erschrak. Kam jetzt die Mutter hoch? Würde sie Nena helfen? Doch da war wieder nur das Knarren und das Hecheln und das Atmen des Vaters.

Miguel lugte durch den Türspalt zum Bett. Ein dicker, weißer Hintern hob und senkte sich in gleichmäßigen Bewegungen in diesem Berg aus Kleidungsstücken und Daunenfedern. Nenas Gesicht schaute unter der Armbeuge des Vaters hervor.

Sie blickte in seine Richtung. Es schien ihm, als sähe sie ihn an. Stumpf. Kalt. Leer der Blick. Er wollte sich abwenden, doch wie hypnotisiert starrte er in die Augen der Freundin, als könnte er ihr dadurch den Schmerz erleichtern. Er war unfähig, sich zu bewegen. Er wollte ihr helfen, herausstürmen aus seinem Versteck, den Mann aus dem Bett reißen und ihn niederschlagen, Nena an sich drücken und dann mit ihr durch das Fenster steigen und fortlaufen. Ganz weit fort. Ganz weit!

Dann ein Schrei! Es klang wie ein langgezogenes »Ahhh«, wie es der Arzt von ihm verlangte, wenn er Halsschmerzen hatte und ihm in den Mund sah. Dieses »Ahhh« war jedoch wilder und lauter. Draußen vor dem Haus rief jemand wütend »Ruhe!«, und irgendwo in der Nachbarschaft wurde laut ein Fenster zugeschlagen.

»Schnauze«, fluchte Nenas Vater. Miguel beobachtete, wie sich der Hintern erhob und aus seinem Blickfeld verschwand. Dann quietschte die Türangel und schlurfend entfernten sich seine Schritte auf der Treppe.

Miguel wußte nicht, was er tun sollte. Nena lag noch immer im Bett, halb unter dem Bettzeug begraben. Sie starrte zu ihm herüber. Es dauerte lange, bis sich ihr Blick entspannte. Mit matten Bewegungen schob sie das Hochzeitskleid über ihre nackten Hüften herunter, streckte die dünnen Beinchen aus dem Bett und stand vorsichtig auf. Mit unsicheren Schritten kam sie auf den Schrank zu, dabei schleifte der Stoff des Hochzeitskleides wie eine Schleppe hinter ihr her. Sie griff in den Schrank und schob die Kleider zur Seite. Dann zog sie den Jungen aus seinem Versteck. Sie sah das Blut auf seinem Hemd und dann seine blutenden Lippen. Ohne ein Wort zu sagen, schob sie Miguel vor sich her zum Fenster, öffnete es, drängte ihn über die Fensterbank und auf die Leiter.

Miguel wollte etwas sagen. Doch es kam nur ein unverständliches Krächzen über seine Lippen. Er kletterte die Stufen der Leiter hinab. Keine Sekunde ließ er den Blick von ihr. Erst als er unten angekommen war, wandte er sich ab, stieß die Leiter zur Seite ins Gras und rannte durch die nur spärlich beleuchtete Gasse hinunter, ohne sich noch einmal umzudrehen. Nena sah ihm nach. Sie starrte auf die Schattenrisse einer hellen Nacht und kaute auf ihren Fingerkuppen, die keine Nägel mehr hatten.

DREISSIG JAHRE SPÄTER

»Vielleicht sollten alle Priester mal als Bergleute arbeiten. Das hilft, Versuchungen zu widerstehen,« sagte Padre Pedro, »Schweiß stärkt den Geist«.

Er saß in der Wohnhalle des Pfarrhauses der Gemeinde St. Maria del Carmen in Dolorosa, sprach mit dem lieben Gott und wippte mit dem Schaukelstuhl vor und zurück. Durch die großen Glasfenster der Eingangstür sah er hinaus in die Gasse. Er beobachtete die Passanten, wohlwissend, daß er im Dunkel der Halle nicht zu sehen war.

»Da ist Maria Pontez. Sie trägt immer noch die kürzesten Miniröcke im Dorf. Ich habe versucht, ihr klarzumachen, daß sie die Männer an der Plaza verrückt macht. Ich glaube, sie will gerade das. Und wenn ich ehrlich bin: Ich sehe ihre schöne Beine sehr gerne.«

Pedro lächelte verlegen, als hätte er etwas Verbotenes gesagt.

»Shirley Mac Laine hat mal gesagt, das Fernsehen sorge dafür, daß man in seinem Wohnzimmer von Leuten unterhalten wird, die man nie nach Hause einladen würde. Mein Fernseher ist das Fenster zur Straße.«

Er faltete die Hände in seinem Schoß und gab dem Schaukelstuhl einen Schubs. Bei jeder Bewegung wehte sein tiefschwarzes Haar, das ihm bis auf die Schultern reichte, wie ein Vorhang hin und her.

»Manchmal frage ich mich, Padre, wie lange Sie es noch in ihrer Höhle aushalten!? Vielleicht ist es ja gar nicht der Schatz, den Sie suchen. Sondern etwas, das vor ihnen und in ihnen selbst verborgen geblieben ist. Es gibt ja Geheimnisse, die sind so unaussprechlich, daß sich selbst Menschen, die ungeheuer intim miteinander sind, nicht wagen, sie dem anderen anzuvertrauen. Wie sieht ihr Geheimnis aus, Padre José? Jeden Tag steigen Sie hinab und graben. Graben und graben. Stundenlang.«

Das Geräusch, ein Krachen und Schleifen wie es beim Einschlagen einer Schaufel in Erdreich entsteht, wurde lauter.

»Sie müssen aufpassen, daß Sie nicht die Beziehung zur Welt hier oben verlieren. Wir Priester sind ohnehin gefährdet, das Leben auf Erden schon zu Lebzeiten zu verlieren. Wir denken zuviel an unseren Chef, den da oben und an das Leben danach. Und Sie graben sich auch noch durch die Vergangenheit unserer Kirche!«

Die Geräusche kamen aus einem Loch im Boden der Halle. Eine grüne Couch war von ihrem Platz an der Wand neben dem Fenster zur Seite geschoben worden. Aus einem mit dunklem Holz eingefaßten Einstieg, gerade so groß, daß ein Mann hindurch paßte, leuchtete der schwache Schein einer Lampe.

Das Wohnzimmer, in der Padre Pedro saß, glich einer kleinen Kapelle. An der Decke, in sechs Metern Höhe, bildeten braune Holzbalken ein symmetrisches Muster. Sie waren so hoch, daß sich jeder Besucher zwangsläufig fragen mußte, wie wohl die Birne in der Deckenleuchte problemlos ausgewechselt werden könnte. Neben einer zweiten Couch in Türnähe stand eine Stehlampe mit einem roten Schirm, deren warmes Licht einen Kreis auf den Boden zeichnete. Der Fußboden bestand aus Kieselsteinen, die zu Kreisen und Bögen und anderen Mustern zusammengefügt waren.

»Ah, der Weinhändler. Seine Geschäfte laufen schlecht, habe ich gehört. Und da kommt Pedro Gonzales, der Bettler. Erzählt neuerdings, daß sein Vater Millionär in Deutschland ist.«

Der Priester blickte über seine Schulter zu der Jesusfigur hoch, die an der Wand neben dem Aufgang zur Treppe hing. »Immerhin beichtet er seine Lügen regelmäßig, Herr! Und da kommt auch Isabella. Wie jeden Abend. Sie geht fremd. Das ganze Dorf weiß es, nur der eigene Mann nicht. Sie beichtet übrigens nicht.«

Das Geräusch der Schaufel verstummte. Der Priester drehte den Kopf zur Seite und lauschte. »Keine Kraft mehr? Gerade zwei Stunden bei der Arbeit, und schon legen Sie Hacke und Schaufel zur Seite? Wie soll die Kirche dabei reich werden?«

Er erhielt keine Antwort.

»Wer hätte das gedacht. Ein Schatz unter dem Pfarrhaus. Jahrhunderte hat dieses Haus sein Geheimnis bewahrt. Hat seinen Dienst getan als Wohnhaus und Olivenöllager. Es ist ein schönes

Gefühl, zu wissen, daß in dieser Halle früher Menschen ein- und ausgegangen sind, um Geschäfte miteinander zu machen. Heute gibt's hier ja kein Leben mehr, oder? Hat es ihnen nicht leid getan, die alten Kacheln am Öltank aufzuschlagen, um den Tunnel zu graben? Ist es ihnen nicht vorgekommen, als würden Sie das Haus am offenen Herzen operieren? Sie wollen dem Haus sein Geheimnis entreißen. Padre José! Ich frage mich, ob es wirklich richtig ist, den Schatz zu heben? Gut, mit dem Geld werden wir vielleicht die Kathedrale renovieren können. Und Sie werden Geld nach Rom schicken. Aber was, wenn ihre verstaubten Dokumente nur Lügengespinste sind? Wenn der Schatz unter dem Nachbarhaus liegt? Werden Sie dann Bescheid geben, daß der Griesgram von nebenan auf einer Goldader sitzt?«

Padre Pedro dachte darüber nach, welche Strapazen sein alter Kollege auf sich nahm, um Geld für die Renovierung der Kirche zu finden. Manchmal fragte er sich allerdings, ob es nicht doch einen anderen Grund als eine weltliche Leidenschaft gab? Vielleicht war es nur simple Goldgräberstimmung, die den Priester zwischen den Messen und Beichten, Beerdigungen und Kommunionsunterricht und den Hausbesuchen bei Sterbenden, Armen oder Verzweifelten in die Höhle unter dem Pfarrhaus lockte!?

»Halten Sie mich für einen Psychopathen?«

Pedro blickte überrascht zu dem Loch im Boden hinüber.

»Sie glauben wohl, ich hätte nicht gehört, was Sie die ganze Zeit geredet haben. Die Halle hat eine gute Akustik. Sie haben Jesus viel erzählt.«

Aus dem Loch schaute jetzt der Kopf eines Mannes heraus. In den kurzgeschnittenen silbergrauen Haaren hingen kleine Lehmbrocken und Steinchen. Mit der Hand wischte er über sein verschwitztes, von Staub bedecktes Gesicht, auf dem die Falten helle Furchen zeichneten. Nur an dem weißen, jetzt stark verschmutzten Stehkrägelchen konnte man erkennen, daß auch dieser Mann ein Geistlicher war.

»Sie sind ja schon wieder in ihrem besten Schwarzen in den Berg gestiegen, Padre«, rügte Padre Pedro sanft, »Matilda wird schimpfen, wenn sie die Sachen reinigen muß. Warum ziehen Sie nicht den Blaumann an?«

»Ich habe nicht mehr viel Zeit. Mit 67 achtet man nicht mehr auf die Mode.« Der alte Mann blickte streng zu ihm herüber.

Wenn er sprach, hatte er die Angewohnheit, zwischen einzelnen Sätzen unverständlich vor sich hin zu murmeln, als würde er die Worte zur Probe flüstern, bevor er sie laut aussprach.

»Matilda sieht das anders. Sie muß ihre schmutzige Kleidung waschen.«

»Bitte Padre, ärgern Sie mich nicht.« Padre José verschwand wieder im Loch. »Ich werde ihnen was zeigen. Kommen Sie näher«, ertönte es dumpf hinter der Couch.

Der junge Priester erhob sich. »Lassen Sie mich endlich ihre Höhle besichtigen?«

»Nie«, antwortete die Stimme von unten, »Sie haben mir geschworen, diesen Ort nie zu betreten. Vergessen Sie das nicht!«

»Keine Angst! Ich breche keinen Schwur«, beruhigte ihn Pedro. Er blickte von oben in die Kammer. Der Boden war mit Geröll bedeckt und an den Seiten lag Schutt aufgehäuft. Ihm wurde schwindelig, als er hinunter sah. Seine Beine zitterten. In Sekunden bedeckten Schweißperlen seine Stirn. Sein Atem ging hastiger. Unsicher trat er einen Schritt zurück und hielt sich am Couchtisch fest, weil er fürchtete, hinzufallen.

Josés Kopf tauchte wieder auf. Seine kräftigen Hände schoben ein dickes, in Leder gebundenes Buch über den Holzrand. »Hier sehen Sie. Ich habe vor einigen Wochen ein Tagebuch gefunden.«

»Davon haben Sie mir ja gar nichts gesagt ...« Pedro kniete neben dem Kopf des Kollegen.

»Sie nehmen mich ja doch nicht ernst.« Der alte Priester murmelte etwas. »Jetzt habe ich nicht nur ein paar vage Hinweise aus der Kirchengeschichte. Es ist das Tagebuch von Padre Clemens, der 1470 den Schatz versteckt hat. Er schrieb in Latein. Ich übersetze: ... die Menschen fürchten sich. Immer wieder kommen die Piraten und überfallen unser Dorf. Mauren. Türken. Sie töten die Männer. Rauben die Frauen und die Schätze. Die starken Tore der Kirche halten dem Sturm der Barbaren noch stand. Wie lange noch? Ich, Padre Clemens, habe die Reichtümer des Herrn mit in mein Haus genommen ...«

Zittrig fuhren die Finger des Alten über die verschnörkelt geschriebenen Wörter. Padre Pedro beugte sich über den Kollegen, dessen Kopf sich während des Lesens über dem Buch von links nach rechts und wieder zurück bewegte.

»... in den Oliventank unter der Halle habe ich ein Loch geschlagen. Anschließend habe ich an der rechten Seitenwand einen Tunnel gegraben ... Er befindet sich etwa zwanzig Fuß zur rechten Wand des Pfarrhauses. Dann habe ich den Tunnel wieder geschlossen.«

Die schwieligen Finger von Padre José blätterten einige Seiten weiter. Ab und zu streiften sie die Nase des Priesters, der sich mit dem Kopf dicht über das Buch beugte. Dann schüttelte er unwillig den Kopf.

»... hier steht weiter: Anno 1470 wurde der Schatz vergraben von Padre Clemens.« Josés Stimme wechselte zwischen undeutlichem Murmeln und klaren Sätzen. »Ich bin kurz vor dem Ziel. Freuen Sie sich, Pedro, freuen Sie sich mit mir!? Oder wollen Sie weiter über meine verrückte Schatzsuche spotten? Bald können wir endlich die Kirche renovieren. Geld nach Rom schicken. Was wird der Heilige Vater glücklich sein.«

Er blickte zu Pedro hoch. Der junge Geistliche sah ein Lächeln unter der Staubschicht auf dem Gesicht des Alten.

»Rom kann davon mindestens einen neuen Mercedes kaufen«, sagte er und blickte sich zu der Jesusfigur um: »Stimmt's Meister?«

Padre José klatschte ein paar Mal in die Hände, als hätte gerade ein Pianist mit Bravour eine Partitur beendet. »Sie sind ja wie immer ein ganz kritischer Geist«, rief er Pedro zu und lachte, »Sie hätten Politiker werden sollen.«

Josés Kopf verschwand im Loch. Kurz schoben sich seine Hände noch einmal hervor, winkten Pedro wie bei einem Puppenspiel zu, tasteten nach der alten Schrift, klappten das Buch zu und zogen es in die Tiefe.

»Mit eiserner Disziplin und dem Glauben an Gott löst man jedes Problem«, klang es dumpf von unten. Padre Pedro kehrte zu seinem Schaukelstuhl zurück. Wieder begannen die monotonen Schürfgeräusche. Er setzte sich und sah zum Fenster, wo die Menschen vorübergingen. »So viele nette Leute«, rief er zu dem Loch hinüber, »aber einer von ihnen ist ein Mörder«.

* * *

Graue Wolken hingen vor den Bergen im Süden des Tals. Nebelschleier schwebten über den Häusern. Der Asphalt der Straße und der Sandstein der Gebäude waren noch kalt und feucht. Sonnenstrahlen verwandelten dort, wo sie den Dunst durchdringen konnten, die erdfarbenen Dächer in glänzende Kupferflächen. In den Straßen herrschte Ruhe. Gelegentlich knatterte ein Motorrad durch die Gassen. Die meisten Bewohner gingen erst später zur Arbeit. Nur wer in der Hauptstadt oder in einem anderen, weiter entfernten Ort arbeitete, war schon früh auf den Beinen.

Juan fuhr auf seiner Vespa vor dem Laden des Weinhändlers Ramon vor. Die Fensterläden des Hauses an der Calle Estrella waren noch geschlossen. Sein Arbeitstag begann jeden Morgen um Sieben. Sein Chef verlangte, daß er den Laden putzte und aufräumte, bevor das Geschäft geöffnet wurde.

Der 15jährige blickte zum Nachbarhaus hoch. Dort, hinter den Fenstern im ersten Stock, wohnte Clara. Ein Mädchen, so alt wie er selbst und so schön, daß kaum eine Stunde verging, ohne daß er an sie dachte und sich vorstellte, mit ihr zu schlafen. Wenn sie es nur tun würde!

Wo blieb sie nur? Sie trafen sich jeden Morgen hier, bevor sie zur Schule ging. Er zog einen großen, rostigen Schlüssel aus seiner Hosentasche, ließ sich Zeit dabei, die Tür zum Laden aufzusperren. Immer wieder schaute er verstohlen zur Haustür nebenan.

»Da bist du ja endlich«, hörte er plötzlich eine Stimme von oben. Sie stand im Fensterrahmen. »Deinetwegen komme ich jetzt zu spät zum Unterricht. Hast du dich verschlafen?«

»Tut mir leid«, sagte er.

»Und jetzt soll ich Dir wohl eine Entschuldigung schreiben?«

Er streckte ihr lachend die Zunge heraus.

»Du bekommst zur Strafe kein Frühstück.«

Das Mädchen verschwand im Zimmer. Juan wartete bis Clara durch die Haustür trat. Sie gab ihm einen Kuß und reichte ihm ein Brot, dick belegt mit Serranoschinken, und rannte mit einem Lachen und wehendem Rock die Gasse hinunter in Richtung der Plaza.

Juan blickte ihr enttäuscht nach, bis sie um eine Ecke gebogen war. Wenigstens hätte sie ihm noch einen Abschiedskuß geben können! Er öffnete die Tür zum Ladenlokal und tastete sich durch den dunklen Raum. Der Lichtschalter befand sich am anderen Ende der Weinhandlung neben der Tür zur Privatwohnung seines Chefs. Es störte ihn nicht, denn er kannte jeden Winkel des Geschäfts. An der linken Seite stand die Theke aus Pinienholz, davor einige Hocker. An beiden Seiten des schmalen, weit nach hinten in das Gebäude hineinreichenden Raumes standen bis unter die Decke Regale. Hier lagerten die Weine aus Rioja und heimische Lagen aus Binissalem in Griffhöhe. Für die billigen, manchmal wie Essig schmeckenden Weine mußte man sich bücken; je besser der Tropfen war, desto höher das Regal, in dem er lag. Für die teuersten Flaschen mußte man die Leiter hochsteigen. Ganz oben, direkt unter der Balkendecke, lagen die gerade noch verkäuflichen Schätze. Zwar war die Luft dort am wärmsten und somit nicht gut für die Lagerung der Weine, aber Ramons Angst, bestohlen zu werden, ließ ihn die einfache Regel fachmännischer Lagerung vergessen. Die besten Weine verwahrte der Händler in einem kleinen Keller unterhalb seiner Wohnung, der schon seit Jahrhunderten als Vorratsraum genutzt und durch ein schweres Eisengitter mit riesigen Schlössern vor Dieben sicher war. Auf diese Schätze war der Händler besonders stolz. Aber nie zeigte er jemandem die Flaschen. Er prahlte immer nur mit seinem Besitz. Er sammelte Weine, die aus seinem Geburtsjahrgang 1945 stammten. Jeden Tag stieg er hinunter, um die Flaschen mit einem Wedel abzustauben. Die Stammgäste lästerten, er würde mehr Wert auf die Sauberkeit seiner Flaschen, als auf seine eigene legen.

Juan fröstelte. Hinter den dicken Mauern der Weinhandlung blieb es selbst im Sommer kühl. Sein linker Fuß stieß gegen etwas Weiches. Er tastete mit den Händen danach. Eine Jacke. Dann fühlte er eine Hose. Ein Hemd. Der Chef hatte wohl seine Kleidungsstücke im Raum verstreut. Hat gestern abend mal wieder zuviel getrunken, dachte Juan. Dann wird er ja heute wieder einen Kater und schlechte Laune haben.

Juan arbeitete seit einem Jahr bei Ramon. Der Lehrling kannte alle Gewohnheiten, Laster und Unausstehlichkeiten des Kaufmanns. Er klemmte die Sachen unter den Arm und ging vorsichtig weiter. Er schaltete die Deckenbeleuchtung ein. Ein fahles Licht verbreitete sich im Raum. Ramon sparte Strom und außerdem glaubte er, daß man so den Dreck nicht sehen würde. Juan sah sich die Kleidungsstücke an. Sie waren vom Chef. Dann streifte sein Blick die Stelle des Bodens, wo er sie gefunden hatte. Ein kleines Rinnsal führte von hier zu einem mannshohen Weinfaß, das auf einem Holzbock stand. Unter dem Messinghahn am unteren Rand des Fasses hing eine Karaffe. Darunter auf dem Boden breitete sich eine große Weinlache aus. Der Wein tropfte mit leisem Plong, Plong aus dem Hahn. Juan stutzte. Wieso lag der Deckel des Fasses auf dem Boden? Er sah hoch und blickte in die weit geöffneten Augen des Weinhändlers.

»Chef? Was machen Sie da?«

Keine Antwort. Ramon stand offensichtlich aufrecht in seinem Weinfaß. Nur der Kopf ragte aus dem Faß heraus, das Kinn lag auf dem Eisenrand.

»Chef«, rief Juan lauter, »Sie sehen aber angeschlagen aus. Haben Sie da übernachtet?«

Der Weinhändler rührte sich nicht. Juan spürte plötzlich Angst. Er ließ das Butterbrot und die Kleidungsstücke zu Boden fallen.

»Was ist, Chef?«

Warum stand Ramon im Faß und sagte kein Wort, starrte ihn nur an? Er trat ein paar Schritte vor und streckte die Hand nach dem Kopf aus. Vorsichtig berührte er das Kinn. Keine Reaktion. Mutiger geworden, schnippte Juan mit zwei Fingern gegen die Nase des Weinhändlers. Das Gesicht von Ramon bewegte sich nicht. Schließlich gab Juan dem Kopf mit dem Handrücken einen leichten Klaps gegen die Stirn. Das Kinn rutschte vom Rand des Fasses, und der Kopf verschwand mit einem Plätschern im Wein.

Juan rannte los.

* * *

Nur ungern betraten die Anwohner von Dolorosa den Park »Marcel Proust«. Das lag natürlich nicht am Namensgeber, mit dem nur wenige außer dem Lehrer der Hauptschule etwas anfangen konnten – eine Verbeugung der Dolorosenser vor ihren französischen Handelspartnern. Es war ein wildes Gelände. Rosen wucherten in mannshohen Büschen entlang des schmalen Pfads, der den Park teilte. Rhododendron- und Bougainvillea-Büsche reckten sich meterhoch gen Himmel und hüllten ihre Umgebung in düstere Schatten. Selbst die Palmen, Oliven- und Apfelsinenbäume in ihrer Nachbarschaft wirkten kahl.

Früher einmal gehörte das Gelände zum Anwesen eines reichen Bürgers. Vermutlich stände hier längst ein Hotel oder eines dieser klotzigen Einkaufszentren, aber die Eigentümer waren vor vielen Jahrzehnten nach Australien ausgewandert, und niemand interessierte sich für den Besitz. Die ehemals prachtvolle Villa verfiel mit der Zeit und litt unter dem extremen Wechsel von Hitze, Kälte und Feuchtigkeit. An den Persianas, den Holzblenden, blätterte die grüne Farbe ab und das Holz begann, bröselig zu werden, wie an vielen anderen Herrschaftshäusern in der Gemeinde, deren Erhaltung sich kaum noch jemand leisten konnte. Man erzählte sich, der Teufel würde in der Villa wilde Orgien feiern.

Die Gemeindeväter lehnten es ab, den Park ohne Einwilligung der Besitzer, pflegen zu lassen. Nur kurze Zeit hatten sich die Gärtner des Ortes vor Jahren um das Grün gekümmert, nachdem sich die Bewohner an der Calle Estrella über den Schandfleck aufgeregt und die Lokalzeitung wochenlang für Schlagzeilen gesorgt hatte. Schon bald stellten die Gärtner die Arbeit wieder ein. Seitdem nannte man den Park »Die grüne Hölle«, und selbst die Polizisten gingen nur zu mehreren hinein, wenn sie alarmiert wurden.

Kommissarin Paloma Galindo Tobal lief über den schmalen Weg durch den Park. Der Nebel hielt sich besonders lange zwischen den Sträuchern und Hecken. Dornen der Rosenbüsche verhakten sich immer wieder in ihrer Kleidung.

Die junge Frau achtete nicht darauf. Ihr machte diese düstere Stimmung nichts aus. Sie hatte den Weg gewählt, weil er der kürzeste zum Haus des Weinhändlers Ramon war. Antonio Herrera, der Inspektor, hatte sie darüber informiert, daß man den Händler tot aufgefunden hatte.

Noch ein Toter! Paloma überlegte, ob sie in der Hauptstadt nicht doch auf Verstärkung drängen sollte. Es würde vergeblich sein. Sie wischte mit der Hand eine Haarsträhne zur Seite, die ihr der Wind ins Gesicht wehte.

Sie fragte sich, ob sie die Zwangsversetzung nach Dolorosa hätte verhindern können. Vermutlich wollte jemand hinter ihrem Rücken Karriere machen! Da kam die Geschichte in Dolorosa wohl gerade recht.

Der Fall, den es zu klären galt, sah zunächst harmlos aus. Moreno, ein Straßenbahnfahrer, war in seinem Bahnwagen tot aufgefunden worden. Unfall oder Mord – diese Frage sollte sie beantworten. Es ärgerte sie, daß ihr Vorgesetzter sie überhaupt hierhergeschickt hatte. Das war kein Fall für die Policia National, sondern für die Gerichtsmediziner. Die würden in den nächsten Tagen die Todesursache feststellen. »Der Terror der ETA. Zu viele Morde. Versuch', dort schnell und allein klarzukommen«, hatte ihr Chef gesagt, »sobald wir Luft haben, schick' ich dir ein paar von unseren Hengsten«. Er grinste sie an.

Jetzt kam Bewegung in die Geschichte, und sie konnte sich nur auf die Mitarbeiter aus Dolorosa stützen, deren größte Leistung im Verlauf ihrer Dienstzeit darin bestanden hatte, einen Trickbetrüger in die Hauptstadt zu überführen. Er hatte sich als Polizist ausgegeben und sich so vor allem bei älteren Leuten Einlaß zu den Wohnungen verschafft und Geld und Schmuck geraubt.

So früh am Morgen neigte Tobal zu schlechter Laune. Sie haßte es, vor dem gewohnten Weckerklingeln aus dem Bett geholt zu werden. In den Minuten nach dem Aufwachen fühlte sie sich immer verkrampft, verängstigt und zu keinem klaren Gedanken fähig. Oft träumte sie nachts wilde Geschichten, in denen sie immer das Opfer war. Sie so abrupt zur Arbeit zu zwingen, war eine Todsünde. Ein Mord war die einzige Entschuldigung, die sie akzeptierte. Der Schlaf war ihr wichtig. Für ihr Aussehen. Und als Nervennahrung für ihre Arbeit in dieser verdammten Männerwelt der Polizei.

Chefin einer Mordkommission zu sein, war ein Kamikazejob. Etwa so, als würde sie als einzige Frau mit einem Männerkegelclub aus Deutschland nach Mallorca reisen und eine Woche am Ballermann in Arenal verbringen. An ihrem ersten Arbeitstag hatten ihre neuen Kollegen in der Mittagspause darüber gesprochen, daß Frauen eigentlich nur im Kinderzimmer, in der Küche und manchmal im Bett zu ertragen wären.

Plötzlich splitterten hinter ihr Zweige. Irritiert blickte sie sich um. Brutale Augen! Hände griffen von der Seite nach ihrer

Kehle und rissen Tobal zu Boden. Jemand warf sich auf sie und preßte ein Bein zwischen ihre Schenkel. Sie spürte warmen, feuchten Atem auf ihrer Haut. Fettige Lippen drückten sich auf ihren Mund. Sie versuchte, den Kopf wegzudrehen und sich unter dem Körper herauszuwinden. Er war so schwer, daß sie kaum noch Luft bekam. Es gelang ihr, eine Hand zu befreien. Sie drückte den schwitzenden Kopf hoch. Dann setzte sie mit ihrer Stirn nach. Schlug, so kräftig wie es ihr in der Lage möglich war, gegen die Nase. Das Gesicht zuckte schmerzverzerrt zurück. Der Körper versuchte, sie an ihren Haaren nach hinten zu reißen. Doch der Knoten, der ihr langes Haar bändigte, löste sich und verschaffte ihr die Sekunde Zeit, die sie benötigte. Ein Reflex. Tobals zweite Hand schnellte empor. Zwei Finger, wie Stacheln ausgestreckt, fuhren dem Mann in die Augen.

Er schrie auf vor Schmerz, wälzte sich von ihr herunter und erhob sich torkelnd. Bevor er sich aufgerichtet hatte, war sie auf den Beinen und trat ihm mit voller Kraft in den Unterleib. Mit einem röchelnden »Oooch« sank er wie ein altes Gebäude nach der Sprengung in sich zusammen, die Hände vor sein Geschlecht gepreßt, als könne er es vor weiteren Schlägen schützen. Ein zweiter Tritt gegen den nach vorn kippenden Kopf machte ihn kampfunfähig.

Tobal zog den leblos am Boden liegenden Körper zur Seite. Sie riß den Ledergürtel aus seiner Hose und fesselte die Hände damit an den nächsten Baum. Dann zog sie ihm die Hose aus, drehte den Stoff zu einem Strang, schlang ihn zweimal um Hals und Baum und knotete die beiden Enden so fest zusammen, bis sie sicher war, daß sich der Mann nicht befreien konnte.

Erst jetzt atmete sie tief durch und entspannte die Muskeln. Verächtlich betrachtete sie das verschnürte Bündel, drehte sich angewidert ab und schlug sich im Gehen den Staub aus dem Kostüm. Sie knöpfte sich auch die nun nicht mehr ganz so saubere Bluse zu, die sich beim Kampf geöffnet hatte. Ihre Strümpfe waren zerrissen, und Paloma zog sie aus und steckte sie in die Tasche ihrer Jacke. Sie mußte sich beeilen, zum Haus des toten Weinhändlers zu kommen.

* * *

Vor der Weinhandlung Ramon standen mehrere Beamte der Policía Local und rauchten Zigaretten. »Haben Sie nichts zu tun?« fragte Tobal. Die Männer sahen sie gelangweilt an.

»Sie dürfen sich jetzt was bewegen«, fuhr sie die Polizisten an. »Ich bin überfallen worden!«

Die Hände der Männer fuhren wie auf ein Kommando zu den Pistolentaschen an ihren Hüften. »Zu spät«, sagte sie, »ich hab' das schon erledigt. Holen Sie den Körper im Park ab. Er hängt an einem Baum am Weg«. Die Polizisten rannten los.

»Ruft den Arzt an«, rief sie ihnen nach, während sie die Tür zur Weinhandlung öffnete, »er hat eine Augenverletzung und kaputte Eier«.

Inspektor Antonio Herrera begrüßte sie.

»Wer hat den Toten gefunden?« fragte Paloma, ohne auf den entsetzten Blick ihres Mitarbeiters zu achten.

»Der Junge da«, stammelte Herrera.

Sie ging zu dem Lehrling hinüber und setzte sich mit ihm an einen Tisch in einer Ecke der Weinstube. »Erzähl mir einfach mal von Anfang an, was passiert ist«, sagte sie und lächelte dem Jungen freundlich zu.

»... nur sein Kopf ragte aus dem Faß. Ich dachte, der macht einen Scherz. Als der Kopf ins Faß rutschte, merkte ich erst, daß mit ihm was nicht stimmt. Da bin ich abgehauen ...«, erzählte Juan.

Während Tobal ihn befragte, beobachtete sie aus den Augenwinkeln ihre Kollegen bei der Arbeit. Herrera und zwei Polizisten der Policía Local standen auf Schemeln vor dem Weinfaß. Die Männer waren so klein, daß sie kaum über den Rand sehen konnten. Sie reckten sich, dicht an das Holz gepreßt, auf Zehenspitzen hoch und diskutierten, wie sie den Toten am besten aus dem Faß herausholen könnten.

»Der ist gefesselt. An den Füßen ...«, meinte der Inspektor.

»Vergessen Sie nicht, Fotos von der Lage der Leiche zu machen«, rief ihm Tobal zu. »Und zwar bevor sie ihn rausholen! Sprechen Sie alle Beobachtungen in ihr neues Diktiergerät. Haben Sie's dabei?«

»Si. Kollegin, klar«, versicherte der Beamte. Er rief zwei Kollegen zur Verstärkung. Dann baute er einen Turm aus einem großen Stuhl und einem Hocker. Vorsichtig kletterte er hoch. Die vier Polizeibeamten stützten ihn, als er schließlich von seinem wackeligen Podest auf das Faß kletterte. Dann stand der kleine, dicke Mann breitbeinig auf dem Rand des Fasses und sah von oben auf den Toten hinab. »Er ist an den Händen gefesselt. Die stecken zwischen den Beinen.«

»Die Fotos nicht vergessen!«

Tobal wandte sich wieder dem Jungen zu. »Trinkst du auch gern mal einen Schluck?«

Sie nickte mit dem Kopf zu den Regalen hin, wo mehrere mannshohe Fässer standen. Vielleicht hatten Chef und Lehrling ja gestern zusammen getrunken und es war zu einem Streit gekommen?

Juan sah sie gelangweilt an. »Schmeckt mir nicht. Ich trinke keinen Alkohol.«

»So schlecht, das Zeug?«

»Nein. Ist sauberer Landwein. Die Leute, die hier in der Umgebung wohnen, kaufen ihn direkt aus dem Faß. Er wird in Karaffen abgefüllt.«

»Und was war gestern abend hier los?«

»Weiß nicht«, sagte Juan, »ich bin früh weg. Ich war mit Clara im Kino.«

»Clara?«

»Meine Freundin.«

»Mußtest du nicht aufräumen?« Tobal wies mit dem Kopf zu den Weinkisten und Paketen, die vor dem Regal standen.

»Das machte der Chef lieber selbst. Er hat immer Angst, daß ich den Wein in das falsche Regal einräume. Der traut niemandem.«

»Aber irgendjemandem hat er wohl gestern nacht die Tür geöffnet.«

»Haaaa!« Inspektor Herrera balancierte auf dem Faß und drohte herunterzufallen. Die Polizisten griffen nach seinen Beinen und hielten sie fest. Er tastete zittrig nach der Kamera in seiner Jackentasche. Je zwei Polizisten drückten seine Füße auf den Rand des Fasses, und wann immer er seine Position verändern wollte, gab Antonio genaue Anweisungen, wie sie seinen Fuß zu bewegen hatten. »So, jetzt meinen rechten Fuß. Laangsam! Gaanz laangsam! vorwärts schieben. Und jetzt den linken. Laangsam!«

Mit gewagten Verrenkungen beugte er sich über den Toten unter ihm und fotografierte. Als er fertig war, nahm er das Diktiergerät und begann seinen Bericht: »Die Leiche schwimmt mit angewinkelten Beinen im Wein. Der Kopf ist unter Wasser, lata – quatsch, unter Wein. Äh, im Wein. Die Augen sind geöffnet. Der Mund auch. Der Kopf ist kurz unter der Oberfläche des Weins. Der Oberkörper ist bekleidet mit einem T-Shirt mit der Schrift ...«, der Inspektor legte seinen Kopf zur Seite und machte auch noch mit dem Oberkörper eine Drehung, um die Schrift besser lesen zu können, »... ah ja, *Batman*, rote Schrift. Die Hände sind mit einem Strick zusammengebunden. Sie sind gefaltet. Wie beim Gebet. Die Hose ist grau. Die Beine sind oberhalb der Fußknöchel mit einem Seil zusammengebunden. Der Mann trägt noch Schuhe, ja, ich glaube, rote, nein, braune Sandalen. Sonst keine Gegenstände im Faß. Der Wein ist ein guter, trokkener Weißwein aus Binissalem. Ich trinke diesen Wein selbst auch sehr gerne. Ein sauberer Wein. Man kann abends ein Paar Liter trinken und hat morgens keinen dicken Kopf ...«

»... hören Sie auf, Inspektor«, unterbrach ihn Tobal, die Antonio bei seiner Aktion beobachtete, »Sie sollen nicht ihre Lebensgeschichte erzählen. Nur alle wichtigen Beobachtungen. Alle für den Fall wichtigen! Verstehen Sie!? Es interessiert niemanden, mit welchem Wein Sie sich in ihrer Freizeit betrinken.«

Inspektor Herrera sah sich enttäuscht zu ihr um. Man merkte, die Neue kam nicht aus Dolorosa. Für einen echten Dolorosenser wie ihn war es wichtig zu wissen, welchen Wein jemand trank. Sage mir, welchen Wein du trinkst, und ich sage dir, welcher Gesellschaft du angehörst, hieß ein Sprichwort seines Vaters. Die Menschen brauchten ihre kleinen Regeln, um mit dem Leben besser fertig zu werden. Aber wie sollte eine Frau, erst recht eine aus der Hauptstadt, das schon verstehen, dachte er verächtlich. Die sprach ja nicht mal Dolorosenser Dialekt. Und wie die aussah! Wie eine aus der Großstadt. Immer im Kostüm. Trägt sogar im Dienst einen kurzen Rock. Schaut aus wie ein Filmstar. Und dann noch das süße Parfüm. Eine komische Kollegin. Manchmal richtig aufreizend. So eine kann man ja nicht richtig ernst nehmen. Höchstens als Frau.

Vorsichtig kletterte Antonio, gestützt von den Polizisten, vom Faß herunter.

Tobal setzte die Befragung des Lehrlings fort. Er erzählte ihr von den Gewohnheiten seines Chefs: »Er packte oft nach Ladenschluß die Waren aus. Hatte Ruhe und konnte selbst auch einen schlucken. Unbemerkt von seiner Frau. Ein paar Gläschen, manchmal auch ein paar Flaschen Wein.«

»War er gestern abend mit jemandem verabredet?«

Juan hob die Schulter.

»Hatte jemand Schulden bei ihm?«

»Viele. Die meisten von den Stammgästen. ›Wer bei mir Schulden hat, kauft nirgendwo anders seinen Wein‹, meinte er.«

»Wie hoch sind die Schulden von den Leuten?«

»Limit waren 250.000 Peseten. Wer dann nicht zurückzahlte, kriegte Ärger.«

»Das ist doch viel Geld. Für normale Menschen zwei Monatseinkommen«, wunderte sich Paloma.

»Ja. Aber wenn es nicht zurückgezahlt wurde, wurde Ramon böse. Er pfändete auch in der Wohnung eines Schuldners. Wenn jemand Antiquitäten besaß, nahm er sie mit und schleppte sie in die eigene Wohnung. Da sah es manchmal aus wie im Trödelladen.«

»Die Leute ließen sich das gefallen?«

»Die hatten Angst. Ramon nahm ihnen auch nicht alles ab. Er ließ immer noch eine ordentliche Summe offen, damit die Schuldner weiterhin bei ihm den Wein kauften.«

Die Kommissarin beendete das Verhör des Jungen und bedankte sich. Sie sah, daß auch der Inspektor und seine Helfer mit ihrer Arbeit fast fertig waren. Sie hatten nach lautstarker Beratung beschlossen, das Faß mit dem Toten darin zum Kommissariat zu transportieren. Zehn Polizeibeamte schleppten das Beweismittel durch die Tür hinaus auf die Straße und hoben es auf einen Kleinlastwagen der Straßenreinigung. Tobal amüsierte sich über das umständliche Verfahren. Schließlich fuhren drei Streifenwagen und zwei Motorradfahrer der Policía Local und ein Dienstwagen der Guardia Civil mit Blaulicht und Sirenen hinter einem LKW her, auf dessen Laderampe ein toter Weinhändler in einem mit Wein gefüllten Faß schaukelte. Langsam kurvte die Kolonne durch die Straßen. In jeder Kurve schwappte ein wenig Wein aus dem Faß und der Kopf des Toten wippte für Sekunden über den Rand, als wollte er den Passanten, die staunend am Straßenrand standen, einen Blick gönnen.

Tobal blieb allein in der Weinhandlung zurück. Sie schickte den Lehrling nach Hause und wandte sich an die Ehefrau und die Tochter des Toten. Sie standen schon seit über einer Stunde, die Körper ängstlich aneinandergepreßt, im Türrahmen zu ihrer Wohnung und beobachteten die Arbeit der Polizisten.

»Ist ihnen in der Nacht etwas aufgefallen?« fragte die Kommissarin. Die Mutter, eine etwas dickliche Frau, schüttelte den Kopf.

»Und du?« Tobal wandte sich der Tochter zu. »Nein. Ich habe nichts gesehen.«

»Was hast du gestern abend gemacht?«

»Ich bin um zehn Uhr schlafen gegangen.«

»Heute morgen hat uns die Polizei aufgeweckt!, sagte die Mutter.

«Und Sie haben nichts gehört?«

»Nein. Selbst wenn er einen Streit gehabt hätte.«

Tobal sah die Frau skeptisch an.

»Die Wände sind über 400 Jahre alt. Richtig dick und stabil eben, wie damals gebaut worden ist.«

»Ist ihr Mann nicht noch mal nach hinten gekommen?«

»Nein! Manchmal hat er die ganze Nacht im Laden verbracht. Manchmal ist er da eingeschlafen, wenn er zuviel getrunken hatte.«

Das Mädchen weinte wieder.

»Hast du auch nichts gemerkt?« fragte Tobal.

»Lassen Sie sie doch«, bat die Mutter, »Renata ist doch erst neun«.

Tobal streichelte dem Mädchen über den Kopf und verabschiedete sich. Ein Mord ohne Zeugen und Motiv, dachte sie. Ein Mord mit der Handschrift eines Wahnsinnigen. Und keine Spur, verdammt!

»Suchen Sie nicht lange nach dem Mörder«, rief die Frau hinter ihr her, als sie schon den Ausgang der Weinhandlung erreicht hatte. »Er hat den Tod verdient.«

Die Polizistin blieb im Türrahmen stehen. »Wie meinen Sie das?«

Die Frau sagte leise. »Er war kein guter Mensch.«

* * *

Wie so oft empfand Padre Pedro auch heute die Dunkelheit als eine Finsternis Gottes. Er fühlte sich eingesperrt wie der Hund eines Touristen, der im Frachtraum eines Flugzeugs transportiert wird. In seiner Beichtstuhlzelle war von Wand zu Wand ein Brett montiert, auf dem er sitzen konnte. Vor ihm, auf einem kleinen Ecktisch, lag eine Bibel und darunter eine Illustrierte, in der sein Kollege gern blätterte, während er auf den nächsten Sünder wartete. In der Nachbarkabine war ein Brett etwa zwanzig Zentimeter über dem Boden befestigt; auf diesem kniete der Beichtwillige. Wenn Priester und Gläubige miteinander sprachen, lehnten ihre Köpfe an einem engmaschigen Holzgitter. Vor den Eingängen zu den Zellen, die zur Front des Mittelschiffs hin ausgerichtet waren, hingen schwere Brokatvorhänge, die das Sündenbekenntnis für alle Außenstehenden dämpfte.

Diese Finsternis macht depressiv. Padre Pedro massierte sich die Schläfen in der Hoffnung, daß dadurch der Druck in seinem Kopf etwas nachlassen würde. Die Enge eines Beichtstuhls bedrückte ihn. Gelegentlich flüchtete er, getrieben von unerträglicher Atemnot, während einer Beichte aus der Kabine. Manche der Kirchenbesucher, die ihn in der Vergangenheit so erlebt hatten, reagierten darauf voller Entsetzen, weil sie annahmen, daß der Priester vor ihren Sünden flüchtete. Sie baten ihn eindringlich um Vergebung, während er mit hochrotem Kopf vor ihnen stand und nach Luft rang.

Vielleicht lache ich so selten, weil ich die Atmosphäre in der Kirche nicht ertragen kann? Oder lag es vielleicht doch daran, daß ihm Padre José immer häufiger die seelsorgerischen Aufgaben überließ und nur noch selten seinen Platz im Beichtstuhl einnahm?

Er dachte an seine Studienzeit zurück. Der Wunsch, wieder in den Schutz des Klosters und der Universität zurückzukehren, die er so viele Jahre besucht hatte, wurde immer stärker. Er sehnte sich nach dem Lachen und Scherzen seiner Kommilitonen, nach der Leichtigkeit ihrer Diskussionen über Gott und den Teufel. Mit Padre José konnte er solche Gespräche nicht führen. Der alte Priester war zu dogmatisch, ja geradezu verbissen in Glaubensfragen.

Pedros Blick fiel auf die Illustrierte, die der Alte in der Kabine zurückgelassen hatte. Er las die Überschrift und stutzte:

»Nonne flüchtet aus dem Kloster zum Geliebten.« Zaghaft schob er die Bibel ein wenig zur Seite, als könnte er bei der Lektüre einer verbotenen Schrift erwischt werden. Er knipste die kleine Leselampe an.

Eine Schwester, die in einem Kloster in den Bergen lebte, war in einem Müllwagen, zwischen den Küchenabfällen versteckt, ins nächste Dorf geflüchtet. »Die 40jährige Frau«, so las er, »hatte sich auf einem Kongreß in einen Professor verliebt, der einen Vortrag über moderne Computertechnologie gehalten hatte. Ihre Begründung für die Flucht: Sie habe fast 20 Jahre in einem Orden verbracht, dessen Mitgliedern es verboten war, zu sprechen. Als sie ihre Klosterleitung bat, einen Computer mit Internetanschluß anzuschaffen, sei ihr Vorschlag von der Äbtissin als Teufelswerk verdammt worden.

Padre Pedro fragte sich, ob er jemals ohne die Kirche würde existieren können? Vermutlich nicht, er glaubte an seine Berufung zum Priester. Und an Gott! So, wie ein Mensch nur an Gott glauben kann. Selbst in schlimmsten Situationen. Er versuchte, den Gedanken zu verdrängen und begann zu beten: »Vater unser, der du bist im Himmel, geheiligt werde dein Name ...«

Manchmal peinigten ihn nachts wilde Phantasien, und er wachte schweißgebadet auf, weil er die Bilder von nackten Frauen nicht aus seinen Träumen verbannen konnte.

»Verzeih' mir, Gott«, murmelte er, schob den Vorhang der Kabine einen Spalt zur Seite und blickte in das leere Kirchenschiff. Heute schien niemand seinen Beistand zu benötigen. Er lehnte sich zurück und vertiefte sich in ein Gebet: »Ich bekenne Gott, dem Allmächtigen und allen Brüdern und Schwestern, daß ich Gutes unterlassen und Böses getan habe. Durch meine Schuld, durch meine große Schuld ...«

Der Brokatvorhang der Nebenkabine bewegte sich. Für Momente fielen Lichtstrahlen in die Zelle, und durch das Holzgitter sah er das Gesicht einer alten Frau.

»Padre, ich habe gesündigt.«

Er beugte sich vor. »Was hast du getan?«

»Ich bin in der Bar am Plaza gewesen.«

»Das ist keine Sünde, Frau.«

»Ich habe gelästert. Über Frauen. Habe Witze gemacht.«

»Böse Witze?«

»Was macht eine Frau im Raumschiff?« Sie machte eine kurze Pause, als erwarte Sie von ihm die Antwort. Sie hustete. Padre Pedro überlegte. Er wußte mit ihrer Frage nichts anzufangen. Sie fuhr fort: »Putzen!«

»Es ist nicht so schlimm, gelegentlich einen Witz zu erzählen.«

»Oder kennen Sie den? Warum haben Frauen so kleine Hände? – Damit sie auch in den Ecken putzen können.«

»Allerdings sollte man keine Witze erzählen, die Menschen beleidigen.«

»Das meine ich auch, Padre. Und erst recht nicht in meinem Alter. Ich bin doch schon 91.«

Die Alte kicherte. Ihr Atem roch nach Pfefferminz. Schon lange hatte er diesen Duft nicht mehr wahrgenommen. Ob sie vielleicht Pfefferminztee trank? Oder Minztabletten lutschte?

»Kennen Sie den vielleicht? Wohin fliegt der schwule Adler? – Zu seinem Horst! Solche Witze habe ich erzählt. Vergeben Sie mir meine Sünden?«

»Gott wird ihnen verzeihen. Doch Sie sollten in Zukunft vermeiden, Witze zu erzählen, die Menschen verletzen. Es sind die Worte, die unsere Mitmenschen beschämen. Beten Sie fünf *Ave Maria*. Gott sei mit ihnen.«

Mit der rechten Hand zeichnete Padre Pedro ein Kreuzzeichen in die Luft. »Gott, der barmherzige Vater, hat durch den Tod und die Auferstehung seines Sohnes die Welt mit sich versöhnt und den Heiligen Geist gesandt zur Vergebung der Sünden. Durch den Dienst der Kirche schenke er Dir Verzeihung und Frieden. So spreche ich dich los von Deinen Sünden im Namen des Vaters und des Sohnes und des Heiligen Geistes.«

»Amen.«

Der Vorhangstoff raschelte.

»Danket dem Herrn, denn er ist gütig.«

Schlurfende Schritte entfernten sich. Die Kirchentür fiel mit einem Knall ins Schloß. Das Echo hallte in den kleinen Kapellen längst des Mittelschiffs wider.

Feierabend, dachte er und schob den Vorhang zur Seite. Er wollte sich gerade aus der Zelle zwängen, als er das Mädchen bemerkte, das sich auf dem breiten Mittelweg zwischen den Bankreihen dem Beichtstuhl näherte. Wenige Meter entfernt, blieb das Kind stehen und sah mißtrauisch zu ihm herüber. Er kannte das Mädchen. Die Tochter eines Polizisten von der Wache nebenan. Er hatte sie schon oft zusammen mit ihrer Familie im Gottesdienst gesehen.

»Komm näher«, forderte er das Mädchen auf. Zögernd betrat die Kleine den Beichtstuhl. Sie kniete nieder, legte den Kopf an die Gitterstäbe und starrte mit leerem Blick in seine Richtung.

»Was hast du mir zu sagen?« fragte er.

Das Kind schwieg.

»Du brauchst keine Angst zu haben. Gott hilft jedem, der guten Willens ist, seine Sünden zu bereuen. Sage mir, was dich bedrückt.«

»Ich ...«, das Mädchen schlug die Augen nieder, »ich war böse, weil ich Vater und Mutter nicht geehrt habe.«

»Erzähle mir, warum. Hab Vertrauen. Nur Gott hört uns zu.«

»Ich war böse.«

»Wie?«

»Weil ich im Bett mit meiner Mama und meinem Papa gespielt habe.«

Pedro suchte den Blick des Kindes. Er strich die Haare hinter seinem Ohr zurück. »Was ist daran so schlimm?«

»Meine Mami hat gesagt, ich sei böse. Ich hätte Papi verführt. Ich wollte das doch nicht.«

Seine Hände, die er zum Gebet gefaltet hatte, verkrampften sich.

Die Kleine schluchzte. Pedro wollte sie am liebsten in den Arm nehmen und beschützen, und es packten ihn Zorn und Wut und gleichzeitig Verzweiflung.

»Sprich weiter«, flüsterte er.

»Ich verstehe Sie nicht, Herr Pfarrer«, das Kind lehnte den Kopf noch dichter an das Gitter, »können Sie etwas lauter sprechen«.

»Was möchtest du mir noch sagen? Hab keine Angst«, sagte er.

»Hab ich aber! Ich darf es doch niemandem sagen. Das hat Papi verboten. Er will mich ganz weit wegschicken, wenn ich nicht gehorche. Aber ich darf es Gott sagen, nicht? Es tut immer so weh, wenn Papi mich bestraft, weil ich böse war.«

»Was macht er?«

»Er nimmt das Kreuz. Das mit den roten Steinen. Und das steckt er mir ...«

Pedro preßte er seine Hände vor die Ohren. Für Momente hörte nicht mehr, was das Mädchen sagte. Als könnte er das Geständnis des Kindes weit von sich fernhalten, versuchte er sich die Ohren zuzuhalten. Doch leise vernahm er die Stimme des Kindes immer noch.

»Ich wollte das Stäbchen nicht anfassen. Wirklich nicht! Mutti war böse darüber und hat gesagt, der Vati soll mich dafür bestrafen. Das tut so weh. Ich will nie mehr böse sein. Immer, wenn ich zu Papi und Mami ins Bett gehe, muß ich Papi streicheln, weil ihm das Stäbchen so weh tut. Und muß Mutti streicheln. Und dann bestraft mich Papi mit dem Kreuz. Damit Gott verzeiht, sagt er. Lieber Padre, kann Gott mir nicht verzeihen? Ohne Kreuz?«

Pedro zitterte innerlich. Was sollte er dem Kind sagen? Diese Dunkelheit hier! Gott! Gott hilf! Wie kann ich helfen?! Ihm fiel das Atmen schwer. Gott, warum bist du so grausam?

»Padre, hören Sie mich? Padre? Was ist? Kann Gott mir verzeihen?«

Er blickte das Kind durch die Gitterstäbe an. Sie waren beide eingesperrt. In diesem Kasten, der sich Beichtstuhl nannte. Mit ihrem Schmerz allein. Was sollte er sagen? Daß es nicht Gottes Strafe, sondern Teufelswerk war, was da im Schlafzimmer der Eltern passierte? Wie sollte die Kleine das verstehen?

»Gott verzeiht alle Sünden, mein Kind. Und Gott wird dir helfen. Vertrau auf ihn«, flüsterte Pedro. Er faltete seine zitternden Hände zum Gebet. »Gott sei mit Dir. Geh jetzt und denke ganz fest an ihn.«

Das Mädchen bekreuzigte sich und verließ die Kabine. Er schob den Vorhang ein wenig zur Seite und sah ihm nach und rief so laut, daß es in den Kapellen mit vielfachem Echo widerhallte: »Glaube an Gott! Er wird dir helfen. Ganz bestimmt. Wenn dein Papi wieder einmal mit dem Kreuz kommt, bete ein *Vater unser*. Bete ganz laut!«

Vielleicht wird Gott deinen Vater töten, flüsterte er.

* * *

»Hände hoch, Polizei!«

Paloma Tobal blickte unwillig von den Akten hoch. In Augenhöhe sah sie zwei pralle Oberschenkel in einer weißen Leinenhose. »Was gibt's?«

»Darf ich mich setzen?«

Sie ließ sich nicht gerne bei der Arbeit stören, erst recht nicht, wenn sie frühstückte. Morgens wollte sie ihre Ruhe haben.

»Ich würde mich gern mit ihnen unterhalten.«

Sie kannte den Mann nicht, der neben ihrem Tisch stand und darauf wartete, von ihr zum Sitzen aufgefordert zu werden.

»Ich arbeite.« Sie kannte diese Sorte Männer. Konnten nicht mal bis zum Abend warten, um eine Frau anzumachen. Verschwinde schon, dachte sie.

»Auch beim Frühstück?«

»Was?«

»Arbeiten, meine ich. Warum genießen Sie nicht den schönen Morgen? Die Luft ist kühl. Die Vögel zwitschern. Der Jasmin duftet ...«

Ja, sie hatte Glück mit ihrem Hotel. Im *Alfabia* fühlte sie sich wohl. Es war eine Herberge mit sieben Zimmern, jedes anders, geschmackvoll und verspielt eingerichtet. Terrakottafußböden, üppige Blumen- und Pflanzenarrangements in großen Keramiktöpfen, Aquarellmalereien mit Szenen des Landlebens. Sie genoß es, mitten in der Natur zu wohnen. Diese Ruhe! Das Rauschen der Blätter, wenn ein Windstoß durch die Baumgipfel fuhr.

»Bis vor wenigen Sekunden habe ich das sehr genossen. Und nun wollen Sie mir ein Gespräch aufdrängen.«

Tobal überprüfte die Protokolle des Verhörs mit Ramons Ehefrau. Es gab einige ungeklärte Fragen - und einen Verdacht: War es möglich, daß die Frau ihren Mann umgebracht hatte? Aus Eifersucht? Angst? Wut? Nicht auszuschließen ...

»Ich bin Reporter von *Ultima Hora, Sun, Bild* und einigen anderen Zeitungen.«

»Deswegen also der Fotoapparat. Ich dachte, Sie wären ein Tourist, der sich langweilt und der nächstbesten Frau nachstellt.«

Der Mann griff in seine Jackentasche und zeigte ihr seinen Presseausweis. »Na, ihr Eindruck spricht ja nicht für mich.«

Paloma biß ein Stück von ihrem Marmeladencroissant ab. Der Journalist beobachtete sie dabei und wie ihre Zunge genüßlich über die Lippen strich und die süßen Teigreste aufsammelte. Sie konnte Männer mit blauen Augen nicht leiden. Ihr erster Freund hatte so einen wässrigen Blick gehabt. Nachdem sie zum ersten Mal zusammen im Bett gewesen waren, hatte er ihr den Laufpaß gegeben. War ohnehin ein Krampf gewesen. Er wollte immer nur ihre Füße küssen und an ihren Zehen saugen. Hoffentlich würde Sie den Zeitungsfritzen schneller los!

»Was suchen Sie in Dolorosa? Eine Geschichte?«

»Hab' ich schon. Die Wahnsinnsstory! Und ganz schön witzig. Ein Händler, der tot im Weinfaß schwimmt. Hat vermutlich nie schwimmen gelernt.«

Er lachte gackernd und legte dabei sein rundes Gesicht in Falten wie ein Boxerhund.

»Sie sind recht humorlos, wie?« fragte Paloma.

Der Reporter verzog keine Miene. »Haben Sie eine halbe Stunde Zeit für mich?«

»Kommen Sie am Nachmittag in mein Büro, oder rufen Sie an.«

»Hab' ich schon. Gestern abend. Der Inspektor meinte, ich soll es heute morgen hier versuchen. Da bin ich.« Tobal ärgerte sich über die Geschwätzigkeit ihres Mitarbeiters. Er hätte sie wenigstens fragen können ...

Der Mann verbeugte sich kurz und ein wenig linkisch, legte seine rechte Hand auf den Rücken und lüftete mit der Linken einen nicht vorhandenen Hut. »Gestatten! Felix von Bourbon. Spanier mit deutschen Vorfahren. Guter alter Adel.«

»Warum haben Sie bei so einem Stammbaum keinen vernünftigen Beruf gelernt?«

»Schwarzes Schaf. Sie versteh'n?« Er zog seine Schultern hoch. »Und etwas verarmt.«

So arm nun auch wieder nicht, dachte sie. Trägt Armani-Jeans, ein Hemd von Gucci. Die Leinenjacke dürfte auch nicht billig gewesen sein. Vermutlich auch von einem Edelschneider.

»Was wollen Sie wissen?« Tobal klappte den Aktendeckel zu. Der Reporter würde nicht gehen, bevor sie ihm etwas zum Nachdenken mit auf den Weg gegeben hatte.

»Alles! Darf ich mich jetzt setzen?«

Sie nickte. Man trifft selten einen Menschen, der einem Klischee entspricht. Bourbon verkörperte es. Er setzte sich breitbeinig vor sie auf den Stuhl, stützte seine Hände auf die Knie, schob Ellenbogen und Oberkörper nach vor und saß mit seinen wohl 100 Kilo Körpergewicht wie ein Gockel auf dem zierlichen Stuhl.

»Haben Sie schon eine Spur?«

Er ist sehr direkt, dachte Paloma. Vielleicht war es gut, daß sie das Interview beim Frühstück machten. Vielleicht war er hier nicht so aufmerksam wie in einem nüchternen Büro auf der Polizeiwache. Aber sie selbst vielleicht auch nicht!? Hoffentlich würde er nicht merken, daß sie noch keine Ahnung hatte, wie sie den Fall klären sollte. Es gab keine Spur. Keinen Hinweis. Keinen Zeugen.

»Wir haben mehrere Spuren. Aber es ist zu früh, sich festzulegen.«

Sie beherrschte das Spiel allmählich.

»Hat der Tod des Straßenbahnfahrers mit dem von Ramon zu tun?« Von Bourbon kniff die Augen ein wenig mehr zusammen. Jetzt ähnelte sein Gesicht dem einer fetten Katze.

Das hatte sie auch schon überlegt. »Wie kommen Sie darauf?«

»Weil wir es mit ungewöhnlichen Todesumständen zu tun haben. Moreno, der Straßenbahnfahrer, starb an seinem Arbeitsplatz. Ein Stromschlag grillte ihn. Ramon trinkt seinen eigenen Wein bis zum Abwinken. Welche Verschwendung!«

Paloma ignorierte seinen Scherz. »Bei Moreno wissen wir nicht, noch nicht, ob es Unfall oder Mord war«, sagte sie, »Ramon starb durch Gewalteinwirkung. Der zeitliche Zusammenhang war vermutlich Zufall.«

Sie glaubte nicht an Zufälle. Alles stand in Kontakt zueinander. Wenn ein Mensch getötet wurde, gab es in 90 Prozent aller Fälle eine Verbindung zwischen Opfer und Täter. Egal wie bizarr diese Beziehung war. Und wenn Moreno wirklich ermordet worden war, gab es auch eine Spur zwischen den beiden Taten. Und wenn auch nur in dem verrückten Hirn eines Täters.

»Woran denken Sie?« Bourbon beugte sich vor und versuchte, ihr in die Augen zu sehen. »Ich finde Sie sehr sympathisch.«

»Ich bin bemüht, ähnliches zu empfinden. Wenn Sie mir jetzt aber auf die charmante Tour kommen wollen, ist es damit vorbei.« Sie lächelte, und Felix von Bourbon erwiderte das Lächeln.

Die Kellnerin brachte die Huevos del Dolorosa, die Paloma bestellt hatte. Zwei Eier und warme Sobrasada, in Öl gebackene Wurst, die auf einem warmen Püree aus Erbsen, Möhren und Lauch serviert wurden. Bourbon sah sie an, als hätte sie gerade eine Flasche Whiskey auf Ex getrunken. Er bestellte einen Café con Leche und Mineralwasser.

»Essen Sie so was immer zum Frühstück? Marmeladencroissant und heiße Wurst mit Gemüsepampe?« Er sprach so geziert, als würde er sich innerlich schütteln vor Ekel.

»Vor heute abend bekomme ich vermutlich nichts mehr. Die Huevos sind eine Spezialität. Sollten Sie mal probieren.«

»Ich bin Vegetarier«, sage er.

»Deswegen also so sensibel.«

»Können wir über den Job sprechen? Ich muß heute eine Geschichte an meine Redaktionen schicken. Die wollen sehen, daß ich hier nicht nur Urlaub mache und Reisespesen verprasse.«

»Haben Sie noch nicht genug?«

»Ich glaube, die Ehefrau hat Ramon umgebracht.«

Die Bemerkung überraschte Tobal. »Wie kommen Sie darauf?«

»Ich war bei ihr. Sie ist nicht sehr traurig darüber, daß ihr Alter tot ist. Wir haben gestern abend zusammengesessen und Wein getrunken, und hätte ich gewollt, dann wäre sie mit mir ins Bett gegangen.«

»Sie sind eben ein Frauentyp«, schmeichelte Paloma. »Gab's sonst noch was?«

»Eigentlich wollte ich hier ja die Fragen stellen.«

»Vielleicht finden Sie in meinen Fragen einige Antworten«, erwiderte Tobal. Er lächelte und fuhr mit seinem Bericht fort: »Sie hat Andeutungen gemacht. Vielleicht hat der Alte sie einmal zuviel geschlagen. Mit der Tochter ist auch was.«

Er hat Erfahrung mit Kriminalfällen, dachte sie.

»Sie hat mir ihre blauen Flecken an den Armen gezeigt.«

»Die Tochter? .« Mir nicht, dachte Paloma.

»Die Tochter ist total verschüchtert. Scheint Angst vor Männern zu haben«, sagte Bourbon. »Sogar vor mir fürchtet sie sich.«

Das Mädchen kam mir gleich so komisch vor, dachte Paloma. »Und darüber haben Sie sich gewundert?«

»Sie können mich nicht leiden, wie?« fragte Bourbon. Sie schwieg. Er beugte sich zu der Hecke an seiner Seite hinüber, knickte eine Rose ab und reichte ihr die Blume. »Falls ich mich falsch verhalten habe, nehmen Sie die Königin der Blumen als Geste der Entschuldigung!«

Sie roch daran, doch der Jasminduft, der den ganzen Garten um sie herum erfüllte, war stärker. Ohne den Reporter und ihre Toten wäre das hier ein Paradies, dachte sie. Sie sah sich um: Palmen, Oliven und Orangenbäume. Die Terrasse, auf der sie saß, war um das Haupthaus herumgebaut. Die breiten Türen zu den einzelnen Räumen waren geöffnet. Sie sah von ihrem Platz aus das Musikzimmer, in dem die Tochter des Hotelbesitzers nachmittags Klavier spielte. Auf dem Musikinstrument stand eine Fette Henne auf einem gestickten Deckchen. In der Bibliothek hingen an den Wänden alte Stiche und Federzeichnungen mit Ansichten von Dolorosa im 18. Jahrhundert. Unterhalb der Terrasse, zu ihren Füßen, war ein Teich, der nach mehreren Metern vom Dickicht eines kleinen Urwalds verdeckt wurde. Hier wuchsen Bäume, Sträucher und Büsche aus vielen Ländern der Erde. Myrte, Granatapfel, Nußbaum, Zypresse, Steineiche, Magnolia, Palisander, Zeder und Wigandia, ein Strauch aus Mexiko. An verschiedenen Stellen befanden sich Ruheplätze. Ein Garten wie ein Gemälde.

Warum gab es die Schönheiten dieser Welt für sie nicht unberührt, sondern immer nur im Zweierpack mit Mord und Totschlag?

Sie steckte die Rose zu den anderen Blumen in der Vase auf dem Tisch. Sie beobachtete den Reporter, der in Gedanken versunken schien. Immerhin kann er auch schweigen. »Vor allem charmante Männer sollte man auf Abstand halten. Sie können einer Frau gefährlich werden, wenn sie glaubt, was er ihr sagt.«

Bourbon lächelte. Es paßt zu seinen blauen Augen, dachte sie.

»Schade, daß wir über Mord und nicht über Gefühle sprechen können«, sagte er.

Vielleicht spielen Gefühle aber eine entscheidende Rolle im Mordfall Ramon, dachte Tobal. Irgend etwas war mit der Tochter des Weinhändlers?! Sicher, sie war schockiert durch den Tod des Vaters. Aber sie wirkte auch auf eine traurige Art befreit. Ebenso die Mutter. Hatten die beiden den Mann umgebracht?

»... wenn Haß und Liebe dicht beieinander liegen. Kann da nicht ein Motiv zu finden sein? Vielleicht hat die Frau den Weinhändler deswegen getötet? Ein Familiendrama?«

»Aus Liebe?« Tobal stellte sich absichtlich ahnungslos. Die meisten Morde geschahen aus Leidenschaft, waren gepaart mit unglücklicher Liebe, Haß, Neid, Eifersucht. Die meisten Täter waren im Lebensumfeld der Opfer zu finden. Man mußte nur das Motiv erkennen und ihnen die Tat beweisen.

»Vielleicht wollte er seine Frau verlassen. Oder sie ihn?«

»Spekulationen bringen nicht viel!« Tobal reichte es. »Es sieht nicht so aus, als wäre die Tat von einer Frau begangen worden. Um Ramon ins Weinfaß zu heben, muß man schon sehr viel Kraft haben. Es gibt nicht viele Frauen, die das schaffen.«

»Vielleicht haben sie Verstecken gespielt. Und er ist ins Faß gestiegen und dann ertrunken.«

Paloma lachte nur einen Moment. »Ihre Phantasie geht mit ihnen durch.«

»Hat sie einen Geliebten?«

Tobal hätte die Antwort gern gewußt. Herrera war von ihr beauftragt worden, sich diskret bei Freunden, Nachbarn und Kunden zu erkundigen. Bis jetzt gab es keinen Hinweis darauf, daß Alina Ramon ein Verhältnis zu einem anderen Mann hatte.

»Ich will ihnen reinen Wein einschenken.« Wie makaber das im Zusammenhang mit einem Tod im Weinfaß klingt, dachte sie. »Wir hoffen, daß uns die Obduktionen von Ramon und Moreno weiterhelfen werden. Da es hier keinen Gerichtsmediziner gibt, mußten wir die Leichen in die Hauptstadt schaffen. Und die sind überlastet.«

Felix von Bourbon hob seinen Fotoapparat. »Darf ich?«

»Danach ist aber Schluß. Ich muß noch einige Akten lesen, bevor ich ins Büro gehe.«

Paloma reichte ihm die Hand, wünschte ihn einen guten Tag und tat so, als vertiefe sie sich in ihre Unterlagen. Während er sie fotografierte, dachte sie an Alina Ramon und ihre Tochter. Die beiden hatten sich so seltsam verhalten, als sie mit den Polizisten die Spuren in der Weinhandlung sicherten. Keine besonderen Gefühlsausbrüche. Kaum Tränen.

Paloma stellte fest, daß sie sich insgeheim wünschte, daß die Frau die Mörderin war. Wie gemein von mir, dachte sie. Da mache ich aus der armen Frau die Täterin, nur damit ich es leichter habe.

»Sehen Sie mich mal an«, sagte Bourbon. Er drückte auf den Auslöser der Kamera.

»Sie sind eine schöne Frau. Wirklich toll«, rief der Bourbon begeistert. »Sie gehören nicht in dieses Dorf. Die große Welt sollte ihre Bühne sein!«

Tobal fragte sich, ob es einen Unbekannten in ihrer Rechnung gab. Dann habe ich ein großes Problem. Ihr Gespür sagte ihr, daß sie sich in diesem Fall bald um weitere Tote würde kümmern müssen.

* * *

Einen halben Wirsing. Ein Viertel Blumenkohl. Eine Stange Lauch. Zweihundert Milliliter Olivenöl. Paprika, Schweineschmalz, Petersilie, Knoblauchzehen, Tomaten und Fleischbrühe. Zweihundert Gramm Sopas – getrocknete kleine Brotscheiben.

Padre Pedro überprüfte, ob alle Zutaten für seine Suppe bereit lagen. Nichts war ärgerlicher, als während des Kochens festzustellen, daß etwas fehlte. Die Haushälterin hatte sich heute freigenommen, weil ihr Bruder im Nachbarort heiratete. Ihm war es nur recht. Wenn er Probleme hatte, war er am liebsten allein. Und beim Kochen hatte er die besten Ideen.

Die Beichte der Tochter des Polizisten ging ihm nicht aus dem Kopf. Vielleicht sollte er mit Padre José über sein Problem sprechen? Aber wie? Das Beichtgeheimnis verbot ihm, etwas von dem zu erzählen, was ihm die Gläubigen anvertraut hatten. Ein Todsünde, es doch zu tun! Könnte er Andeutungen machen, ohne einen Namen zu nennen? Sollte er dem Kollegen von einem Kind erzählen, das von seinem Vater mißbraucht wurde?

Vielleicht wäre ich besser Koch geworden, dachte Pedro. Ich komme mit den Menschen und ihren Sorgen nicht zurecht. Wie kann ich dem Kind, wie kann ich den vielen anderen Menschen helfen? Sind das die Prüfungen, die der Herr den Priestern auferlegt?

»Pedro! Sehen Sie, schauen Sie nur!«

José eilte die Treppe von der Wohnhalle zur Küche hoch. Sein schlohweißes, halblanges Haar wehte ihm wirr um den Kopf. Mit wenigen Schritten war er bei ihm, wischte mit einer Armbewegung das Gemüse auf dem Tisch zur Seite und schüttete den Inhalt einer Plastiktüte vor ihm aus. Muscheln in jeder Form und Größe, vermischt mit Sand und Meerwasser, bedeckten die Tischplatte.

»Ich war am Strand. Habe das hier gefunden ... Ich erinnerte mich an die Zeit, als ich noch ein Kind war«, erzählte er, »und stellen Sie sich vor: Zum ersten Mal seit vielen Wochen konnte ich mich richtig entspannen.«

»Es wurde auch Zeit, daß sie mal aus ihrer Höhle herausgekommen sind«, sagte Pedro, während er versuchte, die Erbsen und Möhren aufzufangen, die vom Tisch rollten. Dann raunzte er: »Dummes Gemüse – nicht essen, denken sollt ihr, hat der Herr gesagt.«

»An diese Worte des Herrn kann ich mich nicht erinnern. Sie dürften zu ihren persönlichen Auslegungen der Bibel gehören ...«, sagte José irritiert. Er murmelte etwas Unverständliches und beobachtete den jungen Kollegen, der nun über den Fliesenboden mit dem orientalischen Muster kroch und das Gemüse aufsammelte. Dann schmunzelte er und meinte: »Verehrter, junger Kollege, Sie scheinen es mit der Buße ja wirklich ernst zu nehmen. Aber Sie müssen nicht stundenlang in der Küche auf Knien herumrutschen.«

»Ich habe ein Problem«, sagte Pedro, während er vor dem Küchenschrank lag und mit ausgestrecktem Arm nach einer Möhre fischte. »Ich habe zunächst geglaubt, selbst damit fertigzuwerden. Aber jetzt weiß ich nicht weiter.«

»Dann fahren Sie doch nach Lourdes«, erwiderte der Alte keck, »die sind für Wunder zuständig«.

Die Möhre lag so weit entfernt, daß Pedro sie mit ausgestrecktem Arm gerade mal mit der Kuppe seines Zeigefingers spüren konnte. Er streckte sich und preßte dabei sein Gesicht gegen die Schranktür, das jetzt aussah wie ein verknautschter Hundekopf.

José grinste zu Pedro hinunter. »Was machen Sie da? Ist das die neue Körperstellung für Büßer?«

»Ich fische nach einer Möhre.«

»Die wachsen im Garten. Die kann man nicht angeln.«

Pedro versuchte zu grinsen, aber der Schrank ließ ihm keinen Spielraum für eine weitere Grimasse.

»Ich darf mit ihnen nicht über mein spezielles Problem sprechen. Aber können wir uns über Glaubensregeln unterhalten?«

Endlich hatte er sie! Schwer atmend erhob er sich, und während er die Möhre zu dem anderen Gemüse legte, fuhr er fort: »Vielleicht gibt es eine Möglichkeit des Gedankenaustauschs, ohne Kirchenregeln zu verletzen.«

Padre José sah ihn mit zusammengekniffenen Augen von der Seite an. »Ein Trick? Es ist also sehr ernst?!« Er nahm eine Möhre und biß wie ein Kaninchen mit seinen Vorderzähnen Stück für Stück ab.

Pedro nickte und zerkleinerte den Kohl und das andere Gemüse. Im gußeisernen Bräter, der Greixonera, blubberten Olivenöl und Schmalz. Zwiebeln und Lauch wurden in einem anderen Topf gedünstet. Knoblauch und Tomaten ins Öl, bei schwacher Hitze köcheln lassen, murmelte er, als würde er das Rezept auswendig lernen.

José sah ihn verständnisvoll an: »Mit Disziplin und dem Glauben an Gott löst man jedes Problem.«

»Ich löse Probleme normalerweise beim Kartoffelschälen. Diesmal hilft es nicht.« Pedro schüttete Wirsing und Bohnen, die er gerade in einem Sieb gewaschen hatte, in den Topf und stellte die Fleischbrühe bereit, mit der er das angebratene Gemüse ablöschen wollte. »Wenn ich von Unrecht erfahre, von schrecklichem Unrecht, darf ich dann einem weltlichen Richter einen Hinweis geben?«

»Das Beichtgeheimnis verletzten?« Padre Josés Stimme klang ernst. Sein Murmeln, das er zwischen die Sätze schob, hatte einen gereizten Unterton. Seine Augenbrauen drückten sich wie die Stirnfalten zusammen. Die Augen funkelten. »Niemand! Aber auch niemand darf gegen die heiligen Regeln der Beichte verstoßen ... Das, was dir gesagt wird, verschließe in deinem Herzen ... Dafür muß der Priester, wenn Gott es so bestimmt, trauern und Schmerzen erleiden oder sterben.«

Knack. Wieder biß er ein Stück Möhre ab.

»Ich hatte mal während des Krieges einen Kollegen, der von Partisanen erfahren hatte, wo sie ihre Waffen lagerten. Die Faschisten folterten ihn. Er hat geschwiegen ... Wer das Beichtgeheimnis verrät, wird die Qualen des Fegefeuers noch in dieser Welt erleiden. Allein der Gedanke daran, das Gebot zu verletzen, lieber Freund, ist eine Sünde.«

»Kann ich mit dem leben, von dem ich weiß?«

Der alte Pfarrer atmete erregt. »Ich kann Sie verstehen ... sehr gut sogar. Wir Priester werden immer wieder von unseren Mitmenschen auf die Probe gestellt. Nicht von Gott, wie es so schön heißt, sondern von den Mitmenschen ... Sie schütten uns ihr Herz aus und verlassen den Beichtstuhl erleichtert und zufrieden.«

Pedro sah José überrascht an. So hatte er den Alten noch nie erlebt.

Nervös wedelte José mit dem Rest seiner Möhre. »Wie viele Mördern müssen wir trösten! Ehebrecher aufrichten! Todkranken das ewige Heil versprechen« sagte der Alte, »auch ich war in jungen Jahren so manches Mal sehr verzweifelt«.

Pedro gab die Erbsen, den Blumenkohl und das Paprikapulver in den Topf. Er preßte die Lippen zusammen. Eigentlich war ihm der Appetit auf die Sopa vergangen. Am liebsten würde er die Töpfe wieder wegräumen. Aber das Kochen gehörte zu seinen Aufgaben, wenn die Haushälterin ihren freien Tag hatte. Er schaltete den Backofen an. 150 Grad.

»Und wenn es um ein Kind geht, das mißhandelt wird?«

Padre José blieb abrupt stehen und sah ihn entsetzt an. »Schweigen Sie! Kein Wort aus einer Beichte. Keine Andeutung! Haben Sie das nicht während ihrer Studien gelernt? Hat man ihnen auf der Universität nicht von den Leiden berichtet, die wir Priester ertragen müssen?«

Padre Pedro bedeckte das Gemüse mit den dünn geschnittenen, harten Brotscheiben und schob den Bräter in den vorgeheizten Backofen. In einer halben Stunde würde die Sopa fertig sein. Sein alter Kollege, das merkte er, konnte ihm nicht helfen. Er hätte ihn nicht mit seinen Sorgen belasten dürfen. José war zu alt. Kein Wort mehr!

Padre Pedro legte dem alten Mann sanft den Arm um die Schulter. »Verzeihen Sie mir, Padre, daß ich Sie so herausgefordert habe. Beruhigen Sie sich. Sie haben Recht. Ich muß selbst damit fertig werden. Setzen Sie sich doch einfach in die Halle und ruhen Sie sich etwas aus, bis ich das Essen serviere.«

José drehte sich um und stieg die Treppe hinab zur Wohnhalle und setzte sich dort auf die Couch. Er stierte in die Luft und murmelte: »Das gibt ein Unglück ... Das gibt ein Unglück.«

Als das Essen fertig war, kehrte José in die Küche zurück. »Ich möchte ihnen noch etwas sagen ... ich weiß, in welch' schwieriger Situation Sie sich befinden ... ich leide mit ihnen ... Matilda hat auch schon mit mir gesprochen.«

»Über mich?«

José setzte sich auf einen Stuhl. »Sie ist nicht nur eine gute Haushälterin. Sie kennt auch viele Leute im Ort. Ihr vertraut man vieles an, weil sie im Haus der Priester arbeitet. Manche sagen ihr, was sie uns nicht zu beichten wagen ... und haben die Hoffnung, daß sie es uns erzählt.«

»Und was hat sie ihnen gesagt?«

»Sie müssen das, was ich ihnen jetzt sage, wie bei einer Beichte in ihrem Herzen bewahren«, sagte José und bekreuzigte sich, als wolle er böse Gedanken verscheuchen. »Sie hat davon gehört, daß in Dolorosa Kinder mißbraucht werden ...«

Padre Pedro bemerkte zu spät, daß er den Eßteller nicht auf den Tisch, sondern daneben gestellt hatte. Vergeblich versuchte er ihn aufzufangen. Er zersprang auf dem Boden und die Scherben flogen in alle Richtungen.

»Von wem weiß sie das?«

»Ihr Geheimnis ...« José murmelte, dann fuhr er sehr leise fort: »Sie war die Geliebte des Weinhändlers.«

Pedro sammelte die Scherben und die Essensreste auf dem Boden ein. Skeptisch blickte er den alten Kollegen von unten an: »Hat er ... ? Hat sie ihnen das erzählt?«

»Nicht direkt ...« Padre José seufzte: »Sie meinte, man müßte ihn umbringen.«

»Ramon?«

José nickte.

»Das ist ja nun auch geschehen.« Pedro stockte, dann sagte er: »Meinen Sie, daß sie ...?«

José hob die Schultern und murmelte etwas von seinen Kräften, die allmählich nachließen. »Ich weiß nicht ... Bin kein Polizist.«

Padre Pedro servierte die Sopa. Während des Essens sprach José darüber, wie schwer es ihm falle, den Lebenswandel der

Haushälterin zu akzeptieren und ihr nicht zu kündigen. Die Priester beendeten das Essen mit einem Tischgebet. Als Pedro das Geschirr spülte, schaute José um die Ecke: »Ich steig' noch mal ins Loch. Das ist übrigens noch nicht alles.«

»Was?«

»Matilda. Sie ist auch die Geliebte von Gonzales. Dem Polizisten aus der Calle Christobal.«

* * *

»Viel Zeit haben Sie nicht mehr«, sagte Ratsherr Jaime Amer, während er hemmungslos in der Nase bohrte, »dann wird ihnen ihr schöner Arsch aufgerissen!«

»Der Mörder tanzt nicht nach der Pfeife des Gemeinderats«, konterte Tobal. »Wir haben es hier offensichtlich mit einem intelligenten Täter zu tun. Er hinterläßt keine Spuren ...«

»... dann sollte unsere Polizei ebenso intelligent vorgehen!«

»Lassen Sie sich nicht provozieren, mein Täubchen«, flüsterte Padre José der Kommissarin zu, doch alle in der Runde bekamen seine Worte mit. »Hättest du geschwiegen, wärst du ein Philosoph geblieben. Die Weisheit eines Römers, mein Täubchen.«

»Ich bin Kommissarin der Policia National«, erwiderte Tobal scharf, »nicht ihr Täubchen.«

»Paloma heißt nun mal Taube«, sagte der Padre.

»Ich weiß, daß mein Vorname Taube bedeutet«, sagte Tobal wütend, »tun Sie also nicht so, als wären wir zusammen im Bett gewesen.«

Die Männer feixten. »Das hat ihnen noch nie jemand gesagt. Wie, Padre?!«

»Sie sollten uns Ergebnisse liefern«, setzte Bürgermeisterin Belén Ruaz den Angriff fort, ohne auf die Auseinandersetzung zwischen Tobal und dem Priester einzugehen. »Die Toten verscheuchen uns noch die Touristen ...«

»Nicht einschüchtern lassen, mein Täubchen. So wild geht's hier meistens zu.«, sagte Padre José zu Tobal. Die blickte erwartungsvoll in die Runde. Sie sollte heute hingerichtet werden. Die Bürgermeisterin hatte Tobal aufgefordert, Rechenschaft über ihre Ermittlungen zu geben. Also los! Macht mich fertig, dachte sie. Sie würde den Mund halten und die Vorwürfe über sich ergehen lassen. Bis auf Tobal und die Bürgermeisterin saßen nur Männer an dem großen Konferenztisch im Rathaus. Die Ratsherren von Dolorosa. Hilfe konnte sie vielleicht von Gonzales, einem Kollegen, erwarten. Er war auch Ratsherr, kannte aber als Polizist immerhin aus der Theorie die Probleme, die sich bei der Aufklärung von Verbrechen ergaben.

»Die Menschen in Dolorosa haben Angst«, sagte Ruaz, »manche Männer trauen sich nicht mehr aus dem Haus und selbst dort fühlten sie sich nicht mehr sicher. Der Tod von Ramon stinkt.«

»Und Sie haben Angst, die nächste Wahl zu verlieren, wenn hier nicht bald wieder Ruhe ist. Geben Sie's doch zu!« Amer blickte provozierend zur Bürgermeisterin herüber.

»Morde live«, rief der Abgeordnete Bartolomé Coll und sah durch die extrem dicken Gläser seiner Brille amüsiert in die Runde, »das wird die Touristenattraktion.«

»Ruhe!« rief die Bürgermeisterin. »Wir sind hier nicht auf dem Fußballplatz.«

»Ich habe mich ein wenig in der Hauptstadt umgehört«, meldete sich Alfonso Oliver zu Wort. Er profilierte sich in der Öffentlichkeit gern als Sicherheitsexperte. »Señora Tobal, Sie haben, vorsichtig ausgedrückt, nicht den besten Ruf …«

»… sag ich ja …« Amer lehnte sich selbstzufrieden zurück und grinste die Polizistin an.

»Nicht nur das! Sie sind nach Dolorosa strafversetzt worden!« sagte Oliver. »Sie hat ihren obersten Chef beleidigt«, fuhr er fort, »hier in Dolorosa muß sie sich bewähren. Sonst fliegt sie.«

Ein Raunen ging durch den Saal. Die Bürgermeisterin und die Männer sahen Tobal an. Ruaz warf ihr eine Zeitung über den Tisch. »Lesen Sie!«

Paloma kannte die Schlagzeilen von heute. »Unsere Polizei – dumm hoch drei!«

»Sehen Sie, mein Täubchen«, Padre Josés Stimme klang sehr beruhigend, »das meine ich. Sie werden nervös.«

Aus der Runde kamen Zwischenrufe. Bartolomé Coll sah Tobal verächtlich an. »Und was ist mit ihrer Strafversetzung?«

»Sie hat Mist gebaut!« meinte Miguel Larta, ein Student, der über die grüne Partei in den Rat gekommen war und wegen seiner schlaksigen Figur und der dummen Art nur »Dünngeist« genannt wurde.

»Geben Sie ihr eine Chance«, forderte Gonzales mit ironischem Unterton, »wir ertragen Sie ja auch schon seit Monaten«. Dünngeist schnaufte wütend, wurde aber durch Amer an einer Erwiderung gehindert. »Warum hat man überhaupt eine Frau geschickt?«

»Es wird windig, mein Täubchen«, flüsterte Padre José. »Lassen Sie sich jetzt schnell etwas einfallen.«

»Immer kriegen wir hier nur den Mist ab«, fuhr Coll fort, »meine Partei läßt sich das nicht länger gefallen!«.

»Meinen Sie meine?!« fuhr ihn Gonzales von der Seite an.

»Ihr Polizisten steckt doch alle unter einer Decke«, zischte Dünngeist vom Ende des Konferenztisches.

Gonzales griff instinktiv zu seinem Pistolenhalfter. »Bei meiner Ehre! Das lasse ich mir nicht gefallen!« schrie er.

Die Abgeordneten sprangen von ihren Sitzen auf. Amer hielt Gonzales zurück. Dünngeist hechtete unter den Tisch. Tobal, die Bürgermeisterin und Padre José beobachteten die Männer.

»Ihr Abgang«, flüsterte Padre José

»Was?« fragte Tobal.

»Empören Sie sich!«

Erst jetzt erkannte Paloma, was der alte Priester meinte. Eine gute Idee! »Verehrte Frau Bürgermeisterin, meine Herren«, rief sie in die Runde. »Das muß ich mir nicht bieten lassen. Diese Diskussion ist beleidigend!«

Paloma stand auf und eilte zur Tür. Niemand versuchte sie aufzuhalten.

»Sie haben noch zwei Wochen Zeit. Sonst fliegen Sie. Ich beschwere mich bei meinem Freund, dem Innenminister«, rief Ruaz hinter ihr her.

»Lassen Sie uns beten«, forderte Padre José die anderen Ratsmitglieder auf und schlug mit der rechten Hand ein Kreuzzeichen in die Luft. Die anderen Männer winkten ab. Alfonso Oliver fuhr den Priester an: »Das Gebet hat nicht mal Jesus geholfen, ihn vor seinen Mördern zu schützen.«

»Brutales Schwein, Sie!« Dünngeist kroch unter dem Tisch hervor und fuhr Gonzales an: »Es würde mich nicht wundern, wenn Sie demnächst als Mörder verhaftet würden. Zuzutrauen wär's ihnen!«

»Interessante Überlegung«, sagte Amer genüßlich, »Sie wären nicht der erste Polizist, der die Seite gewechselt hat, Gonzales!«

* * *

An einem Tag in der Woche machte Padre Pedro Hausbesuche in der Gemeinde. Das hatte Tradition und war seine Aufgabe seit sich Padre José mehr und mehr vom Leben in der Kirchengemeinde zurückzog und in der Schatzsuche seine Erfüllung fand. Manche fragten um Rat in Familienangelegenheiten, andere suchten tröstende Worte nach dem Verlust eines Angehörigen, bei Krankheit oder finanziellen Schwierigkeiten. Padre Pedro nutzte die Gelegenheit, um die Gemeindemitglieder persönlich kennenzulernen. Für einen Priester war das wichtig. Wie sonst sollten sie Vertrauen zu ihm und der Kirche bekommen, wenn er nicht das Gespräch mit ihnen suchte. Normalerweise freute er sich auf diese Spaziergänge durch Dolorosa und darauf, den Menschen in ihren Häusern und Wohnungen zu begegnen. Er genoß ihre Gastfreundschaft.

Heute wäre er am liebsten im Pfarrhaus geblieben. Er hatte einen schweren Gang vor sich und wollte den Polizisten Gonzales besuchen und ihn bitten, von seiner Tochter abzulassen. Das war für ihn der einzige Weg, dem Kind zu helfen.

Pedro fürchtete sich vor der Begegnung und zweifelte, ob er den Anforderungen des Priesterstandes gewachsen war. Seit der Beichte von Margarita hatte er keine mehr Ruhe gefunden. Er hatte niemanden, dem er sich anvertrauen konnte, und war hin- und hergerissen von seinen Gefühlen. Mal so verzweifelt, daß er den Tränen nahe war. Dann wieder spürte er eine große Wut in sich und das Gefühl, zu einer Gewalttat fähig zu sein.

Er besuchte zunächst den Bäcker Sampol. In seinem Haus in der Calle Sol stolperte er über einen Sack Mehl, der von einem Stapel an der Wand in den Gang gerutscht war, und er wäre gestürzt, wenn in diesem Augenblick nicht der Hausherr aus dem Laden gekommen wäre und ihn aufgefangen hätte.

»Nicht so stürmisch, Padre. Sie sind hier nicht auf dem Fußballplatz.« Sampol lachte. Ein Mann mit einem charmanten Lausbubengesicht, immer zu einem Scherz aufgelegt und – zum Leidwesen der Ehefrau und zur Freude der Kundinnen – einem Flirt nicht abgeneigt.

»Buenos Dias. Danke, für die Hilfe. Es ist dunkel hier! Ich habe gehört, daß ihre Frau krank ist und wollte gute Besserung wünschen.«

»Ach die«, winkte Sampol ab, »die ist doch immer krank. Da müßten Sie ja jeden Tag kommen. Aber sie wird sich freuen, wenn sie hört, daß Sie da waren. Sie ist gerade zum Medico gegangen. Der Magen, die Nerven.«

Der Bäcker hüpfte auf einem Bein und hielt sich mit den Händen mal die Backe, mal den Bauch und die Brust, um zu demonstrieren, über welche Wehwehchen seine Frau klagte. Dabei drängte er den Padre sanft durch den Flur zurück auf die Straße.

»Ich muß zurück. Das Geschäft. Sie verstehen, ja? Es ist wie bei ihnen am Sonntag in der Messe. Wenn der Chef nicht da ist, gehen die Geschäfte schlecht. Man muß seine Kunden mit ein paar Späßchen bei Laune halten. Adios!«

Pedro näherte er sich nun dem Haus des Polizisten. Instinktiv zog er die Schultern hoch, als könnte er seinen Kopf dort verstecken. Hoffentlich finde ich die richtigen Worte. Er spürte einen Druck auf seinen Schultern, als würde er das Kreuz Christi persönlich tragen. Denk an das Beichtgeheimnis, mahnte er sich, und zur Bekräftigung schlug er mit seiner rechten Hand ein Kreuzzeichen in die Luft. Er rollte die Schultern in den Gelenken, um die Verspannungen zu lösen und atmete tief durch, um sich innerlich zu lockern. War es richtig, sich einzumischen?

Er passierte die Einkaufsstraße. In der Welt seiner Gedanken zurück gezogen, nahm er kaum jemanden der Vorübergehenden wahr. Erwiderte nur flüchtig die Grüße von Passanten und Geschäftsleuten. Gönnte den Auslagen in den Geschäften keinen Blick.

»Hola, Padre! Warten Sie Padre!« Seine Haushälterin versperrte ihm den Weg. »Sie träumen, wie? Von mir?«

Die Frau lächelte ihn schelmisch an. Pedro dachte an das, was ihm José erzählt hatte. Er hatte vom ersten Moment an das Gefühl gehabt, daß Matilda nicht in einen Priesterhaushalt paßte. Vermutlich würde sie sogar mit einem Priestern ins Bett gehen. Aber nun war es zu spät. Mit welcher Begründung sollte man sie entlassen, ohne einen Skandal zu riskieren?

»Was möchten Sie?«

»Ihr Essen! Morgen mittag! Kalbsnierchen in Petersiliensauce vielleicht? Oder doch lieber Kaninchen in Salbeisauce?«

Pedro zuckte mit den Schultern. »Machen Sie einfach was. Lassen Sie ihrer Phantasie freien Lauf«, sagte er und drängte an ihr vorbei. »Adios!«

Sie lachte hinter ihm her: »Aber Liebe geht durch den Magen. – Adios!«

Was wollte sie damit sagen, fragte er sich. Ob sie gerade von Gonzales, ihrem Geliebten kam? Am hellichten Tag? Zuzutrauen wäre es ihr. Kokett wie sie war. Sie hatte ihre Reize. Eine gute Figur. Trug enge Kleider, in denen sie sich kaum bewegen konnte, wenn sie den Boden im Pfarrhaus putzte.

Er stand vor dem Haus der Familie Gonzales. Ein mehrgeschossiges Gebäude am Ende der Calle Christobal, über dessen Eingang zwei in Stein gehauene, gekreuzte Pistolen hingen. Es hieß, der Polizist habe die Waffen eigenhändig in den Stein gemeißelt, weil er so ein Waffennarr war. Die große Holztür stand offen und gab den Blick in die Vorhalle frei. Eine Entrada, wie sie in den meisten der historischen Häuser von Dolorosa zu finden war. Der Boden der Halle war mit Granitsteinen in Form einer Sonne gepflastert. In der Mitte stand eine Palme, die sich dem Licht entgegenstreckte, das durch ein Loch in der Decke über der dritten Etage einfiel. Er trat ein und rief: »Hola! Señor Gonzales. Ist jemand zu Hause?«

Im hinteren Teil der Halle sah er eine Tür, hinter der er die Wohnräume vermutete. Sie wurde geöffnet, und Margarita stand vor ihm. Das Mädchen sah ihn stumm an. Sie ahnte wohl, warum er hier war, und wie er in ihre Augen sah, fühlte er sich wie ein Verräter, der die Beichte eines Kindes mißbrauchte. Nervös fragte er: »Ist deine ... ist vielleicht deine Mutter oder dein Vater da?«

»Wir essen gerade«, erwiderte Margarita. Padre Pedro sah auf seine Uhr. Keine gute Zeit für einen Besuch. Erst recht nicht für eine Predigt. Er überlegte, ob er wieder gehen und sich für die Störung entschuldigen sollte, als Gonzales dazu kam und seine Tochter zur Seite schob.

»Padre! Herzlich willkommen! Ich freue mich, Sie zu sehen. Wollen Sie mich und meine Familie endlich mal besuchen? Seien Sie mein Gast.«

Die Männer reichten sich die Hände.

»Geh' und leg schon ein Gedeck mehr auf den Tisch«, schickte der Polizist die Tochter fort. Gonzales sah Padre Pedro an, als erwarte er von ihm eine Offenbarung. Dann legte er ihm vertraulich einen Arm um die Schultern. »Ich habe gesehen, daß meine Tochter bei ihnen in der Kirche war«, sagte der Polizist leise. Dabei wippte das kleine schwarze Schnurrbärtchen über seinen Lippen. »Und nun möchten Sie sicherlich die Familie der kleinen Sünderin kennenlernen? Nicht wahr? Hat Sie ihnen Geheimnisse verraten, die ein Priester besser nicht hören sollte?«

Padre Pedro war überrascht von der Offenheit des Mannes. Was sollte er erwidern? Doch Gonzales schien keine Antwort zu erwarten. »Kommen Sie, ich stelle Sie meiner Familie vor«, fuhr er freundlich fort und führte ihn ins Eßzimmer. Am Tisch saßen die Mutter des Polizisten, Señora Begonia Gonzales, und die Ehefrau Teresa. Margarita hatte für den Priester einen Teller mit Gemüsesuppe auf den Tisch gestellt. Der Priester begrüßte die beiden Frauen, erkundigte sich nach ihrem Befinden und entschuldigte sich für die Störung zur Mittagszeit.

»Das macht doch nichts, Padre. Wir sind ein gastliches Haus. Erfüllt von großer Nächstenliebe. Nicht wahr?« fragte Gonzales.

Die beiden Frauen nickten eifrig. Sie freuten sich über den Besuch des Priesters. In einem kleinen Dorf wie Dolorosa zählte ein Priester zu den Honoratioren und sein Besuch bedeutete, daß in diesem Haus alles mit rechten Dingen zuging.

»Man weiß ja eigentlich nicht mehr, wen man noch in sein Haus lassen darf«, sagte die alte Frau. »Es ist ja so gefährlich heute.«

»Sie meint das mit Ramon. Den Mord. Sie verstehen?« Gonzales streichelte seiner Mutter beruhigend die Hand. »Ist im eigenen Haus ermordet worden. Schrecklich!«

»Seitdem habe ich Angst«, jammerte die Ehefrau, »und jeden Tag bete ich, daß meinem Mann nichts passiert. Heutzutage ist es doch gefährlich, Polizist zu sein.«

Margarita brachte einen Kaninchenbraten und Kartoffeln, Sauce und Bohnen aus der Küche. Der Hausherr füllte die Teller und schenkte Rotwein in die Gläser. Pedro beobachtete ihn und überlegte, ob die Ehefrau wohl von dem Verhältnis mit seiner Haushälterin wußte. Der Gedanke daran machte ihn so nervös, daß er spontan mit dem Essen begann. Die alte Frau beobachtete ihn skeptisch, und ihm fiel ein, daß er das Tischgebet vergessen hatte. Rasch bekreuzigte er sich, murmelte einige Verse und wünschte allen einen »gesegneten Appetit«.

»Vielleicht ist ja auch der dicke Straßenbahnfahrer nicht durch einen Unfall zu Tode gekommen«, plapperte die Mutter weiter. »Was meinen Sie? Hat jemand die Bahn unter Strom gesetzt? Wollte jemand den armen Moreno töten?«

»Ein unzufriedener Fahrgast«, scherzte Gonzales, »die alte Bahn eiert ja wirklich furchtbar! Die neue Kommissarin untersucht das gerade.«

»Sie haben doch sicher davon gehört«, fuhr Gonzales Mutter fort.

»Natürlich.«

»Da soll doch eine Stromleitung abgerissen sein und den Zugwaggon unter Strom gesetzt haben. Mein Mann glaubt, daß das ein Mord und kein Unfall war.«

»Alle sind davon überzeugt«, sagte Gonzales. »Nur die neue Kommissarin meint, daß sie schlauer ist als wir.«

Die Familie stellte noch weitere Vermutungen an, warum und wie der Straßenbahnfahrer Moreno zu Tode gekommen sein könnte. Padre Pedro beteiligte sich kaum an der Unterhaltung. Er hoffte, eine Gelegenheit zu bekommen, mit Gonzales zu sprechen. Vielleicht bei der Verabschiedung, dachte er und beeilte sich nach dem Essen, den Frauen für die Bewirtung und die Gastfreundschaft zu danken. Gonzales brachte ihn bis zur Tür. Als sie in der Halle standen, wußte Pedro nicht, wie er beginnen sollte, ohne das Beichtgeheimnis zu verletzen.

»Sie haben eine sehr liebe Tochter«, sagte er, »Sie können stolz auf sie sein. Beschützen Sie sie gut!«

Gonzales lächelte ihn freundlich an, kraulte seinen Bart und meinte unsicher: »Kleine Kinder beichten sicher viele dumme Sachen, nicht wahr?« Padre Pedro strich mit einer kurzen Handbewegung die Haare hinter sein rechtes Ohr.

»Das fällt, wie Sie sicherlich wissen, unter das Beichtgeheimnis«, sagte er.

»Ja, richtig. Das Beichtgeheimnis.« Gonzales wirkte erleichtert, klopfte dem Padre freundlich auf die Schulter und schob ihn sanft durch die Tür ins Freie. »Jeder Beruf hat seine Geheimnisse. Bewahren Sie sie gut auf in ihrem Herzen. Und alles Gute!«

Die große hölzerne Eingangstür fiel hinter Padre Pedro ins Schloß. Er war wütend über sich. Wie ein kleiner Junge hatte er sich abwimmeln lassen. Mit weitausholenden Schritten eilte er über die Einkaufsstraße und überquerte die Plaza zur Kirche. An der Treppe nahm er gleich zwei Stufen auf einmal. Dabei rempelte er einen Mann an. Er sah hoch. Vor ihm stand Frederico, der Taxifahrer. »Entschuldigung! Tut mir leid. Ich war so in Gedanken. – Haben Sie Padre José oder mich gesucht?«

»Ich habe gebetet.«

»Ja das hilft, wenn man Sorgen hat.«

»Mir nicht. Meine Probleme habe ich im Griff, Padre. Ich war wegen Ramon da.«

»Gott schütze seine Seele.« Pedro sah den Mann fragend an.

»Ich hab' für den Mörder gebetet.«

»Sie haben ...?« Pedro glaubte, sich verhört zu haben. »Für wen?«

»Nicht für Ramon. Für den Mörder. Jeder in Dolorosa hat gewußt, was für ein schlechter Kerl Ramon war. Alle haben den Mund gehalten. Die Nachbarn haben doch gehört, was er mit seiner Frau und dem Kind gemacht hat. Schrecklich. Alle haben Angst vor ihm gehabt. Nur einer nicht. Der Mörder. Hoffentlich kriegen sie ihn nie.«

»Das sollten Sie nicht sagen«, mahnte Pedro. »Du sollst nicht töten, heißt ein Gebot Gottes.«

»Du sollst auch nicht Frau und Kind mißhandeln und die Mitmenschen betrügen«, erwiderte Frederico und wandte sich ab. »Es gibt einige, denen man den Tod wünschen mag. Wiederseh'n, Padre«.

* * *

Padre Pedro wälzte sich im Halbschlaf in seinem Bett, das bei jeder Bewegung quietschte. Für Sekunden sah er Margarita und ihren Vater vor sich. Er schwitzte. Er sah Padre Josés verdrecktes Gesicht. Dann wieder die Augen von Margarita. Die Augen des Polizisten. Er sah einen nackten Frauenkörper. Matilda, die Haushälterin! Er stöhnte auf und drehte sich zur anderen Seite, als könnte er so das Bild aus seinen Gedanken verdrängen. Schließlich wachte er auf.

Das Laken war feucht, ihn fröstelte. Draußen rüttelte der Wind an den Holzblenden, den Persianas, vor den Fenstern. Sein Schlafzimmer befand sich im ersten Stock des Pfarrhauses. Eine bescheidene Kammer mit einem alten Holzbett, einem Schrank für die wenigen Kleidungsstücke, die er besaß. Auf der Kommode aus Olivenholz lagen einige Bücher. Die Bibel, aber auch »Die Geiselnahme« von Gabriel Garcia Márquez und ein Gedichtband von Pablo Neruda. Seine Lieblingsautoren. Daneben stand ein kleiner Altar mit zwei Kerzenständern. Er sah vom Bett aus hinüber und überlegte, ob er ein Gebet sprechen sollte.

Manchmal waren Gebete für ihn das beste Einschlafmittel. Er sah das Heiligenbild, das den Apostel Petrus darstellte und das ihm seine Mutter zur Kommunion geschenkt hatte. Das ist Petrus, auf diesem Felsen will ich meine Kirche bauen, hatte sie ihm erzählt. Er würde es nie vergessen. Sie erzählte ihm, daß er etwas von dieser Kraft in sich habe. In seiner Jugend hatte er ihr das noch geglaubt, aber heute nicht mehr. Er war kein Kämpfer, der sich vor seinen Herrn stellte und für diesen die Pistolenkugel mit seinem Körper abfangen würde. Sein Schlachtfeld war sein Gehirn, seine Waffen seine Gedanken, und er hatte es schwer genug, hier kleine Siege davonzutragen. Warum ging ihm Matilda nicht aus dem Kopf? Was weiß sie? Daß Gonzales, ihr Geliebter, die eigene Tochter mißbrauchte? Wußte sie, was ihr anderer Geliebter, Ramon, mit seiner Tochter angestellt hatte? Mußte er deswegen sterben? War sie die Mörderin? Hatte sie Verbündete? Ramons Ehefrau? War Gonzales in Gefahr?

Der Gedanke daran beunruhigte Pedro nicht nur wegen der Bedrohung, sondern wegen seiner eigenen Gedanken: Wünschte er Gonzales den Tod als Ausweg aus seiner Unfähigkeit, das Problem mit ihm selbst zu lösen?

Aus der Wohnhalle drangen Geräusche zu ihm hoch. Hämmern und Hacken. Die Musik der Hoffnung, die ihn jetzt seit Wochen begleitete. Padre José war von seiner Idee, bald auf den Schatz zu stoßen, so besessen, daß er sogar die Nacht durcharbeitete. Pedro wußte, daß es vergeblich sein würde, den alten Mann davon abzuhalten und ihn aufzufordern, sich zu schonen und ins Bett zu gehen. Und was war schließlich die Schwerstarbeit eines alten Mannes gegen das Schicksal von Margarita. Bei dem Gedanken daran, was das Kind vielleicht in diesen Sekunden zu ertragen hatte, warf er sich herum und drückte sein Gesicht in das Kissen.

Herr Gott, laß mich schlafen, bat er. Doch die quälenden Gedanken blieben, und nach einer Weile stand er auf. Er zog sich seinen Hausmantel an, griff unter sein Bett und zog zwei Hanteln hervor. Abwechselnd bewegte er nun seine Arme mit den Gewichten in den Händen und spannte die Muskeln, während er langsam hinunter in die Halle ging.

Durch das Fenster sah er die Straßenlaternen. Sie beleuchteten die Straße nur spärlich. Dolorosa zeigte sich in dieser Nacht wieder von einer gespenstischen Seite. Ein schwarzer Hund schlich an den Hauswänden entlang, sprang von links nach rechts über den Weg gegen eine Mülltonne. Scheppernd kippte sie um, und das Tier wälzte sich im Müll und verkroch sich dann mit einem Knochen im Maul in einem Kellerloch.

Linker Arm anspannen. Entspannen. Rechter Arm anspannen. Das Hanteltraining beherrschte er sogar während des Betens. Niemand seiner Glaubensbrüder wußte von seiner Leidenschaft für den Kraftsport. Einmal hatte er heimlich ein Bodybuildingcenter besucht. Was für ein Erlebnis! In seinem Nachttisch verwahrte er ein Buch von John Irving über das Ringen auf. Er wäre gern Ringer geworden. Er spürte den Schweiß, wie er langsam über seinen Oberkörper rann.

Schemenhaft sah er am Ende der Straße die Villa der Bürgermeisterin. Ein paar Katzen sprangen jaulend und miteinander kämpfend um die Ecke. Menschen waren um diese Zeit nur selten auf der Straße zu sehen. Die Stürme der Nacht überstand man am besten in der Geborgenheit warmer Betten.

Pedro beobachtete, wie das Taxi von Frederico über die Plaza und an der Polizeiwache vorbeifuhr. Es verschwand in der Gasse, die zum Meer hinunter führte. Eine Gestalt folgte dem Wagen mit schnellen Schritten und bog in die Calle Sol ein. Padre Pedro überlegte, wer um diese Zeit wohl unterwegs sein könnte. Der Gang der Person kam ihm vertraut vor. Für einen Moment glaubte er, Margarita zu sehen. Eine Täuschung des Spiels von Licht und Schatten in der Gasse. Als er die Augen zu einem Spalt zusammenkniff und genau hinsah, war die Gestalt verschwunden. Wird Margarita in dieser Nacht wieder gequält, fragte sich Pedro? Und wie vielen anderen Kindern in Dolorosa geht es ebenso?

* * *

Hundegeheul mischte sich mit dem Pfeifen des Windes, dem Klappern von Fensterläden und Türen und dem Rauschen der Bäume zu einem schrillen Konzert. In der Wache der Policia Local saßen drei Polizisten. Einer las Zeitung. Der andere stierte gelangweilt aus dem Fenster. Der dritte beugte sich über ein Formular, in das er Notizen zu einem Verkehrsunfall eintrug.

»Ein Mordswetter!« sagte der Mann am Fenster.

»Hoffentlich nicht«, meinte der Kollege mit der Zeitung, ohne den Kopf zu heben. »Diese scheiß Journalisten werfen uns vor, daß wir unfähig sind, den Mord an Ramon und die Geschichte mit Moreno aufzuklären. Die Bürgermeisterin forderte von der Policia National eigene Mordspezialisten für Dolorosa. Leute, die nicht nur ihr Fach beherrschen, sondern sich auch bei uns auskennen. Der Boß von der neuen Kommissarin hat das abgelehnt.«

»Warum?« fragte der Polizist, der das Formular ausfüllte.

»Zuviel zu tun. Morde. ETA.«

»Die Roten in der Regierung haben es nicht so mit der Sicherheit.« Das Formular wurde in den Papierkorb geschmissen.

»Ist die Kommissarin deswegen allein gekommen?« fragte der Mann am Fenster.

»Sie vertritt doch nur Kommissar Delgado, der schon seit Wochen krank ist. Die Bürgermeisterin gibt der Neuen noch zwei Wochen. Dann will sie den Fall erledigt haben. Schreibt die Zeitung. Sonst gibt's Ärger.«

»Die hat doch nur Angst, daß sie nicht wiedergewählt wird und ihr Gehalt verliert. 300.000 Peseten! Sprücheklopferin, die.« Der Mann stand auf und nahm ein neues Formular aus dem Schrank. »Mit diesen Mist-Formularen soll jemand klarkommen!«

»Vielleicht bringt's die Tobal ja. Soll die beste Polizistin sein, die sie in der Hauptstadt haben.«

»Polizistin vielleicht ...«

»Ist erst 38 Jahre alt ...«

»Sieht aber doll aus. Muß man ihr lassen.«

»Hier in der Zeitung steht: Hat wohl schon viele Fälle geklärt. Auch alleine soll sie gut sein.«

»Zu zweit ist die sicher auch nicht schlecht!« flachste der Polizist am Fenster. Seine Kollegen verstanden nicht, was er sagte, denn in diesem Moment pfiff draußen der Wind besonders laut ums Haus. Er drehte sich zu seinen Kollegen um. »Genau mein Größe! Müßte so 1,76 Meter groß sein. Ich kenne mich aus mit guten Frauen.«

»Nimmst du vor dem Bett immer Maß?«

»No. Eher die Frauen. Es lohnt sich.«

Draußen krachte es.

»Still! Habt ihr das gehört?« Der Mann am Fenster drehte sich um und sah gespannt durch die Scheiben nach draußen. »Das waren doch Schüsse!«

Die anderen Polizisten sahen zum Fenster.

»Mag sein, vielleicht waren das Schüsse ...«

»Ein Jäger. Kann ja sein.«

»Vielleicht sind nur ein paar Scheiben zu Bruch gegangen«, sagte der Polizist am Fenster. »Soll'n wir nachsehen?«

»Vergiß es«, antwortete der Polizist mit der Zeitung, »bei dem Wetter.«

»Wenn gerade jemand umgebracht worden ist«, sagte der Mann mit dem Formular, »können wir auch nichts mehr ändern.«

* * *

»Dem ist nicht mehr zu helfen. Er stirbt«, flüsterte Doctor Hernandez. Er beugte sich über den Mann am Boden, entblößte einen Unterarm und setzte ihm eine Spritze. »Mehr ist nicht. Wir können ihn nicht transportieren. Der schafft nicht mal den Weg bis zum Hafen. Das Geschaukel im Krankenwagen verkraftet er nicht.« Tobal beobachtete, wie der Arzt mit schnellen Schritten hinter einem Gebüsch verschwand

Sie betrachtete Gonzales voller Mitleid. Sie dachte daran, daß er ihr hatte helfen wollen in der Sitzung bei der Bürgermeisterin. Jetzt konnte sie sich nicht mehr revanchieren. Sie hatte schon viele Sterbende und noch mehr Tote gesehen. Die meisten erweckten den Eindruck, als schliefen sie. In manchen Gesichtern spiegelte sich ein zur Totenmaske erstarrter Schmerz. Hemmungen hatte sie eigentlich nur, wenn jemand noch nicht tot war. Genau wie der Kollege, der da voller Angst in den Augen vor ihr lag. Sie bemerkte ein Flackern seiner Augenlider. Sein Mund bewegte sich ein wenig.

Aus schmalen, zu Schlitzen geöffneten Augen blickte Gonzales starr in ihre Richtung. Der kleine Schnurrbart zitterte. Der Brustkorb hob und senkte sich im Takt matter Atembewegung. Der Mann trug eine blaue Uniformjacke, deren obere Knöpfe geöffnet waren und den Blick auf eine stark behaarte Brust freigaben. Die Füße steckten in Cowboystiefeln aus grünem Leder, die Beine waren angewinkelt und zum Bauch hochgezogen. Wie auf dem Präsentierteller lag die Wunde vor ihr. Zwischen den Beinen hingen nur noch Fetzen der blutdurchtränkten Uniformhose. Der Unterkörper oder besser, das, was noch von ihm übrig war, lag fast vollständig entblößt. Fleischfetzen und Blut und Stoff, Mullbinden und medizinisches Gerät hatten sich zu einem unförmigen Klumpen vermengt.

»Ihm ist vom After aus in den Darm und hoch in den Körper geschossen worden. Die Kugeln haben alles zerfetzt«, flüsterte ihr Doctor Hernandez in Ohr, der wieder aus dem Gebüsch zurückgekehrt war, »das Herz wurde getroffen. Steckschuß. Im Genick ist eine Kugel wieder ausgetreten.«

Tobal roch seinen sauren Atem. »Geht es ihnen nicht gut?«

»Verzeihen Sie«, antwortete er und zog sie von dem Verletzten fort, »so etwas habe ich noch nicht gesehen. Eigentlich bin ich Kinderarzt.«

Er reichte ihr eine Pistole, für die Spurensicherung in einer Plastiktüte verpackt. Tobal sah, daß am Lauf der Waffe Blut und Hautfetzen und Haare klebten.

»Weiß er, was mit ihm los ist?«

»Möglich. Das Schmerzmittel schaltet nicht sein Bewußtsein aus. Der blutet regelrecht aus und merkt es.«

»Wollen Sie nicht wenigstens versuchen, ihn ins Krankenhaus zu bringen?« fragte Tobal

»30 Kilometer? In Einzelteilen? No! Da hilft nur noch beten.«

»Dafür ist ja schon der Priester da.« Tobal zeigte auf den jungen Geistlichen, der neben dem Verletzten kniete. »Wer ist das?«

»Padre Pedro. Er hat Gonzales gefunden.«

»Was hat ein Priester morgens am Leuchtturm zu suchen?«

»Keine Ahnung«, antwortete der Arzt. »Hab' ihn nicht gefragt.«

»Meinen Sie, daß ich noch mit Gonzales reden kann?«

»Versuchen Sie's. Schaden kann's jedenfalls nicht.«

Tobal ging zu dem Sterbenden und beugte sich über ihn. Gonzales sah sie mit mattem Blick an. Sie wollte den Priester bitten, sie mit dem Sterbenden allein zu lassen. Aber der beugte sich, ins Gebet vertieft, über Gonzales und beachtete sie nicht.

»Hören Sie! Wer hat das getan? Nennen Sie mir einen Namen. Wer ist der Täter? Einen Namen!« Gonzales antwortete nicht. Sie versuchte es noch einmal. Vergeblich. Tobal wandte sich wieder an den Arzt: »Decken Sie ihn doch wenigstens zu. Der muß doch frieren.«

Der Arzt holte eine Rettungsdecke aus dem Krankenwagen und breitete sie über den Körper aus. Tobal beobachtete den Geistlichen. Auch kein leichter Job, dachte sie. Er dürfte in ihrem Alter sein. Wie er sich wohl dabei fühlte, einem Sterbenden, dem ein Pistolenschuß den Hintern zerfetzt hatte, die letzte Ölung zu verabreichen? Er sah aus wie ein Student, der sich zwei Jahrzehnte erfolgreich um das Examen gedrückt hatte.

Ein wirklich schöner Mann! Dieses Gesicht! So zarte Züge findet man nur bei Menschen, die nie in ihrem Leben wirklich schwer gearbeitet haben. Volle geschwungene Lippen. Leicht hervorstehende Wangenknochen. Nur die buschigen Augenbrauen und die dunklen Augen verliehen dem Gesicht einen männlichen, herben Ausdruck.

Das Schwarz seiner Kleidung stand ihm gut. Sie lächelte. Konnte in diesem Moment verstehen, warum die Leute aus der Werbebranche in der Hauptstadt so gerne schwarze Kleidung trugen. Schuhe, Strümpfe, Hose. Alles schwarz. Nur am Kragen des schwarzen Pullovers schaute der kleine, weiße Stehkragen hervor, so wie es bei den katholischen Geistlichen als Zeichen ihres Standes üblich war.

Ihr Blick wanderte weiter über den Platz. Sie hatte gelernt, einen Tatort in ihrem Gedächtnis abzulichten. Die Lehrer auf der Polizeischule hatten ihr ein photographisches Gedächtnis bestätigt. Es hatte ihr schon viele Male bei Ermittlungen geholfen. Eine unheimliche Szene hier, morgens um sechs Uhr. Wie aus einem Science-fiction-Film: Der Arzt und der Priester. Ein Sterbender, der mit einer silbern glänzenden Folie zugedeckt war. Drumherum standen Polizisten, Rettungssanitäter, einige Einheimische und Touristen, die vermutlich gerade zu einer Bergwanderung aufbrechen wollten; sie trugen Rucksäcke und waren mit Anoraks und klobigen Schuhen bekleidet.

»Woran denken Sie?« fragte Hernandez.

»An den Priester. Ein schöner Mann.«

»Daß Sie in einer solchen Situation an so etwas denken können«, sagte der Arzt. »Und dann noch als Frau.«

»Ich habe schon viele Leichen gesehen. Das stumpft ab. Nur diesmal ist's ein Kollege.«

»Ist das besonders schlimm?!«

»Der Tod rückt an einen heran. Entschuldigen Sie mich.«

Tobal drehte Hernandez den Rücken zu und konzentrierte sich wieder auf die Umgebung. Mehrere Polizeiautos, zwei Krankenwagen und andere zivile Fahrzeuge standen vor dem Leuchtturm. Der Sturm fetzte ungehindert vom Meer zum Leuchtturm hoch. Im Hafenbecken weit unten am Fuß des Berges schäumten die kurzen, hektisch spritzenden Wellen, und weiter draußen auf dem Meer wälzten sich dunkle, hohe Wassermassen auf das Land zu. Wer in dieser Nacht mit seinem Boot vom Sturm überrascht worden war, würde Mühe haben, einen sicheren Hafen zu erreichen. Über das Meer war der Täter sicher nicht gekommen. Vielleicht aus den Bergen?

Äste, Blätter und Papierabfälle wehten vom Wind getrieben über den Platz. Ihr Blick suchte den Boden rund um Gonzales ab. Keine Reifenspuren. Keine Zigarettenkippen. Kein Streichholz. Das, was hier vielleicht einmal Zeugnis einer Gewalttat gewesen war, hatte der Wind fortgeweht. Sie haßte den Sturm. Seit ihrer Kindheit fürchtete sie sich bei Unwetter. Wenn sie allein war, bekam sie Atemnot. Beklemmungen. Ein Gemisch aus Angst und Wut und Verzweiflung und bösen Ahnungen, das sie nicht zu deuten wußte.

Der Mann unter der Folie lag regungslos und sah an dem Priester vorbei gen Himmel. Padre Pedro mußte daran denken, was Gonzales mit seiner Tochter gemacht hatte. Er ist dem Tode geweiht, mahnte sich Pedro. Ein Mensch, der seiner Hilfe bedurfte! Gottes Gerechtigkeit? Pedro fühlte unter der Folie nach der Hand des Schwerverletzten, zog sie vorsichtig hervor und legte sie auf die Bibel. Ihm schien, als wäre schon jedes Leben aus dem Körper gewichen. Doch dann bemerkte er die leichte Bewegung des Brustkorbs.

»In nomine ... patri et filii ... et spirtitus sancti ...«

Der Wind trug die Silben mit sich fort, als sollte verhindert werden, daß sie den Sterbenden erreichen. Gonzales Blick suchte die Augen des Priesters.

Tobal hatte sich entschlossen, nicht mit der Spurensuche zu warten, bis der Verletzte entweder gestorben oder doch noch in ein Krankenhaus abtransportiert worden war. Sie wollte wenigstens die letzten Reste von Spuren sichern, so gut es bei diesem Wetter möglich war.

»Stellen Sie die Personalien aller hier anwesenden Personen fest und bringen Sie die Leute zum Verhör in die Wache«, befahl sie dem Leiter der Polizeigruppe, der endlich eingetroffen war.

»Alle?«

»Klar. Lassen Sie sich schildern, seit wann und warum sie sich hier aufgehalten haben. Ob sie gesehen haben, was passiert ist. Ob sie Fremde gesehen, einen Kampf beobachtet haben! Ob sie Gonzales gekannt haben und so weiter.«

Der Polizist gab die Anweisungen an die Mitarbeiter weiter. Tobal beobachtete, wie die Uniformierten ausschwärmten und die Leute zu ihren Dienstfahrzeugen brachten. Sie ging zu zwei Polizisten, die abseits standen und Zigaretten rauchten und befahl ihnen, an der Einfahrt des Parkplatzes eine Absperrung zu errichten und keine unbeteiligten Zuschauer mehr vorzulassen. Zwei andere, die plaudernd in ihrem Dienstwagen saßen, forderte sie auf, den Platz nach Spuren abzusuchen. »Achten Sie auch auf Zigarettenkippen, Streichholzschachteln. Gegenstände. So unwichtig sie auch aussehen. Vielleicht gibt es auch Spuren eines Kampfes. Blutspuren, irgendwelche abgerissene Stoffetzen, einen Knopf vielleicht.«

»Der Wind«, sagte ein Polizist, »hat sicher alle Spuren verweht.«

»Suchen Sie trotzdem«, entgegnete sie unwirsch. Sie wunderte sich gelegentlich, daß die Polizisten ihren Befehlen folgten. Es dürfte nicht einfach für die Männer sein. Eine Frau zählte in dieser Komplizengesellschaft nicht viel. Mit Härte und

Fachwissen hatte sie es bisher immer geschafft, die Beamten zu disziplinieren. Aber wie lange würden man sie in Dolorosa noch akzeptieren? Sie brauchte Erfolge!

Ein Polizist kam mit einem Zeugen. Sie setzte sich mit ihm in ihren Dienstwagen. Der Kellner des Restaurants unterhalb des Leuchtturms wollte einen Mann gesehen haben: »Es war vor ungefähr zwei Stunden. Er ging auf den Wagen von Gonzales zu. Ich habe ihn genau gesehen. Er sah aus wie der Leuchtturmwärter.«

»Der Leuchtturmwärter?«

»Ja. Genau so.«

»Aber der Turm wird doch automatisch betrieben. Es gibt doch gar keinen Wärter?«

»Wie der von damals. Bevor man im Leuchtturm den Computer einbaute und aus seiner Wohnung ein Ferienappartement für die feinen Leute aus der Hauptstadt machte. Das hat man ja überall im Land gemacht. Ferienwohnungen für die Parteibonzen und die feinen Ministerialen, damit die für ein paar Peseten Urlaub machen können. Und die Wärter hat man zum Teufel gejagt. Unserer hat damals geschworen, er würde sich rächen. Jetzt ist er zurückgekommen.«

»Sind Sie sicher?« Er nickte.

Tobal sah den Mann skeptisch an. Das war zu einfach. »Sind Sie sicher, daß es der Wächter war?«

»Aber ja! Beim Tod meiner Mutter«, der Kellner griff sich ans Herz, als wollte er einen Treueschwur leisten.

»Wo finden wir ihn? Wie heißt er?«

»Weiß nicht, wo er lebt. Hab' ihn schon lange nicht mehr gesehen.«

Die Kommissarin überlegte. Wenn ein Mann am Tatort gesehen worden ist, bedeutete das nicht, ihn schon überführt zu haben. Sie blickte durch das Fenster zu dem Sterbenden hinüber. Es schien ihr, als bewegte er sich und als suchten seine Augen ihren Blick. Zufall?

Gonzales schien sich aufrichten zu wollen. Er versuchte, den Priester zur Seite zu schieben und hob ein wenig eine Hand in ihre Richtung. Tobal sprang aus dem Wagen und lief hinüber.

»No, no«, hörte sie Gonzales schwache Stimme. Er schien genug vom Beten zu haben. Dann blickte er Tobal an und sprach: »Der Padre ist ...der Padre ...«

Seine Lippen zitterten wie im Krampf. Kein Ton kam mehr aus dem Mund des Polizisten. Tobal kniete sich schnell neben Gonzales und legte ihr Ohr auf seinen Mund. Ein Zittern schüttelte den Körper. Es begann im Brustkorb, erfaßte Schultern und Hals und strahlte dann bis zum Kopf und zu den Füßen aus.

Gonzales Blick war leer. Ein paar Sekunden kauerte Tobal neben dem Toten, als könne er doch noch etwas sagen, dann richtete sie sich enttäuscht auf. Der Padre strich dem Toten mit der Hand über das Gesicht und schloß ihm die Augen. Er sprach ein Gebet, schob die Silberfolie zur Seite und faltete die Hände des Toten über dessen noch immer angewinkelten Beinen, so daß sie den blutigen Fleischklumpen fast bedeckten. Dann zog er die Folie hoch und nun auch über den Kopf und steckte sie an den Seiten fest, so daß die Plane nicht durch den Wind hoch wehen konnte.

Jetzt habe ich drei Tote am Hals, dachte Tobal. Aber endlich auch eine Spur! Langsam ging sie zu ihrem Wagen zurück. Vielleicht war der Leuchtturmwärter ihr Mann. Sie würde ihn finden – bevor er ihr den nächsten Toten präsentieren konnte!

* * *

Salvadore saß wie jeden Tag auf seinem hölzernen Schemel vor der Tür seines Hauses auf der Gran Via. Jeden, der sich auf dem schmalen Bürgersteig an ihm vorbeidrängte, zog er zu sich heran und versuchte, ihm einen »Diario« oder ein Los der Blindenhilfsorganisation »Once« zu verkaufen. Manchmal bremste ein Autofahrer direkt vor seinen Füßen und ließ sich eine Tageszeitung reichen. Alle Bürger von Dolorosa kannten ihn und seinen »Instinkt«. Er verhielt sich wie ein Sehender, obwohl er seit Jahrzehnten blind war. Als junger Mann war Salvadore zur See gefahren, bis er bei einem »Unfall«, wie er es nannte, sein Augenlicht verlor. In einer Hafenkneipe in Amsterdam hatte er sich in eine Hure verliebt. Seine junge Ehefrau zuhause erfuhr davon, reiste nach Holland, lauerte ihm mit einer Pistole in der Hand auf und schoß ihm in den Kopf; dann tötete sie die Nebenbuhlerin und sich selbst.

Salvadore überlebte, und seitdem saß er jeden Tag an der Straße und kauerte bei Regen wie bei Sonnenschein unter einem verschlissenen, roten Schirm, der wie eine Leuchtreklame schon von weitem zu sehen war. Neben ihm ein hölzerner Vogelkäfig, in dem ein Kanarienvogelpärchen herumflatterte. Ein Geschenk seiner kleinen Nichte, die den Tieren auch einen Namen verpaßte: »Milli« und »Vanilli«. Er fand die beiden ganz lustig, und da sie, wie die Kleine meinte, immerhin die Namen von zwei berühmten Musikern trugen, versuchte er, ihnen die Melodie seines Lieblingsliedes »Home, sweet home« beizubringen. Das war nicht leicht, denn die beiden Vögel verstanden einfach nicht, was er von ihnen wollte. Und so war Salvadore im Ort schon bald als komischer Kauz verschrien, der seinen Vögeln ständig ein und dieselbe Melodie vorträllerte. Und nur wenige wußten, daß es die Melodie war, die ihm die schöne Hure in der Hafenkneipe vorgesungen hatte, bevor seine Frau aufgetaucht war.

Salvadore hatte seit seiner Erblindung keinen Urlaub gemacht und keinen Tag krank gefeiert. Er gehörte zum Straßenbild von Dolorosa wie das Stopschild an der Plaza und die Berge im Hintergrund dieses idyllischen Ortes. Er kannte alle Bewohner und wußte Geschichten über sie zu erzählen, bei denen manche rote Ohren bekamen. Und weil er es geradezu meisterhaft verstand, Dichtung und Wahrheit miteinander zu wunderschönen Anekdoten zu verbinden, gehörte es für viele zur täglichen Gewohnheit, bei ihm ein Los oder eine Zeitung zu kaufen und für Minuten seinen Erzählungen zu lauschen. Vermutlich hätten ihn die Leute dafür bezahlt, wenn er ihnen nur Geschichten verkauft hätte. Aber so bekamen sie Salvadores Heimatnachrichten gratis dazu. Salvadore war ein moderner Märchenerzähler und bot mehr Neuigkeiten, als jede Tageszeitung, und mehr Spannung, als viele Fernsehsendungen.

Kommissarin Tobal überquerte die Straße und kam geradewegs auf ihn zu. Er erkannte sie an ihrem Schritt. Sie schlenderte nicht wie die anderen Frauen. Sie ging mit weitausholenden, festen Schritten und trug festes Schuhwerk mit harten Sohlen, die laut auf den Asphalt schlugen. Vor seinem geistigen Augen sah Salvadore ihre schlanken hochgewachsenen Beine, genau so wie er es an seinem Mädchen in Holland geliebt hatte.

Die Señora von der Polizei will was von mir, dachte Salvadore. Er lächelte und zwinkerte schelmisch in ihre Richtung. Paloma Tobal begrüßte ihn freundlich. Seit Tagen versuchte sie, das Vertrauen des Alten zu gewinnen. Sie hoffte, durch ihn möglichst viel über die Menschen in Dolorosa zu erfahren. Sie wollte nicht glauben, daß in einem kleinen Ort mehrere Morde geschahen, ohne daß der eine oder andere nicht eine dumme Bemerkung über einen möglichen Täter machte, und Salvadore schien der richtige Umschlagplatz für solche Informationen zu sein.

»Nun, Salvadore«, fragte sie, »haben Sie es sich überlegt, ob Sie mir helfen wollen?«

»Ich habe ein komisches Gefühl. Warum gehen Sie nicht in die Bars an der Plaza. Da reden die Männer wie die Klatschweiber.«

Er weiß ganz genau, daß das nicht stimmt, dachte Tobal. »Als Frau habe ich keine Chance in der Kneipe was zu erfahren«, sagte sie, »die Gleichberechtigung endet an der Theke«.

Eine spanische Frau, die etwas auf sich hielt, stand nicht mit den Männern am Zapfhahn. Das galt auch für sie. Auch für die Polizistin. Dieses anrüchige Verhalten überließ man den Touristinnen, den jungen Deutschen, den Engländerinnen oder Französinnen.

»Dann versuchen Sie es doch beim Kaffeekränzchen der Damen. Da werden Sie bestimmt eingeladen.« Salvadore lachte leise.

Sturer Bock, dachte Paloma und kramte in ihrer Manteltasche nach dem Kleingeld für die Zeitung, die ihr der Verkäufer eilfertig entgegenstreckte. »Erst das Geschäft, dann die Informationen«, sagte er. »Ein schrecklicher Mord, nicht wahr?! Erst der Straßenbahnfahrer. Dann Ramon. Jetzt sogar Gonzales. Ein Polizist. Unfaßbar. Und Sie arme Frau müssen sich mit solch' schrecklichen Dingen befassen. Sie müssen sehr stark sein!?«

»Viele Fragen, Salvadore. Ich dachte, Sie würden mir etwas erzählen«, antwortete Paloma, »Sie wissen doch sonst immer alles. Hat ihnen niemand einen Tip gegeben? Kein Gerücht, das mir weiterhelfen könnte?«

»Sie sind für mich eine der schönsten Frauen der Welt, Señora Tobal. Das verrät mir ihre Stimme. Ihnen würde ich alle Geheimnisse der Welt anvertrauen.« Salvadore tastete nach ihrer

Hand und streichelte sie mit seinen rauhen Fingerspitzen, als sie die Zeitung entgegennahm.

»Lasen Sie das!« Tobal zog ihre Hand abrupt zurück.

»Auch Milli und Vanilli mögen Sie sehr. Aber leider«, er verzog sein Gesicht zu einer Unschuldsmiene, »niemand weiß etwas. Es gibt nur ein leises Gerücht. Nein. Zwei Gerüchte. Kommen Sie näher. Das ist nur für Sie, nicht für jeden bestimmt.«

Tobal beugte sich zu dem alten Mann hinunter. Sie spürte, wie er mit rasselnden Lungenzügen ihren Duft einatmete. »Der Weinhändler soll seine Frau und die Tochter geschlagen haben. Er war ein Grobian. Niemand hat Mitleid mit ihm.«

»Deswegen bringt man den Mann doch nicht um, oder?«

»Wer weiß, wozu jemand fähig ist, der Mitleid hat? Wer weiß?« flüsterte der Alte.

»Und das andere Gerücht?«

»Der Mörder soll der ehemalige Leuchtturmwärter sein. Aber das glaube ich nicht. So einer ist der Frederico nicht. Ungestüm – ja. Aber ein Mörder – nein!«

»Wie kommen Sie auf Frederico?«

»Ich weiß, daß er von ihnen gesucht wird. Man hat es mir zugeflüstert.«

»Und wissen Sie, wo er ist?«

»Nein. Hat eine Tour angenommen in die Berge, heißt es. Nur seine Tochter ist zuhause. Isabella. Ein liebes Mädchen. Nehmen Sie ihr nicht auch noch den Vater, Señora.«

»Wir wollen ihm nur ein paar Fragen stellen«, sagte Tobal, »vielleicht sagen Sie ihm das, wenn er vorbeikommt. Er soll sich auf der Wache melden«.

Sie erhob sich und wäre fast mit dem Mann zusammengestoßen, der hinter ihr stand. Der Priester vom Leuchtturm. Er grüßte freundlich.

»Hola, Padre! Kennen Sie schon die neue Kommissarin?« Salvadore machte beide charmant miteinander bekannt. »Ihr Gott meint es wirklich sehr gut mit uns, Padre.«

Pedro nickte: »Ich habe die Kommissarin schon kennengelernt. Unter wenig erfreulichen Umständen.«

»Gut, daß ich Sie treffe«, sagte Paloma, »ich muß mit ihnen reden.«

»Gonzales soll sich selbst erschossen haben«, mischte sich Salvadore ein, »es ist kaum zu glauben, was in unserem Dorf passiert. Ein Straßenbahnfahrer setzt sich unter Starkstrom. Ein Weinhändler ertränkt sich in einem Weinfaß. Und ein Polizist erschießt sich mit der eigenen Pistole«.

»Sie sollten damit keine Späße machen, Salvadore«, sagte der Padre. »Das ist eine traurige Angelegenheit. Man wird ihnen eines Tages keine Zeitungen mehr abkaufen, wenn Sie weiterhin so spotten.«

»Vielleicht wird man mich sogar umbringen dafür.« Salvadore lachte. »Aber Sie wissen ja – ich habe einen Schutzengel, der die Kugeln in eine andere Richtung lenkt.«

* * *

Die Polizistin und der Priester saßen vor dem Café Central unter einem Sonnenschirm. Sie sprachen über Salvadore und seine Erblindung.

»Seine Frau hat auf ihn geschossen? Warum?« fragte Paloma.

»Eifersucht.«

»Hatte Sie einen Grund dafür, Padre?«

»Nein. Jedenfalls streitet es Salvadore ab. Er sagt, der Schuß hätte sich versehentlich aus der Pistole seiner Ehefrau gelöst.«

»Gefühle können töten«, sagte Paloma, »waren Sie schon mal eifersüchtig?«

Pedro sah sie irritiert an und strich sich die Haare aus dem Gesicht. »Ich bin Priester!«

Paloma lachte. »'tschuldigung. Ich hatte es für einen Moment vergessen. Sie wirken auf mich so ... so weltlich. – Haben Priester keine Gefühle?«

Padre Pedro antwortete nicht. Gefühle?! Sein Blick wanderte über den Platz, als suche er hier eine Antwort. Die Plaza mit ihren kleinen Cafés, Restaurants und Bars war das Herz von Dolorosa. Ein Schmelztiegel der Gefühle, ein Sammelbecken der Ansichten und Meinungen und Stimmungen. Ein Treffpunkt der alten Männer, der Frauen, Verliebten und Fremden, ein Ort, an dem man zwanglos Geschäfte machte oder sich ungezwungen kennenlernte. Manche lasen Zeitung, andere träumten von einer besseren Zukunft. Touristen, manche in

Shorts und T-Shirts gekleidet, saßen an einem Tisch, tranken Bier und schwatzten aufgeregt. Alte Männern spielten an ihrem Stammtisch vor der Kneipe Karten und ärgerten sich über die Jugendlichen, die mit ihren knatternden Mopeds und Vespas auf dem Platz Runden drehten. Im Eifer ihrer Schimpfkanonaden dachten sie nicht daran, daß sie selbst vor einigen Jahrzehnten jung gewesen waren und die Alten mit ihren Späßen aufgeregt hatten.

»Lassen wir das Thema«, sagte Pedro. »Sie wollten doch mit mir über etwas Bestimmtes sprechen? Kann ich ihnen helfen?«

»Ich habe Sie am Leuchtturm gesehen und bisher keine Zeit gehabt, mich mit ihnen darüber zu unterhalten.«

Der Kellner trat an ihren Tisch. Tobal schmunzelte, als sie ihn sah: »Charly Chaplin in jungen Jahren!«

»Lorenzo hat sogar ein Jahr lang eine Schauspielschule in Madrid besucht.«

»Wollte er Double von Chaplin werden?«

»Ich bin sogar in einer Anzeige für Windeln als Charly Chaplin fotografiert worden«, versicherte der Kellner. Die kleine, schlaksige Gestalt mit dem schmalen Schnauzbart über den Lippen und schwarzen, streng nach hinten gekämmten Haaren beugte sich zu Paloma vor und gab ihr einen flüchtigen Kuß auf die Stirn. »So hab ich das gemacht.«

»Bei wem? Bei Chaplin?«

»Bei einem Baby! – Chaplin macht das Baby froh. Mit Babywindeln von Soho.« Lorenzo strich mit seinem weißen Tuch über den Tisch. Dann legte er sich die Serviette wieder elegant über den angewinkelten Unterarm. »Ein Werbespruch. Ich war Chaplin.«

Paloma lächelte verständnisvoll. »Café con leche e un agua mineral con gas«, bestellte sie. Pedro wollte nur einen Milchkaffee. Der Kellner ließ sie allein.

»So ist Dolorosa«, sagte der Geistliche. »Ein Paradies für Originale. Halten Sie sich an Salvadore. Durch ihn werden Sie mehr über die Menschen hier erfahren, als aus der Zeitung. Mir hat er sehr geholfen, als ich hier anfing und niemanden kannte.«

»Ein Blinder als Fremdenführer. Interessant!« sagte Paloma. »Ich frage mich, wieviel die Menschen hier über die Morde wissen, mir aber nicht anvertrauen. Weil ich eine Fremde und außerdem eine Frau bin? Manchmal habe ich das Gefühl, daß mir sogar meine Mitarbeiter nicht alles sagen ...«

Tobal machte eine Pause, als hätte sie zuviel gesagt.

Pedro beruhigte sie: »Ich habe gelernt, zu schweigen.«

Sie beobachtete, wie er sein Haar hinter dem Ohr zurückstrich. Seine Hände gefielen ihr. Ungewöhnlich schlanke, sehr gepflegte Hände. Eben ein Priester, dachte sie. Kein Handwerker. Er muß nicht zupacken.

»Die Stärke der Kirche ist ihr Schweigen«, sagte Pedro, »früher vertrauten uns die Herrschaftshäuser ihre großen und kleinen Intrigen an. Die Kirchenfürsten wurden um ihren Rat gefragt. Heute beichtet die halbe Welt bei uns ihre Sünden, und wir tragen dazu bei, daß alle abends mit einem guten Gewissen zu Bett gehen können.«

»Auch die Diktatoren und Mörder, Padre?«

»Viele waren unsere besten Kunden. Manche sind es noch immer. Pinochet zum Beispiel. Vielleicht, weil sie mit uns ungeschminkt über ihre Verbrechen sprechen können«, sagte Pedro, »zu Recht wirft man dem Vatikan vor, während der Nazizeit in Deutschland zu wenig gegen die Nazis gesagt und getan zu haben«.

Paloma sah den Schatten in seinem Blick. »Da haben wir ja viel gemeinsam«, sagte Paloma, die sich gern auf ihren Instinkt verließ, »auch die Polizei steht oft auf der falschen Seite. Aber wir beide, wir haben doch im Grunde ein gemeinsames Ziel! Wir arbeiten gegen das Böse. Sie, indem Sie von Gott und den zehn Geboten predigen. Ich, indem ich versuche, einen Mörder zu finden«.

Pedro nickte.

Tobal fuhr fort: »Nur ein kleiner Unterschied besteht. Ich möchte den Bösen für seine Taten bestrafen und für einige Jahre ins Gefängnis bringen. Sie sprechen ihn von seinen Sünden frei und schicken ihn mit ein paar Ave Maria in die Freiheit. Für einen Mörder sind Sie somit der bessere Gesprächspartner.«

Sie hoffte, daß er ihren Wink verstand. Sie wollte nicht mit ihm über Gut und Böse diskutieren. Sie wollte von ihm Informationen.

Sie sah ihn an, suchte in seinen Augen die Antwort darauf, ob er sie ablehnte oder akzeptierte. Er erwiderte ihren Blick. Mit einer spontanen Geste legte sie für einen Moment ihre Finger auf seine Hand. »Wir werden den Mörder finden. Immerhin können wir davon ausgehen, daß es sich nur um eine Person und nicht um mehrere Täter handelt. Das beweisen die Spuren an den Tatorten. Vermutlich ist es ein Mann, der sich im Ort gut auskennt. Die Methoden des Tötens gleichen sich in ihrer Ausführung. Sie sind auf eine grausige Art phantasievoll. Das ist kein Beweis, der vor Gericht standhält, aber eine Wegbeschreibung, die zum Täter führt.«

»Und Sie kennen den Weg?«

Paloma wollte nicht zuviel verraten »Keine Spur, die Sinn macht. Ich habe nur einen Hinweis. Sie kennen den ehemaligen Leuchtturmwärter?«

»Der durch den Ort geistert und Unheil stiftet?« Padre Pedro lächelte. »Ja, ich kenne ihn. Er hat Frauen entführt. Er hat Männer zum Alkoholtrinken animiert. Er hält die Leute von der Arbeit ab. Er bringt Häuser zum Einstürzen. Er ist schuld, wenn ein Kind in der Schule schlechte Noten bekommt. Und er hat uns die Touristen geschickt, die unsere Fincas aufkaufen. Jeder kennt ihn. Er ist vor Jahren gestorben. Angeblich aus Gram darüber, weil man ihm die Arbeitsstelle gekündigt hat ...«

Tobal unterbrach ihn. »...wir sprechen wohl von zwei verschiedenen Personen. Ich suche Frederico, den ehemaligen Leuchtturmwärter.«

Pedro lachte kurz. »Entschuldigen Sie, Kommissarin, daß ich Sie nicht gleich verstanden habe. Es gibt zwei Leuchtturmwärter in Dolorosa. Der eine ist eine Gestalt aus der Sagenwelt. Ein Geist, der für alles verantwortlich gemacht wird, das man sich nicht erklären kann oder für das man eine Ausrede sucht. Der andere ist Frederico. Der war bis vor etwa fünf Jahren Leuchtturmwärter. Heute fährt er Taxi. Aber dem traue ich keinen Mord zu.«

Tobal war durch die Erklärung des Priesters verunsichert. Ihre Kollegen hatten sie wirklich schlecht informiert. Sie trank einen Schluck Kaffee und blickte den Priester über den Rand ihrer Kaffeetasse eindringlich an. »Eine Frage noch. Wenn jemand zu ihnen in den Beichtstuhl käme und ihnen sagen würde, daß er der Mörder ist – hätten Sie den Mut, mir ...«

»... Sie meinen, ob ich ihnen dann den Namen des Mörders verraten würde?« unterbrach Pedro sie. »Sie wissen doch, daß ich an das Beichtgeheimnis gebunden bin.«

Paloma winkte dem Kellner. »Dann sagen Sie mir nur noch eins«, sagte sie unfreundlich, »warum waren Sie heute früh am Leuchtturm?«

»Ich konnte nicht schlafen. Das passiert mir gelegentlich. Manchmal gehe ich dann am Strand spazieren. Oder zum Leuchtturm hoch.«

»Für einen Spaziergang ein bißchen weit von ihrer Kirche. Bis zum Strand oder zum Leuchtturm sind es über drei Kilometer. Hat Sie jemand gesehen?«

»Nein.«

»Haben Sie jemanden gesehen?«

»Nein.«

»Kein Liebespaar, das am Strand rumknutschte?«

»Ich bin kein Spanner!« antwortete Pedro gereizt.

»Und kein Mörder?« fragte Paloma.

* * *

Es war nicht leicht, den Kollegen das ganze ABC kriminalistischer Arbeit beibringen. Überfälle und Vergewaltigungen und erst recht Morde waren in Dolorosa nicht vorgesehen. Dolorosa war ein verschlafenes Dorf. In der gesamten Gemeinde, deren politisches, kulturelles und wirtschaftliches Zentrum Dolorosa war, lebten kaum als 20.000 Einwohner. »Eine traumhafte Kriminalitätsstatistik haben die«, hatte ihr Chef gelobt, als er ihr befahl, für einen schwer erkrankten Kollegen einzuspringen »helfen Sie denen, daß es so bleibt«.

Tobal schaute die Kollegen, die im Kreis um sie herumsaßen, nacheinander an. Fünf Polizisten der Mordkommission. Keine starke Truppe, dachte sie. Inspektor Garcia Herrera, ein liebenswürdiger Mann, war sehr bemüht. Ricardo Ruiz und Santiago Manchago, Anfänger, die erst noch Kriminalbeamte werden wollten. Und Fernando und Roberto, zwei Polizisten der Policía Local, arbeiteten als Fahrer und Helfer. Tobal hatte den Verdacht, daß die Mordkommission nur pro forma erweitert worden war, weil man Aktivitäten vortäuschen wollte. Wann würde man die Sache in der Zentrale endlich ernst nehmen?

»Ich habe meine Dienststelle um Unterstützung gebeten. Ich hoffe, man wird uns wenigstens einen Computer liefern und ihn mit dem Rechenzentrum der Zentrale verbinden. Dann können wir die Analyseprogramme nutzen. Vielleicht hilft uns das weiter. Unsere bisherigen Ermittlungen haben zwei entscheidende Schwächen: Wir haben keine richtigen Motive für die Taten und keine schlüssigen Täterprofile. Wir haben nur einen Verdächtigen: Frederico. Und der ist untergetaucht. Es wird allmählich Zeit, daß von ihnen mehr kommt! Mehr Engagement! Und Einfühlungsvermögen! Die meisten der Kollegen in den Städten verlassen sich nur noch auf die moderne Wissenschaft. Gentests. Computeranalysen von Haaren, Stoffetzen, Speichel. Wir brauchen diese Methoden, aber dies reicht nicht!«

Tobal lehnte sich an die große Tafel, die man ihr aus der Schule besorgt hatte, und schrieb die Namen der drei Toten darauf. Von diesen malte sie Pfeile zu Begriffen wie »Tatort«, »Spuren« und »Tatverdächtige«, durch flüchtig hingekritzelte Notizen ergänzt. Nur ein Name stand unter dem letzten Begriff: Frederico.

»Nun, wer kommt außerdem noch als Täter in Frage?«

Die Männer sahen sie schweigend an. »Wer könnte daran Interesse haben, den Weinhändler umzubringen? Schuldner vielleicht? Aber wer würde wegen eines Kredits jemanden umbringen? Und wie sieht es mit seiner Familie aus? Die Ehefrau? Die Tochter? Hat die Frau vielleicht einen Liebhaber? Ist ihr Ehemann dahinter gekommen, und wollte der Mann sie vor die Tür setzen?«

»Verzeihung, Kommissarin!« Ricardo Ruiz stand auf, als würde er sich in der Schule befinden und verbeugte sich bei jedem Satz höflich wie ein Chinese. »Vielleicht war's ja die Tochter. Soll ja ...«, der Polizist suchte die richtigen Worte.

»Soll mißbraucht worden sein«, unterbrach ihn Santiago Manchago mit seiner poltrigen Stimme, »hab' dich doch nicht so. Sag doch, was ist. Rangemacht hat er sich an die Kleine. Der eigene Vater, dieses Schwein.« Manchago riß seine Pistole aus dem Schulterhalfter und zielte mit der Waffe in die Luft. Die Männer duckten sich erschrocken. Manchago war der Rambo ihrer Truppe. »Abknallen sollte man den Typen.«

»Der ist schon tot, Manchago«, fuhr ihn Tobal an. »Die Waffe weg. Schluß mit dem Theater. Wir haben für den Mißbrauch keine Beweise. Nur den Verdacht. Oder haben Sie Hinweise, daß der Mord und der Mißbrauch etwas miteinander zu tun haben könnten?«

»Die Mutter hat dabei zugesehen«, murmelte Herrera, »Schrecklich. Armes Kind.«

Tobal sah die Wut in den Gesichtern der Männer. Wenn es um den Mißbrauch von Kindern ging, waren sich die meisten Erwachsenen einig: So etwas mußte mit aller Härte bestraft werden. Aber, fragte sich Paloma, wer unter diesen Schafen ist vielleicht auch ein Wolf und frißt sein Junges? Man konnte es den Tätern nicht ansehen. Manche waren nach außen kinderlieb, freundlich, die besten Menschen der Welt. Einige gaben sich sogar als Kinderschützer aus.

»Kommissarin, hören Sie«, Inspektor Herrera unterbrach ihre Gedanken, »ich kann mich ja mal umhören.«

»Das hätten Sie auch schon früher tun können!« Tobal wandte sich den anderen Männern zu: »Sie übrigens auch! – Und was ist mit Gonzales: Hatte er Feinde? Seine Kollegen in der Wache halten sich alle bedeckt. Wenn ich unten bin, verdrücken sie sich hinter ihren Schreibtischen und meiden mich, als hätte ich Aids. Ich habe das Gefühl, sie haben Angst, daß ich ihnen unangenehme Fragen stellen könnte.«

Fernando hob die Hand. »Vielleicht hatte Frederico ein Motiv. Gonzales war dabei, als Frederico damals aus dem Leuchtturm rausgeworfen wurde.«

»Was war da?« Tobal sah den Mitarbeiter streng an. »Wieso kommen Sie damit erst jetzt raus?«

Fernando fuhr fort: »Es gab damals ein Gerücht. In dieser Kokssache.«

»Welche Kokssache?«

Tobal stand hinter ihrem Schreibtisch auf und blickte in die Runde. Sie sah nur betretene Gesichter. »Was ist los?«

Inspektor Herrera rieb sich die Unterlippe.

»Was?« fuhr Tobal die Männer laut an. »Wollen Sie hier meditieren?!«

»Da sind ein paar Männer in Dolorosa mit Rauschgift aufgeflogen.«

»Koks.«

»Frederico hat damals einen Freund verloren. Einen Fischer, mit dem er manchmal rausgefahren ist.«

»Er ist bei dem Einsatz gestorben«, sagte Hernandez.

»Und was hat das mit Gonzales zu tun?« fragte Tobal.

»Es gab ein Gerücht ...« begann Fernando.

»Scheiß Gerüchte ...«, unterbrach ihn Santiago Manchago. »Wer so was erfindet, sollte erschossen werden.«

»Manchago!« Tobal sah wütend zu dem Beamten hinüber. »Lassen Sie den Kollegen erzählen!«

»Er soll da mit drin gehangen haben«, sagte Inspektor Herrera. »Es gab ein Gerücht, daß der Fischer getötet wurde, weil er sonst ein paar Leute verraten hätte. Einer von denen soll Gonzales gewesen sein.«

»Steht das in den Akten?«

Antonio nickte. »Besorgen Sie mir die«, sagte Tobal zu Ricardo, »aber lassen Sie sich nicht soviel Zeit. Ich will wissen, was passiert ist. Und wenn ihnen dazu noch was Vernünftiges einfällt, sagen Sie's mir gleich, meine Herren.«

Ich muß ihnen die Chance geben, einzeln mit mir über die Sache zu reden, dachte Tobal. Sie nahm ihre Handtasche und wandte sich zur Tür.

»Kommissarin?« fragte Santiago Manchago, »was sollen wir mit dem Typen machen, der Sie im Park verge..., Entschuldigung, überfallen hat? Er sitzt immer noch im Bunker.«

»Ich kümmere mich in den nächsten Tagen darum«, erwiderte Tobal kühl, drehte sich abrupt um und verließ den Raum. Bevor sie die Tür hinter sich schloß, blickte sie sich noch einmal um: »Zum Henker mit ihm. Lassen Sie den Körper in seinem Loch sitzen!«

* * *

»Haben Sie was mit dem Mord zu tun?«

Padre Pedro sah den Mann, der neben ihm auf der Bank saß, überrascht an. »Mit dem Mord?«

»Haben Sie etwa nichts davon gehört? Das ist doch Tagesgespräch. Ich habe heute in der Zeitung eine Hintergrundgeschichte darüber veröffentlicht.« Der Mann deutete eine Verbeugung an. »Felix von Bourbon«, sagte er, »Reporter. Ultima Hora. Bild. Sun.«

Der Journalist wies auf die Tür vor ihnen, die zum Büro von Kommissarin Tobal führte. »Wollen Sie auch zu ihr?«

Pedro nickte.

»Verhör?«

»Nein.« Pedro empfand den Reporter als aufdringlich. »Es ist persönlich.«

»Soo!?« Bourbon zog das Wort in die Länge, so daß es eine schmierige Bedeutung erhielt.

»Es handelt sich um eine Angelegenheit, die ich nicht mit ihnen besprechen möchte«, Pedro lächelte den Reporter an, »dann könnte ich es doch gleich am Samstag in der Markthalle verkünden.«

»Oder von der Kanzel. Die Kirche hat doch ihre eigene Bühne, um Geschichten zu erzählen.«

»Ihre und unsere Geschichten unterscheiden sich allerdings sehr.«

»Kannten Sie die Toten, Padre?«

»Sicher.«

»Und?«

»Was und?« Padre Pedro spürte Zorn in sich aufsteigen. Er fühlte sich in die Enge getrieben.

»Was waren das für Menschen? Warum mußten sie sterben?«

»Es waren Mitglieder meiner Gemeinde. Familienväter.«

»Sie haben also keinen Verdacht?«

»Selbst wenn ich einen hätte, würde ich nicht mit ihnen darüber sprechen.«

»Interessieren Sie sich nicht für die Nöte ihrer Gemeindemitglieder?«

»Soweit es mich etwas angeht.«

Ein Polizist kam aus Tobals Büro und sagte: »Es dauert nicht mehr lange, Padre. Die Señora ist bald soweit.«

»Wann geht es Sie etwas an?« Bourbon beugte sich zu Pedro hinüber.

»Wenn sie Hilfe benötigen«, antwortete der Priester.

»Wußten Sie eigentlich, daß die Mutter der Kommissarin Flamencotänzerin war?«

Padre Pedro rückte etwas von dem Reporter weg. »Es interessiert mich nicht.«

»Und ihr Vater war Deutscher. Ein Goldschmied aus Düsseldorf. War nicht schwer für mich, das festzustellen. Ich komme auch aus Düsseldorf. Der Mann muß ein grober Klotz gewesen sein. Sie soll was von ihm mitbekommen haben. Aus irgendeinem Grund hat sie aber den Kontakt zu ihren Eltern abgebrochen. Sie kümmert sich nicht um ihre armen, alten Eltern. Ist das christlich?«

»Ich mag das nicht beurteilen. Manchmal ist die Entfernung zwischen Menschen auch eine Folge von zuviel Nähe.«

»Sie wollen nicht urteilen?«

»Hören Sie, Señior von Bourbon! Ich weiß nicht, warum Sie im Leben von Señora Tobal rumschnüffeln«, Padre Pedros Ton war schärfer geworden, »aber Sie sollten die Menschen in Ruhe lassen. Es ist schon genug Unglück über uns gekommen.«

»Erzählen Sie, wie Sie das sehen?«

»Warum sollte ich? Ich lege keinen Wert darauf, von ihnen zitiert zu werden. Und ich denke, die anderen im Ort auch nicht.«

»Da täuschen Sie sich, Padre. Ihre Haushälterin hat mir sehr viel verraten.«

Pedro sah den Reporter skeptisch von der Seite an. »So?«

»Sie sollten etwas freundlicher sein. So schön ist es doch nicht, wenn in der Zeitung steht, daß die Haushälterin des katholischen Kirchengemeinde von Dolorosa ein mehr als bewegtes Liebesleben führt.« Bourbon beugte sich vor. »Aber keine Angst, Padre. Ich schreibe nicht alles, was ich weiß. Manche Geheimnisse sind wirksamer, solange sie nicht veröffentlicht werden. Es ist doch sicherlich auch in ihrem Interesse …«

»… ich weiß nicht, wovon Sie sprechen.«

»Von Matilda. Sie war die Geliebte von Gonzales!«

Bourbon öffnete seine Fototasche und zog die Fotokamera heraus. Er fotografierte Padre Pedro. »Ich würde mich nicht wundern, wenn sich herausstellt, daß Matilda die Männer getötet hat?«

»Lassen Sie das!« Pedro drehte den Kopf zur Seite, weg von der Kamera.

»Verzeihen Sie, Padre. Mein Job«, sagte Bourbon und folgte dem Priester mit dem Objektiv, »Sie sollten sich mal fragen, was sie macht, wenn sie nicht für Sie arbeitet. Schleicht nachts um die Häuser. Wie eine Katze.«

Bourbon steckte den Fotoapparat wieder in die Tasche.

»Spionieren Sie ihr nach?« fragte Pedro. Der Journalist wurde ihm immer unsympathischer.

»Mich interessiert alles an diesem Fall. Versteh'n Sie? Er ist, wie wir sagen, heiß. Hat alles für eine gute Story. Mehrere Tote. Dubiose Geschichten. Gerüchte. Eine schlaffe Polizei...«

»Sie sind ein Reporter, wie ich ihn mir immer vorgestellt habe.«

»Wie?«

Pedro überlegte, ob er es sagen sollte. »Ein wenig schleimig. Trotzdem hart. Ein wenig Elefant. Ein bißchen Schlange. Und Wolf! Ab und zu kommt der Wolf zum Vorschein. Nein, eher eine Hyäne. Sie warten auf Aas.«

»Nicht nur ich. Die lieben Leserinnen und Leser. Lesen erst die Geschichte, geiern dann darüber, und anschließend fallen die Moralisten unter ihnen über die Reporter her, die so was geschrieben haben. Das ist die doppelte Moral in unserer Gesellschaft.«

»Haben Sie überhaupt eine?«

»Klar. Wenn ich sie mir leisten kann.«

Pedro schwieg. Bourbon machte sich Notizen in einem kleinen Block. Dann sagte er: »Es gibt sogar Geschichten, da habe ich selbst Hemmungen sie zu veröffentlichen.«

»Warum?«

»Weil sie zu privat sind zum Beispiel.«

»Das gibt es?«

»Ich kenne jemanden, der ißt leidenschaftlich gern Serranoschinken.«

Pedro verzog die Mundwinkel zu einem Lächeln. »Daß Sie darüber nicht schreiben möchten, ist verständlich. Das interessiert wohl niemanden.«

»Das Besondere daran ist, daß derjenige beim Genuß des Schinkens immer unheimlich geil wird. – Entschuldigung! Es macht ihn scharf. Sie versteh'n. Und nicht nur ihm geht es so. Auch einer Freundin von ihm. Ich finde, das ist eine gute Geschichte. Manchmal kauft sich das Paar eine ganze Schinkenkeule.« Bourbon lachte. »Und wissen Sie Padre, warum ich die Geschichte nicht schreibe? Können Sie es sich vorstellen?«

Pedro schüttelt den Kopf. Ein Polizist kam aus dem Büro von Tobal, und forderte Padre Pedro auf, ihm zu folgen.

»Ich selbst ...«, Bourbon schüttelte sich vor Lachen, »ich selbst bin der mit dem Schinken. Ich selbst. Das kann ich doch schlecht schreiben, oder? Sie erzählen doch, wenn Sie auf der Kanzel stehen, auch nichts über ihre Sünden, oder?«

»Sünden gehören genauso wenig auf die Kanzel wie die Intimitäten von wehrlosen Menschen in die Tageszeitung«, erwiderte Pedro, bevor er das Büro der Kommissarin betrat und die Tür hinter sich schloß.

* * *

»Iß!«

Fernando Pérez' Hände zitterten. Er schob sich den Riesenbaiser in den Mund. Biß ein Stück ab.

»Mehr!«

Er hustete und stopfte in das Röcheln hinein noch einen Baiser.

»Weißt du, warum du das essen mußt?«

»Ja«, krächzte Fernando.

»Warum?«

»Ich habe meine kleine Tochter in der Backstube erwischt, wie sie heimlich einen Baiser genascht hat.«

»Und dann?«

»Ich hab' ihr gesagt, daß sie so viele Baisers essen darf, wie sie will. Müßte nur lieb zu mir sein.«

»Und dann?«

»Habe sie ... hab' sie gestreichelt.« Fernando hustete wieder

»Und?«

»Geküßt. Geküßt hab' ich sie.«

»Und dann? Was dann?«

»Nein! Nein! Sie wissen es doch!« Aus Fernandos Mundwinkeln fielen Brocken der Zuckermasse zu Boden.

»Was dann?«

»Ich habe sie auf den Schoß genommen ... gestreichelt und ... und ich habe sie geküßt ... und dann habe ich ihr, als sie wegwollte und als sie dann auch noch anfing zu weinen ... Nein! Ich kann nicht! Nein!«

»Was dann?«

»Ich habe ihr einen Baiser in den Mund geschoben und noch einen und noch einen. Ich habe mich an ihr gerieben und ihr immer mehr Baisers gegeben. ... und dann lag sie da vor mir auf dem Boden. Wie tot. Die Baisers im Mund.«

»Iß!«

Der Schatten der Person näherte sich drohend dem Bäcker. Pérez griff zu einem Kuchenstück und stopfte es sich in den Mund, schob noch ein Gebäck nach und noch eins und noch eins.

»Warum mußt du diese Baisers essen?«

Pérez wurde von einem Hustenanfall geschüttelt. Die zähe Zuckermasse klebte seine Lippen zusammen. In seinem Mund pappte das klebrige Gebäck Zunge und Gaumen zusammen. Er konnte den Mund kaum noch öffnen. »Nein! Nicht noch mal! Ich kann die Geschichte nicht mehr erzählen«, preßte er hervor. »Bitte! Lassen Sie mich! Ich esse die Baisers. Hier, sehen Sie!«

Er griff mit beiden Händen in den Berg mit den süßen Teilchen neben dem Backofen und schlang die Baisers in sich hinein, als würde er an einem Schnelligkeitswettbewerb teilnehmen. Er würgte. Die Masse aus Zucker und Eiweiß löste einen Brechreiz aus.

»Iß!« schnarrte die seltsam hohe Stimme der Person. In der dunklen Ecke der Backstube war sie nur schemenhaft zu erkennen. War es ein Mann oder eine Frau? Die Stimme klang wie eine verstellte Männerstimme, aber auch wie eine veränderte Frauenstimme. Die Person war schon dagewesen, als er um vier Uhr früh in die Backstube hinuntergestiegen war. Er wußte nicht einmal, ob dieses unheimliche Monster bewaffnet war. Aber das spielte auch keine Rolle. Die Stimme allein schüchterte ihn ein, und die wenigen Sätze und Befehle klangen drohend wie Schüsse aus einem Gewehr.

Pérez fiel auf die Knie und streckte dem Schatten die gefalteten Hände entgegen. »Habt Erbarmen! Ich kann nicht mehr!«

Er wußte um seine Schuld und akzeptierte die Qualen wie ein Gottesurteil. Ja, irgendwie spürte er auch eine Erlösung! Er war nicht mehr allein mit seinem Wissen. Da war jemand, der wußte von seinen Verbrechen. Ja, er wollte bestraft werden für das, was er Monica angetan hatte. Antun mußte!

Fernando stöhnte: »Ich konnte nicht anders! Es war ein Zwang!«

»Hast du Mitleid mit Deiner Tochter gehabt, als du über sie hergefallen bist?«

»Nein! Ich gestehe! Nein!«
»Hast du vor Deinen Freunden damit geprahlt?«
»Ja!«
»Wer sind sie – Deine Freunde?«
»Nein! Ich kann nicht!«
»Dann schweig für immer!« Eine Hand mit einem schwarzen Lederhandschuh bedeckt, drückte ihm einen Baiser in den Mund.
»Ramon«, quetschte der Bäcker hervor, während er würgte.
»Wer noch?«
»Alberti.«
»Was habt ihr mit seiner Tochter gemacht?«
»Sie ist ...«, der Bäcker hustete, »... ist verschwunden.«
»Was habt ihr mit ihr gemacht?«
»Ich kann nicht.«
Die Stimme der Person wurde schriller: »Du sollst sprechen!«
»Alberti hat Ramona einmal mit in die Höhle gebracht.«
»Welche Höhle?«
»Die hinter dem Turm ...«
»Und dann?«
»Das Mädchen hat sich ausgezogen.«
»Ihr habt sie gezwungen.«
»Sie machte alles, was ihr der Vater sagte.«
»Ihr habt sie geschlagen.«
»Alberti war's«, ächzte Pérez. Dabei spritzten kleine Brocken Baisermasse aus seinem Mund. »Wir haben mit ihr gespielt. Sie war so schön ... wir waren lieb zu ihr ... sie hat alles mitgemacht.«
Pérezs Körper sank auf die Knie. Er lag jetzt auf dem Steinboden wie ein Moslem, der gen Mekka betet. Den Kopf auf dem grauen Steinboden. Seine Stimme zitterte. Er flüsterte: »Schuld war das Kokain. Wir wußten nicht, was wir taten.«
»Wo ist Ramona jetzt?«
»Sie ist weg.«
»Seit einem Jahr wird das Kind vermißt. Wo ist Ramona? Habt ihr sie getötet?«
»Nein. Wirklich nicht. Nein. Ich habe Ramona geliebt ...«
»... wie deine Tochter auch.«
»Ja, wie meine Tochter.«

Der Bäcker würgte.

»Iß!«

»Ich kann nicht mehr. Ich ersticke«, röchelte Fernando Pérez. Er zitterte am ganzen Körper. Er versuchte aufzustehen. Doch die Beine trugen ihn nicht mehr, und er brach zusammen. Schwerfällig stemmte er seinen Oberkörper hoch und kniete auf dem Boden. Schweißperlen auf der Stirn. Sein Gesicht, sein Hals, seine Hände bedeckt mit der klebrigen Masse der Baisers. Die Kleidung verdreckt mit einer Mischung aus Kotze und Zuckermasse.

Fernando sah die Schuhe, schwarze Schuhe, auf sich zukommen. Mit einem Ruck wurde sein Kopf an den Haaren nach hinten gerissen.

»Bete! Falte die Hände und bete!«. Der Bäcker hörte die Stimme nur noch wie eine weit entfernte Lautsprecherdurchsage. Er hob die Hände zum Gebet. Sie zitterten so stark, daß er sie nicht aufeinander liegen lassen konnte. Sie klatschten aufeinander, und es klang wie der Applaus zu seiner eigenen Sterbeszene. Pérez dachte für Sekunden daran, sich zu wehren und die Hände hochzureißen. Er blickte hoch und sah die Person im Schein der Deckenbeleuchtung und erschrak. Das ist doch ...

Dann merkte er, daß er nicht mehr atmen konnte.

* * *

Tobal und Padre Pedro saßen an einem Tisch im Café Central. Neben der Theke hatte eine Gitarrenspieler seine Musikanlage aufgebaut.

Paloma beobachtete, wie die Finger des Musikers über die Saiten wirbelten. »Ich mag die Musik. Concierto de Aranjuez. Von Joaquin Rodrigo.«

Padre Pedro nickte zustimmend. »Ich habe selbst auch einmal etwas Gitarre gespielt. Auf einem Seminar über die Koexistenz von Politik und Religion bin ich damit sogar aufgetreten. Ich mag die Stimmung, die diese Musik in mir auslöst. Wir sollten uns bei Salvadore bedanken, daß er uns zusammengebracht hat«.

»Ein hinterhältiger Bursche«, sagte Paloma mit gespieltem Ernst, »ich habe gehört, daß er uns miteinander verkuppeln will ...«

»... vermutlich, um anschließend seinen Kunden die Nachricht von einer Liaison zwischen dem Priester und der Polizistin exklusiv mitteilen zu können«, schmunzelte Pedro, »er würde das als Krönung seiner Laufbahn als Geschichtenerzähler von Dolorosa ansehen«.

»Er soll Gott angefleht haben, ihn dabei zu unterstützen!«

»Nehmen Sie es dem Alten nicht übel«, bat Pedro die Kommissarin. »Er hat es sicher nur gut gemeint.«

»Ich mag das nicht«, widersprach Tobal, »aber Sie scheinen ja ein großzügiges Herz zu haben. Vielleicht auch für mich?«

»In welcher Sache?« fragte Pedro vorsichtig.

»Ich habe eine Bitte«, begann sie. Paloma biß sich leicht auf die Lippen, wie immer, wenn ihr etwas peinlich war. »Ich brauche ihre Hilfe. – Können Sie nicht Isabella fragen, wo wir ihren Vater finden können?«

»Ich soll das Mädchen aushorchen? Ich bitte Sie ...« Pedro lehnte sich zurück und atmete tief ein. An einem Nebentisch nahmen der Lehrling des toten Weinhändlers und ein Mädchen Platz. Die beiden lachten miteinander und achteten nicht auf die Menschen in ihrer Umgebung. Padre Pedro bemerkte, daß Paloma interessiert zu dem Paar hinübersah.

»Juan und Clara. Die große Liebe!«

»Wie Romeo und Julia?«

»Sie haben schon als kleine Kinder im Sandkasten miteinander gespielt«, erzählte Pedro, »dann verloren sie sich aus den Augen. Selbst in einem Dorf wie Dolorosa kann das passieren. Dann, vor einem Jahr, wäre Clara fast von einem Lastwagen überfahren worden. Sie stand vor dem Heimatmuseum. Der Wagen, vollbeladen mit Butangas-Flaschen, parkte fünfzig Meter weiter die Straße hoch. Plötzlich lösten sich die Bremsen. Der Fahrer, der gerade Flaschen in ein Haus bringen wollte, stand wie angewurzelt da und sah dem Wagen nach. Juan rannte hinterher, riß die Fahrertür auf und ist hineingesprungen. Er brachte den Wagen in letzter Sekunde zum Stehen. Wenige Zentimeter vor Clara. Und die hat nichts gemerkt von alledem. Erst als Juan aus dem Lastwagen gestiegen ist. Und da hat es zwischen ihnen gefunkt. Tja. Juan ist ein Held. Hat das Dorf vor einer Katastrophe gerettet. Unvorstellbar, was passiert wäre, wenn der Lastwagen in ein Haus gerast und das Gas explodiert wäre.«

»Und so hat Juan seine große Liebe gefunden ...«, fuhr Paloma fort, »armer Juan«.

»Ja. Er hat jetzt seine Stelle verloren. Die Weinhandlung ist geschlossen«, sagte Pedro.

»Das ist nicht sein einziges Problem!«

Der Priester runzelte die Stirn. »Hat es mit Ramon zu tun?«

Paloma überlegte einen Moment, ob sie mit dem Priester darüber sprechen sollte.

»Juan hat den Weinhändler getötet!«

Padre Pedro ließ vor Überraschung die Kaffeetasse fallen. Sie zersplitterte auf dem Tisch. Die Menschen an den Nachbartischen sahen zu ihnen herüber. Paloma beobachtete, wie er nervös die Scherben einsammelte und sie dem Kellner gab. Wieviel weiß er wirklich, fragte sie sich.

»Nicht so, wie sie sich das vorstellen«, beruhigte Tobal. »Er weiß nicht mal, daß er es gewesen ist.«

Pedro verstand gar nichts mehr. »Er weiß es nicht?«

»Nein ...«

»War er betrunken?«

Paloma sagte leise: »Unsere Untersuchungen haben ergeben, daß Ramon erst kurz bevor die Polizei am Tatort eintraf in seinem Weinfaß ertrunken ist. Der Mann hat noch gelebt, als Juan ihn entdeckt hat.«

»Wollen Sie etwa sagen, daß Juan ihn umgebracht hat?« Pedro schüttelte den Kopf.

»Ohne Absicht! Ramon war mit einem Medikament betäubt, als Juan ihn fand. Quasi ohne Bewußtsein. Wie der Junge erzählte, hat er geglaubt, der Chef mache einen Scherz. Er hat ihn erst vorsichtig berührt, dann, als Ramon nicht reagierte, ihm fester vor den Kopf gestoßen. Ja, und dadurch ist der Kopf des Bewußtlosen, der auf dem Holzrand hing, abgerutscht und in den Wein getaucht. Ramon ist ertrunken, ohne noch mal wach zu werden. Er hat die ganze Nacht, an Füßen und Händen gefesselt, aber lebend auf dem Rand des Fasses gehangen. Das haben die Untersuchungen der Gerichtsmedizin ergeben.«

Padre Pedro sah sie entsetzt an. »Ramon könnte also noch leben, wenn der Junge ihn nicht angerührt, sondern sofort die Polizei gerufen hätte?«

»Ja. Das ist sicher. Ramon ist ertrunken, während der Junge die Polizei rief. Und somit ist der Mörder, der Ramon mit Medikamenten betäubt und gefesselt hat, in diesem Fall eigentlich kein richtiger Mörder. Und Juan, also derjenige, der den Tod Ramons herbeigeführt hat, auch nicht.«

»Wie schrecklich!« Pedro machte die Enthüllung so nervös, daß er versehentlich aus Palomas Tasse einen Schluck Kaffee trank, »was wird dem Jungen damit für sein weiteres Leben aufgebürdet?!« Er sah die Kommissarin eindringlich an. »Können Sie nicht verhindern, daß Juan, ja, daß überhaupt irgend jemand das erfährt?« drängte er sie, »Sie wissen doch, wieviel hier getratscht wird. Was bringt es schon für ihre Ermittlungen, wenn der arme Junge für den Tod des Weinhändlers büßen muß?«

»Ich bitte Sie!« wehrte Paloma empört ab und griff nach ihrer Tasse.

Padre Pedro mißverstand die Geste, beugte sich zu ihr vor, nahm ihre Hand und drückte sie. »Helfen Sie dem Jungen. Und ich helfe ihnen, wie immer ich kann.«

Paloma spürte den festen Händedruck des Priesters. Er war angenehm männlich. »Dann bringen Sie mir Frederico! Ist das ein Handel?«

Pedro zog seine Hand zurück. »Ich weiß nicht ...«

Tobal erhob sich, legte das Geld für den Milchkaffee auf den Tisch und verabschiedete sich, bevor Pedro, überrascht von ihrem plötzlichen Aufbruch, etwas sagen konnte. Sie wußte, daß sie dem Priester gerade ein mieses Geschäft vorgeschlagen hatte. Aber bei der Wahl der Mittel konnte die Polizei nicht immer Stil bewahren. Wenn er Frederico lieferte ... Sie überquerte, ohne sich noch einmal umzusehen, die Plaza und ging in Richtung Polizeiwache.

Pedro gab ihr Grund zum Nachdenken. Sie hatte noch immer nicht entschlüsselt, was der sterbende Gonzales gemeint hatte, als er ausrief: »Der Padre ist ...?« Und heute die Bitte des Priesters, Ermittlungsergebnisse nicht weiter zu verfolgen. Könnte Gonzales gemeint haben: Der Padre ist ... Zeuge?! Oder wollte er sagen ... der Mörder?

Unsinn, dachte Tobal. Der doch nicht. Das ist doch gar kein richtiger Mann, sondern ein Priester. – Aber vielleicht einer mit Gefühlen? Ich sollte ihn mehr als Menschen und weniger als

Geistlichen betrachten, dachte sie. Vielleicht kommen einige Schattenseiten ans Tageslicht.

Sie sah zum Kirchenportal hoch, das sie gerade passierte. Warum nicht gleich in die Höhle des Löwen gehen und etwas Atmosphäre schnuppern?! Spontan ging sie die Stufen zum Eingang der Kathedrale hoch. Sie öffnete die Tür und stieß mit einem Mann zusammen. Sie erkannte ihn sofort. Er sah genauso aus, wie auf dem Fahndungsfoto: Frederico.

* * *

»Er soll sich überfressen haben. Er ist an seiner Gier nach Baisers erstickt.«

»Seltsamer Tod. Haben Sie so was schon mal gehört?«

»Das fragen Sie mich? Bin ich Polizist, Padre José?«

Pedro saß in seinem Schaukelstuhl und beobachtete, wie der Kopf des alten Priesters hinter der grünen Couch verschwand. Kurz darauf hörte er die Schürfgeräusche aus dem Loch. Sie gehörten inzwischen wie die Morgenandacht im Radio, das Knattern der am Haus vorbeifahrenden Mopeds und das Bellen der Nachbarhunde zu den Geräuschen seines Alltags. Jeden Abend stieg José in seine Höhle. Wie brachte er nur die Kraft dazu auf? Es mußte dort unten eng und die Luft stickig und staubig sein? Er hatte Mitleid mit dem Kollegen, dessen Lebensinhalt darin zu bestehen schien, für seine Kirche einen Schatz zu heben. War das eine Form des Altersschwachsinns?

»Das Leben wird an ihnen vorbeifließen, wenn Sie sich da unten eingraben«, rief Pedro, »warum geben Sie nicht auf? Vielleicht ist der Schatz schon längst fort. Machen Sie auch mal Pause. Denken Sie an ihre Gesundheit.«

Er erhielt keine Antwort, und so schloß er die Augen, lehnte den Kopf zurück und faltete die Hände. Ruhig schaukelte er in seinem Stuhl vor und zurück, und mit der monotonen Bewegung schlummerte er ein. Vor und zurück. Vor und zurück. Vor und zurück.

Schemenhaft tauchte Paloma Tobal vor seinem geistigen Auge auf. Er versuchte, das Bild zu bewahren, doch die Müdigkeit war stärker. Langsam entfernte sie sich von ihm, während gleichzeitig die Konturen ihres Körpers deutlicher wurden: Sie war nackt!

Padre Pedro schreckte hoch. Jemand betätigte den Türklopfer am Portal. Padre José hörte es offensichtlich nicht. Aus dem Loch hinter der Couch drangen noch immer monoton die Geräusche des Schaufelns hoch. Er beugte sich über die Couch und rief in den Schacht hinunter: »Padre, aufhören! Wir bekommen Besuch!«

Das Schürfgeräusch verstummte nicht. Er wiederholte seine Aufforderung, doch Padre José reagierte nicht. Kurzentschlossenen schob er die Couch über den Einstieg zur Höhle. Er mußte versuchen, den Besucher an der Tür loszuwerden. Das fehlte noch, daß das ganze Dorf über einen spinnerten Priester lachte, der jeden Abend nach einem Schatz grub.

Vor ihm stand Isabella, Fredericos Tochter. Sie weinte und wollte an ihm vorbei in die Halle gehen. Er stellt sich ihr in den Weg. »Was ist? Wohin willst du?«

»Helfen Sie mir, Padre!«. Erst jetzt, als Isabella so nah vor ihm stand, fiel ihm auf, daß sie ein für ihr Alter recht fülliges Mädchen war. Ihr viel zu großes Kleid verdeckte nur wenig von ihrer Figur. »Bitte helfen Sie meinem Vater. Er ist verhaftet worden.«

Pedro ging vor dem Mädchen in die Hocke und strich ihr die Haare aus dem Gesicht, um ihr in die Augen sehen zu können. »Was ist passiert?«

»Er soll den Polizisten getötet haben, sagt die Polizei. Er war es nicht. Ganz bestimmt. Er war's nicht.«

Isabella weinte heftiger, und Pedro nahm sie in den Arm.

»Ich glaube das auch. Ich werde mich darum kümmern. Isabella«, beruhigte er das Mädchen, »laß uns zur Polizeiwache gehen. Mal sehen, was wir für Deinen Vater tun können.«

Während Pedro mit dem Mädchen zur Polizei eilte, überlegte er, was er tun könnte. Vielleicht konnte er die Kommissarin überzeugen, den Vater bis zur Gerichtsverhandlung frei zu lassen. Und wenn nicht? Sie eilten die Stufen zum Polizeirevier hoch, nahmen gleich mehrere Stufen auf einmal. Im Türrahmen zwischen Polizeiwache und Hinterraum stand Tobal, als hätte sie auf ihn gewartet.

»Was gibt's?« fragte sie freundlich. Dann erblickte sie Isabella. Tobals Miene wurde ernst, und noch bevor der Priester antworten konnte, fuhr sie fort. »Ja, ich habe ihn verhaftet, Padre.«

»Lassen Sie uns darüber sprechen, Kommissarin.«

»Er braucht keinen seelischen, sondern juristischen Beistand, Padre.«

»Sie braucht ihren Vater, Señora.«

»Frederico ist zur Tatzeit am Leuchtturm gesehen worden, Padre.«

»Das stimmt nicht«, mischte sich Isabella ein, »mein Papi war den ganzen Abend zu Hause. Das kann ich schwören! Padre, ich schwöre bei Gott. Und bei meinem Leben.«

»Sie ist doch erst neun Jahre alt, Kommissarin«, sagte Pedro zu Tobal, »sie lebt seit dem Tod der Mutter allein mit dem Vater in der Wohnung. Jemand mußte sie doch versorgen, sich um sie kümmern. Lassen Sie ihr den Vater.«

»Für ihren Vater würde sie jeden Schwur brechen«, Tobal wandte sich zum Gehen. »Lassen Sie es, Padre. Und nehmen Sie das Kind mit. Lassen Sie die Polizei ihre Arbeit machen. Ich kann ja verstehen, daß Sie der Kleinen helfen wollen. Sie sind nicht der einzige, der glaubt, daß Frederico unschuldig ist. Kümmern Sie sich um Isabella. Ich denke, Sie helfen dem Vater mehr, wenn Sie dem Kind helfen.«

»Kann es nicht sein, daß ihre Zeugen nicht Frederico, den Taxifahrer, sondern den Geist des lange verstorbenen Leuchtturmwärters gesehen haben?«

»Wir können Tote und Lebende gut voneinander unterscheiden. Das haben wir gelernt«, antwortete Paloma kühl, »außerdem sollten Sie sich etwas zurückhalten«.

»Warum?«

»Frederico kam aus der Kirche, als ich ihn verhaftete. Man könnte daraus schließen, daß Sie mehr wissen, als Sie sagen. Wer einen Verbrecher schützt, macht sich mitschuldig!«

»Komm«, sagte Pedro zu Isabella und drehte sich abrupt um. »Wir besorgen einen Rechtsanwalt für Deinen Vater. Das ist wichtig.«

Tobal wandte sich an Isabella. »Ich würde dir gerne helfen, Kleines.«

Das Kind reagierte nicht und verließ mit Padre Pedro grußlos den Raum. Pedro fragte sich, was die Kommissarin über ihn wissen konnte.

* * *

»Wir treiben mit der lieben Kommissarin ein kleines Verwirrspiel.« Abogado Lorenzo Amer lachte. Während des Gesprächs mit Padre Pedro tippte er ohne Unterbrechung auf der Tastatur seines Computers. »Wir werfen ihr Juan zum Fraß vor.«

»Wie meinen Sie das? Was hat Juan damit zu tun?«

»Ich habe gehört, daß der Lehrling seinen Chef aus Versehen in das Faß gestoßen hat. Ich dreh daraus einen schönen Strick. Ich werfe der Polizei erst mal vor, einen Mörder zu schützen. Das verwirrt.«

Pedro protestierte. »Sie können doch nicht den Jungen ...«

»... das überlassen Sie mir. Sie sind Priester, ich bin der Rechtsverdreher.«

Pedro irritierte die Stimme des Anwalts. Sie war zu hoch für einen Mann. Schrill wie eine Alarmsirene, deren Batterie zu Ende ging.

»Sorry. Sie haben keine Ahnung. Also überlassen Sie mir, was getan wird. Wenn's ihnen nicht paßt, können Sie zu einem anderen Anwalt gehen. Aber ich bin der Beste.«

Pedro wußte nicht, was er antworten sollte. Amer stand auf und reichte ihm die Hand. »Ich bin sehr beschäftigt. Sie verstehen!?«

Der Anwalt begleitete den Priester zur Tür. »Wir holen ihren Frederico da schon raus. Keine Sorge, Padre. Und nichts für ungut.«

Padre Pedro stand vor der Tür der Kanzlei des Abogado. Er war ratlos. Von Anfang an hatte er sich im Büro des Anwalts unwohl gefühlt. Diese moderne, kühle Gestaltung des Büros. Marmor. Chrom. Computer. Keine Bilder. Kein Kreuzzeichen, wie man es in fast allen Häusern Dolorosas fand. Aber Abogado Amer war der Tüchtigste. Hatte er einen Fehler gemacht? Hoffentlich mußte Juan nicht darunter leiden. Die Kommissarin war ihm nicht so wichtig. Sie würde sich gegen Amer wehren können. Die paßten vermutlich zusammen. Sie ist vermutlich genauso kühl und berechnend wie er.

Er hörte ein Geräusch über sich. Der Rechtsanwalt lehnte sich aus dem Fenster und rief: »Und machen Sie sich nicht zu viele Gedanken über Juan. Wenn ich mir die Sache richtig überlege, könnte der Junge ohne weiteres der Täter sein. Gerne kommen die Mörder mit einem Engelsgesicht daher. Denken Sie nur an Judas, der ihren Chef verraten hat. Vielleicht war es ja ein mieser, kleiner Racheakt eines Lehrlings, der seinen Boß nicht ausstehen konnte.«

* * *

Die Geschäftsleute hatten ihre Kassen abgeschlossen, die Taxifahrer ihre verstaubten Wagen im Schatten der schmalen Gassen geparkt und sich selbst auf ein Nickerchen quer über die Hinterbank gelegt. Die meisten Einwohner von Dolorosa hatten an ihren Häusern die Türen, Fenster und Holzblenden geschlossen und schliefen ein Stündchen. Manche saßen in Restaurants, wo sie in aller Ruhe zu Mittag aßen: Vor sich eine kalte Gemüsesuppe, Gazpacho, oder Spargel mit Mayonnaise. Danach gab es gebratenes Kaninchen oder über dem offenen Feuer geröstete Lechona, Spanferkel. Ein leichter Roséwein, eiskalt serviert, Mineralwasser aus der Quelle in den Bergen. Zum Dessert Zitroneneis oder Baiser.

Die Menschen litten unter der Hitze dieses Sommers. Einheimische wie Touristen suchten den Schatten, vermieden unnötige Arbeit und Bewegung. Jeder stöhnte über das Wetter, sobald die Kühle des Morgens von der Sonne aufgesogen worden war.

Margarita schien die Temperatur nichts auszumachen. Sie saß auf dem Balkon ihres Elternhauses, wie immer schick gekleidet, als wäre heute Sonntag. Ihre Zöpfe waren sorgfältig geflochten und durch bunten Klammern zusammengehalten. Sie spielte mit zwei Puppen. Sie ließ sie tanzen und in den Pausen legte sie die beiden so aufeinander, daß es aussah, als würden die Figuren Liebe miteinander machen. Aber das Kind machte das nicht bewußt. Sie träumte vielmehr, daß sie mit ihrem Vater unterwegs auf einer große Reise war und er ihr in einem der schönen Läden der Hauptstadt neue Kleider kaufte. Sie saß im Schneidersitz auf dem Fliesenboden und bewegte ihren Oberkörper vor und zurück, vor und zurück im Takt der Bewegung ihrer Puppen.

»Hallo! Margarita. Hola!« Isabella, die Tochter des Taxifahrers, stand in der Gasse und winkte ihr zu. Margarita erwachte aus ihrem Traum, beobachtete die Besucherin aus den Augenwinkeln, reagierte aber nicht.

Es schellte an der Tür. Margarita war allein zu Hause. Die Mutter war zum Einkaufen gegangen. Träge stieg das Mädchen die Treppe hinab und ging durch die große Halle zur Haustür.

»Was willst du«, fragte sie.

»Ich möchte mit dir sprechen, bitte!« Isabella hatte nicht den Mut, das andere Mädchen anzusehen und hielt den Kopf gesenkt.

»Dein Vater hat meinen Papi getötet!«

»Nein, das hat er nicht!« Isabellas Augen funkelten wütend.

»Hat er doch«, beharrte Margarita. Sie spürte, wie sich in ihrer Brust die Muskeln verkrampften und das Herz schneller schlug. Sie schluchzte. »Sagen auch die Freunde von meinem Papi bei der Polizei. Er ist ja auch im Gefängnis, dein Vater. Da kommen nur Mörder rein. Wäre er doch nicht, wenn er nicht der Mörder ist.«

Erst jetzt blickten sich die Mädchen in die Augen. In diesem Moment entschied sich, ob die Kinder Feindinnen oder Freundinnen werden würden.

»Du kannst ja nichts dafür«, lenkte Margarita ein, als sie die Verzweiflung in Isabellas Augen sah.

»Ich weiß aber genau, daß er es nicht war«, beharrte die Tochter des Taxifahrers auf ihrer Meinung, »mein Vater war nämlich mit mir zuhause«.

»Wirklich?« Margarita sah Isabella skeptisch an. »Warum hast du das nicht der Polizei gesagt?«

»Die glauben mir nicht!«

»Die denken, du lügst, um deinem Vater zu helfen?«

»Die Kommissarin sagt, ich würde alles erzählen, damit ich meinen Papa wiederkriege.«

»Würdest du?« fragte Margarita.

»Ja«, antwortete Isabella, »aber ich hab nicht. Ich war zuhause, und er war bei mir. Wir haben in der Küche gesessen und über meinen Geburtstag gesprochen. Wir wollten ihn ganz toll feiern. Mit allen Freundinnen und den anderen aus der Schule.«

»Wann hast du Geburtstag?«

»Heute!«

»Du hast Geburtstag? Und was machst du dann hier? Warum feierst du nicht?«

Isabella runzelte die Stirn: »Meine Mutter ist tot. Vor ein paar Monaten ist sie gestorben. An Krebs. Mein Papi ist weg. Niemand ist da, mit dem ich feiern kann.«

»Komm rein!« Margarita zog Isabella am Arm in die Halle. »Geh'n wir in mein Zimmer.«

Im Kinderzimmer sah Isabella irritiert, daß überall an den Wänden Kleidung hing. Viele der Hosen, Blusen, Kleider und Röcke waren farblich aufeinander abgestimmt. »Hast du aber viel zum Anziehen«, staunte Isabella und streichelte über ein rotes Wollkleid, das sie ganz besonders schön fand.

»Komm, wir gehen auf den Balkon. Da ist ein bißchen Wind. Nicht so heiß wie im Zimmer.« Margarita setzte sich auf die Terrakottakacheln und lehnte sich mit dem Rücken an das verschnörkelte Eisengitter des Balkons. Isabella setzte sich zu ihr und putzte sich mit dem Saum ihres langen Kleides die Nase.

»Warum weinst du?«

»Ich bin so traurig, weil mein Papi im Gefängnis sitzt. Und weil ich ihm nicht helfen kann. Niemand glaubt mir, daß er zuhause war, als dein Papi totgemacht wurde.«

Jetzt weinte Margarita leise.

»Und warum heulst du?« fragte Isabella zwischen zwei Schluchzern.

»Weil ich jetzt gar keinen Papi mehr habe. Er ist tot. Deiner kommt sicher bald wieder, aber meiner ist im Himmel. Für immer.«

Die Mädchen schwiegen. Nach einer Pause sagte Margarita: »Ich glaube Dir.«

Für Sekunden sah Isabella das andere Mädchen mit großen Augen an. Dann fiel sie ihm um den Hals. »Oh, wie ich mich freue«, rief sie, »wie ich mich freue, daß du das sagst. Sag es noch einmal, bitte! Noch einmal.«

»Ich glaube dir«, wiederholte Margarita, »und wenn du möchtest, können wir Freundinnen sein.«

»Wir beide!?«

Isabella strahlte sie an und wischte sich die Tränen aus den Augen.

»Du glaubst mir? Du willst meine Freundin sein?«

»Ja. Und ich will dir helfen. Vielleicht finden wir ja den richtigen Mörder von meinem Papi. Sollen wir ihn nicht zusammen suchen?«

Isabella nickte heftig. Ja, das war gut. Warum war ihr das nicht selbst eingefallen? Dann schmiedeten die Mädchen Pläne. Überlegten, daß sie alle Nachbarn, die Kollegen des Vaters bei der Polizei, die Bewohner in den Häusern an der Straße, die zum Leuchtturm hoch führte und auch die Kellner im Restaurant dort oben befragen würden. Sie könnten alle Beobachtungen in ein Tagebuch schreiben und die Notizen dann der Kommissarin geben. Sie schworen sich feierlich, den Vater von Isabella aus dem Gefängnis zu befreien und den Mörder von Margaritas Vater zu finden.

* * *

»Küß sie! Na los! Einen Kuß!« Der kleine, verwachsene Mann hüpfte um Pedro und Tobal im Kreis herum. Mit seinen Händen versuchte er, die Köpfe der beiden aneinander zu drücken.

Tobal wich vor den schmutzigen schwieligen Fingern zurück.

»No! Ich bin Priester! Lassen Sie das!« wehrte auch Pedro die Zudringlichkeit ab und rückte von der Kommissarin weg, als hätte man ihm eine Giftschlange vors Gesicht gehalten. Sie sprachen gerade über Pedros Besuch auf dem Kommissariat, und Tobal hatte sich für ihr ruppiges Verhalten und die ablehnende Art entschuldigt. Dabei waren sie sich wohl ein wenig zu nah gekommen. So nah jedenfalls, daß der Zwerg sich veranlaßt sah, etwas nachzuhelfen.

Der Kleine lachte höhnisch. »Kann ein Priester etwa nicht küssen? Keine Zärtlichkeit? Keine Liebe?«

»Verschwinde!« Paloma schob den Störer wütend zur Seite.

»Guter Witz, guter Witz.« Der Zwerg lachte hämisch, tanzte im Kreis um sie herum und fuchtelte mit seinen Armen wild durch die Luft. Paloma und Pedro sprangen von ihren Sitzen hoch und drängten sich durch die Menschen, die im Kreis um sie herumstanden und die derben Scherze des Zwerges amüsiert verfolgten.

Schon nach wenigen Schritten wurden sie von einer anderen Menschengruppe aufgenommen, tauchten ein in Lärm, Lachen und Musik und aufgeregtes Geplauder.

»Jetzt erleben Sie es selbst. So feiert Dolorosa das Fest der tapferen Frauen«, rief Pedro, der erleichtert war, der unangenehmen Situation entkommen zu sein, »ein Schauspiel, an dem das ganze Dorf teilnimmt. Früher hat man sogar noch Frauen in die Berge entführt und über Nacht festgehalten.«

»Da hab' ich ja richtig Glück.«

»Im 15. Jahrhundert waren die Sitten noch rauher. Die Piraten entführten die Frauen auf ihr Schiff. Sie kamen nie mehr zurück.«

»Aus unserer ruhigen Unterhaltung wird es hier wohl nichts werden«, meinte Paloma.

»Dann lassen Sie uns doch entdecken, wie die Dolorosenser feiern. Vielleicht können wir ja noch etwas lernen«, schlug Pedro vor.

Die Menschen um sie herum waren ausgelassen. Sie tanzten und umarmten sich. Musikgruppen spielten fröhliche Lieder. Wilde Melodien. »Dolorosa war damals durch die Berge vom Rest des Landes abgeschnitten. Es gab noch keine Paßstraße und noch keinen Tunnel wie heute. Nur ein kleiner Eselspfad führte zur Hauptstadt. Die Bevölkerung mußte sich gegen Angreifer immer selbst verteidigen«, schrie Pedro ihr durch den Lärm zu.

»Deswegen also der rauhe Charme der Menschen hier. Ein Bergvolk!«

Einige Männer, als Piraten verkleidet, schossen mit ihren Gewehren in die Luft. Manche versuchten die Strohhüte zu treffen, die ihre Frauen immer wieder über die Köpfe der Menge hoch warfen. Bei jedem Knall duckte Pedro sich, als fürchte er von einer Kugel getroffen zu werden. Auch Paloma zuckte bei jedem Schuß zusammen. »Ich hasse wilde Schießerei!«

»Ich dachte, Sie sind es gewohnt, zu schießen. Gehört die Pistole nicht zu ihrer Berufsausstattung?«

»Sie laufen ja auch nicht immer mit dem Kreuz um den Hals durch die Straßen.«

»Das kann man wohl kaum vergleichen.«

Eine Gruppe Kinder, in Phantasiekostümen gekleidet, drängte sie zur Seite. Dahinter kamen die Mütter, Frauen in bunten Trachten aus grobgewebten blau-gelben Stoffen und weißen Blusen mit kunstvollen Stickereien. Ein paar Männer versuchten, Frauen aus der Menge herauszuziehen, wurden aber mit Stockhieben vertrieben.

»Einmal im Jahr, zur Sommerzeit, feiert Dolorosa das ›Fest der tapferen Frauen‹, Fiesta de ses valentes dones«, erzählte Pedro.

Paloma schüttelte den Kopf und hob die Schultern. »Es ist zu laut hier. Ich kann Sie nicht verstehen.«

Pedro beugte sich vor, sein Mund war jetzt ganz nah an ihrem Ohr. Tobal spürte seinen Atem, der ein angenehmes Kribbeln an ihrem Hals auslöste. »Die Einwohner von Dolorosa erinnern heute an eine Befreiungsschlacht. Früher wurde Dolorosa immer wieder von Piraten überfallen. Mal Mauren, mal Türken. 1561 landete ein türkischer Pirat, er hieß Domo, am Strand von Dolorosa. 1.700 Mann mit ihm. Die Piraten zogen durch die Gassen und plünderten die Häuser. Raubten Gold und Juwelen, die Lebensmittel und natürlich die Frauen. Was für ein Gemetzel! Überall Tote und Blut in den Gassen. Um jedes Haus wurde Mann gegen Mann gekämpft. Es muß schrecklich gewesen sein. Die Häuser hatten, wie heute noch, zu den Gassen hin meist kleine gut gesicherte Fenster und schwere, mit Eisen beschlagene Holztore. Aber das rettete Dolorosa nicht. Viele Häuser wurden gestürmt.«

»Was machten sie mit den Frauen?«

»Sie entführten sie auf die Schiffe. Vergewaltigten sie«, schrie Pedro. Dabei sah er sie so traurig an, als sei er selbst an dem Unglück der Frauen beteiligt. Er wollte gerade mit seiner Geschichte fortfahren, als sie ein Pulk singender Frauen einkreiste. Sie rissen Paloma mit sich fort, Pedro sah noch ihre dunklen Haare durch die Luft wirbeln, dann drehten ihn andere Frauen wild um die eigene Achse, so daß ihm schwindelig wurde.

»Señora Tobal, Señora! Paloma! Wo sind Sie?« rief er in die Menge, die für ihn nur noch ein Mosaik aus Gesichtern, Händen und Leibern war.

»Momentito, Moment«, rief er den Frauen zu. Die ignorierten ihn, lachten hämisch und zerrten an seinen Kleidern, als wollten sie über ihn herfallen. Alles um ihn herum drehte sich, und er taumelte mehr und mehr und schloß die Augen, um die Sinne wieder ins Gleichgewicht zu bringen. Er wäre sicherlich zu Boden gestürzt, wenn in diesem Moment nicht jemand seine Hand ergriffen und ihn mit einem Ruck zur Seite, raus aus der

Menschenmenge gerissen hätte. Er öffnete Augen und begegnete dem Blick von Paloma.

»Kommen Sie, schnell!« Sie zog ihn mit sich. Er stolperte hinter ihr her, weiter durch die Menge. Wenn jemand Paloma den Weg versperrte, schob sie ihn grob zur Seite.

Hand in Hand rannten sie am Strand entlang und stoppten erst, als das Rauschen der Wellen das Juchzen und Kreischen der Feiernden überdeckte. Erst jetzt bemerkte Pedro die vertraute Geste und zog seine Hand zurück. Tobal spürte wieder dieses Kribbeln, diesmal in den Fingerspitzen.

»Die Frauen«, sagte der Priester noch außer Atem, »vor denen Sie mich gerade gerettet haben, waren schon damals nicht zimperlich ... Sie griffen zu Bratpfannen, Töpfen, Küchenmessern und Gardinenstangen und wehrten sich. Sie zogen durch die Gassen und stürzten sich auf jeden Piraten, den sie kriegen konnten. Mit Erfolg ... Dolorosa wurde von den Frauen befreit. Die Piraten in die Flucht geschlagen.«

»Wenn man sieht, wie die Männer heute feiern, könnte man meinen, daß sie es waren, die Dolorosa befreit haben«, sagte Paloma. »Trotzdem eine schöne Geschichte. Da sind die Frauen endlich mal die Starken.«

»Stark wie Sie.« Pedro sah sie mit bewunderndem Blick an.

»Denken Sie das von mir?«

»Müssen Sie es nicht auch sein? Bei ihrem Beruf? Wenn ich sehe, wie Sie mich mit der kleinen Isabella haben abfahren lassen.«

»Vielleicht war ich etwas zu grob, Padre.«

Paloma setzte sich auf einen Felsen. Sie klopfte mit einer Hand auf den freien Platz neben sich. Zum ersten Mal bemerkte Pedro, daß sie sehr schlanke, gepflegte und zarte Hände hatte. »Setzen Sie sich. Es ist schön. Lassen Sie uns ausruhen. Miteinander plaudern.«

Sein Oberschenkel streifte ihr Bein, als er sich setzte. Die unbeabsichtigte Berührung löste in ihr eine Erregung aus, wie sie es schon lange nicht mehr gespürt hatte. Nur eine leichte Berührung– und doch spürte sie, daß er sehr starke Muskeln hatte. Erschrocken sprang Paloma auf.

»Was ist?« Pedro sah sie an.

»Entschuldigen Sie. Ich habe gerade an meine Arbeit gedacht. Eigentlich habe ich keine Zeit, um hier mit ihnen zu sitzen«, sagte Paloma.

»Wie weit sind Sie?«

»Es geht nicht weiter. Deshalb sollte ich jetzt auch im Büro sitzen. Endlich habe ich einen Computer bekommen. Jetzt kann ich den Zentralcomputer in der Hauptstadt anzapfen. Computeranalysen machen. Vielleicht fallen dem Ding ja Widersprüche auf.«

»Bleiben Sie noch etwas«, bat Pedro, »es ist schön hier.«

Paloma überlegte, daß es der richtige Zeitpunkt war, dem Priester einige Fragen zu stellen. Keine Rücksichten, mahnte sie sich. »Warum nicht!? Vielleicht können Sie mir ja sogar weiterhelfen?«

»Soll ich schon wieder ein Beichtgeheimnis verraten?«

»Keine Angst ...«

»... ich bin Priester. Kein Polizist. Das erkennt man an meiner Kleidung.«

»Erinnern Sie sich an die Situation mit meinem Kollegen Gonzales? Als er im Sterben lag. Am Leuchtturm? Die letzte Ölung? Er wollte etwas sagen, schaffte es nicht ganz. Er sagte: ›Der Padre ist ...‹ – und dann starb er. Er konnte den Satz nicht beenden. Ich denke, er wollte etwas Wichtiges sagen. Wenn es ans Sterben geht, schwätzt man keine dummen Floskeln. Können Sie sich vorstellen, was er sagen wollte? Kann es sein, daß Sie etwas wissen, das ihnen selbst nicht so wichtig zu sein scheint?«

»Ihr Inspektor hat mich das auch gefragt.«

»Ich habe das Protokoll gelesen«, sagte Tobal, »denken Sie noch einmal nach. Irgend etwas gibt es da.«

Pedro überlegte. Er strich über seine schwarzen Haare und nestelte an seinem weißen Stehkragen. Nach einiger Zeit des Schweigens schüttelte er den Kopf. »Nein. Keine Ahnung, was er meinte. Ich bin kein Kriminalist. Denke vielleicht nicht so logisch wie Sie. Wenigstens nicht in ihren Kategorien. Mir liegen philosophische Fragen.«

»Wenn man den Satz von Gonzales weiter fortsetzt, könnte er heißen: Der Padre ist ... der Mörder.«

Der Priester zuckte zurück. »Damit scherzt man nicht.«

Paloma beobachtete ihn. Pedro schwieg einen Moment. Dann sagte er: »Sie glauben doch nicht ...«

»Nein, ich scherze nicht. Nichts ist unmöglich.«

Pedro stand auf und sah hinaus aufs Meer. Er atmete die Luft tief ein, griff in seine Jackentasche und zog ein kleines Kreuz an einer Kette hervor. Vier kleine rote Steine zierten die

Enden der Goldfassung. Er betrachtete irritiert das Kreuz, drehte es zwischen den Händen, als würde er es nicht kennen. Ihn beschäftigt etwas, dachte Paloma. Bin ich zu weit gegangen? Oder macht ihm das Erlebnis am Leuchtturm mehr zu schaffen, als ich gedacht habe?

»Ein schönes Stück.« Tobal mochte Schmuck, auch wenn sie selbst selten welchen trug. »Mein Vater war Goldschmied. Ein Deutscher, der sich in Spanien in eine Flamencotänzerin verliebte – meine Mutter. Als ich noch ein Kind war, hat er mich manchmal mit in seine Werkstatt genommen. Dort hob er mich auf seinen Schoß, und ich durfte mit ihm zusammen einen Ring oder ein Armband schmieden.« Wie selten ich mich an meine Kindheit erinnere, dachte sie. Eigentlich existiert sie nicht mehr für mich.

»Ja. Sehr schön«, sagte Pedro abwesend, »aber ich weiß nicht, wem das Kreuz gehört. Ich sehe es zum ersten Mal. Ich frage mich, wie es in meine Tasche gekommen ist.«

Paloma fragte skeptisch: »Es gehört nicht ihnen?«

»Nein. Na ja. Ich werde Padre José oder unsere Haushälterin fragen. Es wird sich sicher aufklären.«

Tobal sah ihn von der Seite an. Er hat ein schönes Profil, dachte sie. Er erinnerte sie an eine griechische Statue. »Erzählen Sie von sich«, ermutigte sie ihn.

»Was solle es da schon zu Erzählen geben?« wehrte Pedro ab. »Ich habe nicht viel erlebt.« Er bemerkte ihren Blick, der keinen Widerspruch zu dulden schien, und mit einem Lächeln fuhr er fort. »Ich habe eine klassische Priesterkarriere hinter mir. In Salamanca studiert. Dort gibt es eine theologische Universität. Ich war nach dem Magister im Kloster, habe wissenschaftlich gearbeitet. Ich wollte für immer dort bleiben. Philosophie war mein Gebiet. Aber eines Tages spürte ich, daß mich die Isolation des Kloster- und Universitätslebens immer mehr von der Welt entfremdete, daß ich immer einsamer wurde.«

»Angst?«

»Ich habe nichts gegen Einsamkeit. Man kann sie aber nur ertragen, wenn man das Wesen des Menschen, also auch sich selbst, kennengelernt hat und bereit ist, sich zu akzeptieren. Man benötigt einen großen Schatz an Wissen, damit man sich zu beschäftigen weiß und die Einsamkeit genießen kann.«

»Sie sind ein Philosoph.«

»Selten. Aber ich habe es studiert.«

»Wen mögen Sie besonders?«

»Lao-Tse. Ein chinesischer Philosoph. Er wurde etwa 600 vor Christus geboren; das genaue Jahr ist nicht mehr feststellbar.«

»Was sagt er?«

»Über die Einsamkeit?«

»Zum Beispiel.«

Pedro sah sie nachdenklich an. »In die Stille gehen heißt: zu seiner Bestimmung zurückzukehren. Zu seiner Bestimmung zurückzukehren heißt: das Ewige erkennen. Das Ewige erkennen heißt: erleuchtet sein.«

»Sie sind auf halbem Weg stehengeblieben?«

»So kann man es sagen. Ich habe darum gebeten, in eine Gemeinde versetzt zu werden. Philosophische Gedanken allein nutzen nichts, wenn man sie den Menschen nicht vermitteln kann. Ich wollte Seelsorger werden. So bin ich vor einem halben Jahr hier in Dolorosa gelandet. – Und was war mit ihnen?«

»Ich lebte in der Hauptstadt. Polizeihochschule. Mordkommission. Dolorosa.«

Padre Pedro lächelte: »Ein Leben in Schlagworten. Hart und brutal. Haben Sie keine Kindheit gehabt?«

»Ebensowenig wie Sie.«

»Ich habe früh meine Eltern verloren«, erzählte Pedro. »Bei einem Autounfall sind sie gestorben. Ich habe überlebt. Ich habe erst bei meinem Onkel gewohnt, dann hat er mich auf eine Klosterschule geschickt. Als ich 18 Jahre alt war, ging ich nach Salamanca. Den Rest kennen Sie.«

»Das tut mir leid. Entschuldigen Sie. Ich wußte ja nicht ...« Tobal suchte nach Worten. Sie setzte sich wieder auf den Stein.

»Ich habe an meine Kindheit nur wenige Erinnerungen. Irgendwie verdrängt«, sagte Pedro. »Und was ist nun mit ihnen?«

»Ich lebe lieber mit der Zukunft. Ich habe schon früh meine Eltern verlassen. Sie haben viel gestritten. Mit 16 war ich das Theater leid und bin abgehauen. Ich kam in ein Internat. Danach meldete ich mich zur Polizei. Irgendwie hab' ich schon immer zur Polizei gewollt. Es war mein Traumberuf.«

»Und – werden Sie in Dolorosa bleiben?«

»Sicher nicht«, wehrte Paloma heftig ab, »ich will hier nicht versauern. Ich will noch Karriere machen.«

Sie schwiegen und blickten aufs Meer und sahen den Möwen zu, wie sie im Sturzflug in die Wellen eintauchten, und nach einiger Zeit sagte Pedro: »Wir sollten gehen. Es wird Zeit, daß wir uns um die Piraten und die wilden Frauen kümmern.« Er steckte das Kreuz, das er noch immer in seinen Händen hielt, in die Jackentasche. Beim Aufstehen reichte er ihr die Hand. Sie klopfte sich den Sand von ihrem Kleid. »Ich hoffe, daß Sie keinen falschen Eindruck von mir haben. Ich bin nicht nur die eiskalte Polizistin …«

»Ich weiß …«

»… aber ich suche einen Mörder, der eiskalt ist.«

»Oder eine Mörderin?«

»Nein. Den Straßenbahnfahrer unter Strom zu setzen – das könnte eine Frau mit List schaffen. Den Polizisten erschießen – ebenfalls. Den Weinhändler ins Faß zu heben, das erfordert zuviel Kraft von einer Frau«, sagte Tobal. »Allerdings ist da kein durch und durch brutaler, hirnloser Typ am Werk. Die Art der Verbrechen läßt auf viel Phantasie und auf leidenschaftliche Gewaltbereitschaft schließen.«

»Vielleicht hat die Frau einen Komplizen?« fragte Pedro.

»Ich denke, daß wir es hier eher mit einem verschrobenen Einzelgänger zu tun haben.«

»Frederico? – Verschroben?«

»Auf eine versteckte Art – ja! Sie können sich nicht vorstellen, was man bei Verhören alles an menschlichen Eigenarten erfährt. Unsere Verhöre ersetzen heute eine Beichte in der Kirche, die Psychotherapie beim Therapeuten und seelische Folter in einer Diktatur gleichzeitig.«

»Es scheint ihnen trotzdem Spaß zu machen«, sagte Pedro mit leicht ironischem Unterton.

»Eine Berufskrankheit«, erwiderte Tobal.

»Ist der Täter geisteskrank?«

»Keine Ahnung. Ich weiß, daß er eine Idee verfolgt. Ich weiß nur noch nicht, welche … Wenn Frederico wirklich unser Mann ist, wird es keinen weiteren Mord in Dolorosa geben. Falls nicht. Dann kann man die Stunden zählen, bis wieder irgendwo jemand liegt.«

»Wenn das so ist, frage ich mich, ob ich wirklich dafür beten soll, daß sich Fredericos Unschuld möglichst bald herausstellt.«

»Falls der Taxifahrer nicht der Mörder ist, bekommen wir bald wieder Arbeit, Padre. Die Toten ernähren uns ja beide.«

* * *

Am Brunnen auf der Plaza Constitutio stand ein Tourist. Er las in seinem Mallorca-Reiseführer, fuhr dabei mit dem Finger über die Zeilen und drehte sich langsam im Kreis, betrachtete abwechselnd den Text und die Bilder und die umliegenden Gebäude, die offensichtlich in dem Buch beschrieben waren. Von Zeit zu Zeit wedelte er mit Buch durch die Luft und versuchte vergeblich, die ihn umschwärmenden Fliegen zu verscheuchen. Er schwitzte so stark, daß seine Halbglatze feucht glänzte und das T-Shirt, das er trug, unter den Achselhöhlen naß war.

Isabella und Margarita liefen, in ein Gespräch vertieft, von der Calle Christobaldo aus geradewegs auf den Mann zu. Sie waren auf dem Weg zur Familie des Bäckers und wollten sich dort erkundigen, auf welche Art genau der Familienvater gestorben war. Vielleicht gab es ja Gemeinsamkeiten zwischen den Morden an Ramon, Gonzales und Pérez. Doch je näher sie dem Haus kamen, desto unsicherer wurden sie.

»Gut, daß du mitgehst«, sagte Isabella, »ich habe Angst«.

»Ich auch.«

»Es ist so komisch, zu Leuten zu gehen, wo der Vater tot ist.«

Isabella fiel ein, daß auch Margaritas Vater nicht mehr lebte. »Verzeih. Das ist für dich sicher ganz furchtbar.«

»Ja. Sehr.«

Plötzlich blieb Margarita stehen. Sie sah dem alten Priester nach, der gerade den Platz überquerte und Salvadore zuwinkte.

»Was ist?«

Margarita antwortete nicht. Sie beobachtete die Gestalt, die in ein langes schwarzes Cape eingehüllt war. Nur das faltige, strenge Gesicht von Padre José schaute noch hervor. Die silbergrauen Haare glänzten im Sonnenlicht wie ein Heiligenschein. Isabella berührte die Freundin am Arm. »Was hast du? Geht's dir nicht gut?«

Margarita erinnerte sich an etwas. »Der Priester ... ich habe gebeichtet, bevor mein Papi gestorben ist ...«

»... und was ist daran so schlimm?«

»Was ich gebeichtet habe.«

»Was denn?«

Margarita preßte die Hände zu Fäusten und stellte die Beine über Kreuz. Sollte sie es der neuen Freundin erzählen?

Die Mädchen achteten nicht auf den Touristen, der neben ihnen stand. Die Einwohner von Dolorosa hatten es sich vor langer Zeit angewöhnt, die Giris zu ignorieren. Niemand suchte Kontakt zu den Fremden. Sie hatten ihnen erst ihr Land und dann ihre Ruhe genommen. Das war der Preis für ein wenig Wohlstand, den der Tourismus brachte.

»Ich bin so traurig. Und so glücklich.«

»Gleich beides?«

»Ich hatte immer Angst abends. Mein Vater ... Er hat ...«

Sie schwieg einen Moment. Tränen liefen über ihre Wangen. Die Hitze der Luft sog die Feuchtigkeit auf, bevor ihre Hand die Haut berührte, um sie weg zu wischen.

»Was?«

»Er ist... abends ... zu mir ins Bett ... hat mich gestreichelt.«

Dem Touristen fiel bei diesen Worten, die er unbeabsichtigt hörte, die Zigarette aus dem Mund. Er bückte sich danach und sah die Mädchen irritiert von der Seite an.

»Ist doch schön. Das macht mein Vater auch immer. Und dann unterhalten wir uns. Und ich erzähl ihm, was ich am Tag gemacht habe«, plapperte Isabella los, bis ihr einfiel, daß die Freundin ja keinen Vater mehr hatte. Sie nahm Margarita in den Arm und drückte sie an sich.

Margarita sagte stockend: »Nein. So nicht. Er hat mich gestreichelt. Unten 'rum. Und so. Und ich mußte ihn streicheln. Unten 'rum.«

Der Tourist wischte sich mit einem buntkarierten Taschentuch den Schweiß von der Stirn. Er blickte in sein Buch und tat so, als lese er intensiv darin.

Margarita schluchzte, die Erinnerungen überkamen sie. Ihre Zöpfe schaukelten bei jedem Schluchzen auf den Schultern.

»Was meinst du damit?« Isabella verstand nicht, was das bedeutete. Ihre Hände knoteten nervös ihre halblangen, braunen Haare.

»War das schlimm?« fragte sie unsicher. Der Tourist blickte die Mädchen aus den Augenwinkeln an.

»Es hat weh getan, wenn er sich auf mich gelegt hat.« Margarita zog am Saum ihres kurzen Kleides, das etwas zu elegant für ein Dorfmädchen war.

»Und was hast du gemacht?« Isabella beobachtete sie mitleidig.

»Gelegen. Auf dem Rücken. Ganz still. Die Beine ... auseinander. Da hat er irgendwie ...«

Verstört drückte Isabella den Kopf der Freundin an ihre Schulter. Der Tourist räusperte sich, aber die Mädchen beachteten ihn nicht.

»Es hat immer so weh getan. Und ich durfte zu niemandem darüber sprechen.«

»Das war gemein!«

»Er sagte, wenn ich jemandem was erzähle, würde er mich ganz weit wegschicken. Auch meiner Mami durfte ich nichts sagen.«

Die Mädchen standen aneinandergedrückt, jedes mit seinen Gedanken beschäftigt. Der Tourist öffnete den Verschluß seiner Mineralwasserflasche und trank. Er verschluckte sich und spuckte das Wasser hustend auf den Boden.

»Dann«, Isabella traute sich kaum, es auszusprechen, »bist du froh, daß dein Vater nicht mehr ...«

»Froh?« Margarita schluchzte. »Ja ... ja, daß das nicht mehr passiert. Nicht mehr weh tut. Aber sonst ... ich hab ihn doch liebgehabt. Ich hab doch immer alles gemacht, damit er mich nicht wegschickt. Und jetzt ist er weg. Nur abends, wenn ich schlafe, kommt er wieder. Dann sehe ich ihn, wie er auf dem Parkplatz liegt.«

»Du hast ihn gesehen, als er tot war?«

Der Tourist klappte sein Buch heftig zu. Isabella blickte zu ihm herüber und sah, daß das Buch auf spanisch geschrieben war. Sie stutzte, vergaß es jedoch schnell, weil Margarita fortfuhr. »Ich hab mich rangeschlichen. Zuhause haben sie meiner Mutter gesagt, daß mit Papi etwas passiert ist. Am Leuchtturm, haben sie gesagt. Ich bin mit dem Fahrrad hin. Und weil die alles abgesperrt haben, bin ich unter einem Auto durchgekrochen. Und ...«, ihre Stimme zitterte, »da lag er vor mir. Als würde er schlafen. Ich habe ›Papi‹ zu ihm gesagt, ›was ist mit dir?‹ Aber er hat nicht geantwortet und mich nicht angeschaut. Ich hab ihn angeschubst. Dann haben sie mich von ihm weggezogen und nach Hause gebracht. Und ich seh' das jetzt immer. Nachts. Papi guckt zum Himmel und sieht mich nicht an. Und seitdem kommt Papi. Guckt zum Himmel und spricht nicht mit mir.«

Der Tourist schneuzte in sein Taschentuch.

»Vielleicht würde Papa noch leben, wenn ich nicht gebeichtet hätte«, flüsterte Margarita.

»Du hast das gebeichtet? Das mit deinem Papa?«

»Ja. Ich wußte doch nicht, was ich tun sollte. Ich durfte mit niemandem sprechen. Da hab ich gedacht, daß der liebe Gott mir hilft.«

Der Tourist drehte sich um und bekreuzigte sich und lief mit schnellen Schritten auf die Kirche zu. Die Glocken im Turm läuteten.

* * *

Heiß! Gonzales war also verdächtigt worden, mit den Tätern unter einer Decke zu stecken, und zwar bei einem Mord, der nie bewiesen werden konnte. Tobal blätterte in den Akten, die ihr der Inspektor gerade ins Hotel Alfabia gebracht hatte. Sie fühlte sich nicht wohl und hatte beschlossen, sich im Garten mit den Akten dieses mysteriösen Falls zu beschäftigen. Sie ahnte, daß sie das weiterbringen könnte.

Zunächst sah es wie ein Selbstmord aus. Valentin Bestard, ein Fischer, wurde verdächtigt, ein Kind mißbraucht zu haben. Tage später fand man ihn am Strand. Offensichtlich war er von der Klippe am Leuchtturm hinuntergesprungen und ertrunken. Bei der Obduktion fand sich allerdings eine starke Konzentration von Betäubungsmitteln in seinem Körper. Der Kollege im Labor der Polizeizentrale und der Pathologe wollten darum nicht ausschließen, daß dem Mann das Mittel mit Gewalt eingeflößt worden war, um seinen Widerstand zu brechen und ihn vom Felsen stürzen zu können.

Täter wurden nicht gefaßt, las Tobal. Aber es gab Verdächtige. Ehrenwerte Männer aus Dolorosa, die bei einer Razzia im Restaurant von Hernandez Alberti aufgefallen waren. Sie wurden verdächtigt, Koks konsumiert zu haben. Neben dem Restaurantbesitzer gehörten der Polizist, der Bäcker Camallerie und Ramon, der Weinhändler, dazu.

Paloma Tobal blickte von ihren Akten auf und sah die Rosenallee hinunter. Fontänen, seitlich des Wegs angebracht, sprühten Wasserschwaden in die Luft. Sie konnte nur schemenhaft die steinerne Sitzecke an Ende des Laubenganges erkennen. Sie überlegte. Gab es eine Verbindung zwischen dem Tod des Fischers und den jüngsten Verbrechen?

Der Fischer habe sich aus Scham umgebracht, hieß es in den Akten. Gonzales wurde von den ermittelnden Kriminalbeamten gerügt, weil er versucht hatte, Nachforschungen zu behindern. Im Restaurant wurde kiloweise Kokain gefunden, doch die Polizei konnte nicht nachweisen, wem es gehörte. Der Bäcker war vorher schon einmal als Dealer aufgeflogen. Aber dieses Mal fehlten die Beweise gegen ihn.

Frederico, der Taxifahrer, war mit dem toten Fischer befreundet gewesen! Tobal hätte diesen Hinweis fast übersehen. Drei Sätze nur: »Frederico Martinez äußerte den Verdacht, daß sein bester Freund ermordet worden sein könnte. Valentin Bestard soll dem Zeugen Martinez zwei Tage vor seinem Tod gesagt haben, er wisse, daß mehrere Männer in Dolorosa was mit Kindern gehabt hätten. Martinez hat für seine Behauptungen keine Beweise.«

Tobal sah von ihren Unterlagen hoch und geradewegs in die Augen eines Löwen, der die Treppe zum Garten flankierte. Der hellbraune Stein war verwittert. An der Nase des Tieres fehlten kleine Stücke. Mit den großen gespreizten Vordertatzen, dem stechenden Blick und der zum Sprung bereiten Körperhaltung zeigte der Löwe eine Entschlossenheit zum Angriff.

Frederico! War er überzeugt, daß die Viererbande, der Polizist, der Bäcker, der Weinhändler und der Restaurantbesitzer, seinen Freund auf dem Gewissen hatten? Und war für ihn die Zeit gekommen, sich an den vermeintlichen Mördern zu rächen?

Tobal dachte an die Folgen. Der Bäcker war tot. Der Polizist auch. Und der Weinhändler. Nur einer lebte noch. Alberti, der Restaurantbesitzer. Noch lebte er!

* * *

Margarita und Isabella stiegen langsam die steile, spärliche beleuchtete Treppe zur Wohnung des Bäckers empor. In der ersten Etage klopfte Isabella zaghaft an die Holztür. Ein Mädchen öffnete. Es sah sie fragend und ein wenig feindselig an und knabberte an einem Schokoladenriegel. Isabella stotterte: »Wir sind … wir möchten … bist du die Tochter von Señor Pérez?«

»Bin ich. Monica«, antwortete das Mädchen. Es stand wie ein Klotz im Eingang zur Wohnung. Ihre fettigen schwarzen Haare hingen ihr über die Augen und verdeckten die vielen Pickel in ihrem pausbäckigen Gesicht. »Was wollt' ihr?«

»Das ist Margarita. Die Tochter von Señor Gonzales. Der jetzt tot ist…«

»Ich weiß«, unterbrach Monica sie, »und du bist die von dem Mörder von meinem Papi.«

Isabella wußte plötzlich nichts mehr zu sagen. Monica grinste sie an. Sie leckte sich die Reste der Schokolade von den Fingern ab. Isabella sah die abgekauten Fingernägel des Mädchens. »Er war es nicht«, preßte sie hervor und gleichzeitig spürte sie einen Schmerz in ihrer Brust. Er wurde in Sekunden stärker, bemächtigte sich ihrer Gedanken, und sie vergaß zu atmen.

Margarita sah, wie die Freundin zu Boden stürzte. Geistesgegenwärtig griff sie zu und bekam ihre Kleidung zu fassen, konnte den Körper jedoch nicht halten, sondern nur den Sturz auf die Fliesen mildern.

»Hilf mir«, fuhr sie die Tochter des Bäckers an, die im Türrahmen stand und nicht wußte, was sie tun sollte. »Pack mit an!«

Die Mädchen schleppten Isabella in die Wohnung. Unter großen Anstrengungen gelang es ihnen, die Ohnmächtige zur Couch zu schleifen und auf die Polster zu heben.

»Hol Wasser.«

Monica brachte eine Flasche Mineralwasser. Kurzentschlossenen schüttete Margarita den Inhalt über den Kopf der Freundin aus. Pustend und hustend wachte Isabella auf. »Was ist? Wo bin ich?«

»Bei mir. Wo sonst?« sagte Monica feindselig. »Jetzt kannst du gehen, bevor meine Mutter zurückkommt.«

»Ihr Vater hat Deinen Vater nicht umgebracht«, mischte sich Margarita ein, »und meinen auch nicht.«

Monica sah trotzig zu ihr herüber. »Woher willst du das wissen?«

»Sie hat es mir gesagt«, antwortete Margarita. »Ich glaube ihr. Und du solltest das auch tun. Sie ist mit ihrem Papa zusammengewesen, als mein Vater ermordet wurde. Aber die Polizei glaubt ihr nicht. Die Kommissarin meint, Isabella würde lügen. Um ihren Vater zu schützen.«

Monica nahm einen Schokoriegel aus dem Regal neben der Couch und schob ihn sich in den Mund.

»Du solltest nicht soviel davon essen«, sagte Margarita, »das macht dick.«

»Sieht man ja an der da.«

Isabella setzte sich auf. »Ich bin von Natur so, sagt der Doktor. Ich esse gar nicht soviel.«

»Ich auch nicht.«

»Schokolade macht Pickel.«

»Was geht dich das an?!«

Isabella unterbrach das Geplänkel. »Bitte streitet euch nicht. Hört zu.« Mit leiser Stimme erzählte sie, wie sie den Abend mit ihrem Vater verbracht hatte. Margarita ergänzte die Geschichte aus ihrer Sicht und weihte Monica schließlich in ihren Plan ein, daß sie gemeinsam den Mörder suchen wollten. Monica sah nachdenklich zur Decke hoch, als zählte sie die Holzbalken. Sie war unsicher und wußte nicht, wie sie sich verhalten sollte. Eigentlich hätte sie ja gerne Freundinnen.

Isabella und Margarita drängten sie, mitzumachen. »Ich weiß nicht«, wehrte sich Monica, »es ist so schrecklich. Ich habe meinen Vati gefunden, als er tot war.«

Sie weinte, und als sie sich beruhigt hatte, erzählte sie, wie er vor ihr auf dem Boden gekniet hatte: »Es war, als würde er in der Kirche beten: Papi hat Baisers gegessen. Daran ist er erstickt, sagt die Polizei. Aber warum hat er nicht den Kuchen aus dem Mund genommen. Und warum hatte er die Hände gefaltet?«

Isabella unterbrach sie. »Wieso die Hände gefaltet?«

»Als würde er beten.«

Isabella lief unruhig im Zimmer hin und her.

»Du nervst! Bleib stehen!«

»Das ist es! Die Hände!«

»Was ist mit den Händen?«

Monica und Margarita sahen sie gespannt an.

»Ramon hatte auch die Hände gefaltet. Als würde er beten.«

»Nur der Teufel faltet heute noch die Hände«, sagte Monica. »Die Priester halten die Hände auf, damit sie besser nehmen können.«

»Wer sagt das?«

»Mein Vater. Wenn er nicht in die Kirche wollte.«

»Er hat aber auch die Hände gefaltet gehabt. Als er tot war«, sagte Margarita, »war er auch ein Teufel?«

Monica zögerte mit der Antwort. »Vielleicht?! Nachts«, flüsterte sie, »ja, nachts war er schlimmer als ein Teufel.«

»Dann kommt endlich!« Isabella sprang auf. Sie rannte aus dem Zimmer und lief die Treppen hinunter: »Das müssen wir der Polizei erzählen!«

Die beiden anderen Mädchen folgten ihr. Isabella lief ihnen über die Calle Sol voraus in Richtung Polizei.

Isabella stürmte als erste in das Büro der Mordkommission. Außer Atem stoppte sie vor dem Schreibtisch von Inspektor Herrera.

»Wo ist die Frau, die von der Mordkommission?« fragte sie. Der Polizist blickte hinter seiner Schreibmaschine auf: »Is' nicht da.«

»Wir müssen ihr was sagen. Wir haben was entdeckt.«

»Daß Dein Vater unschuldig ist, wie?« fragte der Beamte.

»Ja. Er ist unschuldig«, erwiderte Isabella.

»Haut ab! Wenn das alles ist, was ihr wißt. Der ist so unschuldig wie meine Großmutter Jungfrau.«

Monica, Isabella und Margarita redeten gleichzeitig auf den Inspektor ein und berichteten von ihrem Verdacht. Von den gefalteten Händen des toten Weinhändlers und des Bäckers. Vor lauter Aufregung unterbrachen sie sich immer wieder, setzten mit ihrer Geschichte noch einmal neu an, bis der Inspektor entnervt ihren Redeschwall stoppte.

»Jetzt reicht's«, schnauzte er. »Werd' mit der Kommissarin sprechen. Und nun haut ab.«

Die Mädchen sahen ihn verdutzt an. Herrera stand auf und schob die Kinder zur Tür hinaus. Gefaltete Hände! So ein Unsinn. Allen Toten werden die Hände gefaltet. Vom Priester oder vom Leichenbestatter. Auch bei seinem Vater war das so gewesen. Auch ihm würde man die Hände falten, verdammt. Hirngespinste! Was die Kinder für eine Phantasie hatten. Jetzt fingen schon die kleinen Mädchen von Dolorosa an, rumzuschnüffeln. Erst eine Frau als Chef, jetzt drei Mädchen als Detektive. Himmel! In diesem Dorf haben bald die Weiber das Sagen, murmelte er. Womöglich kommen die noch auf die

Idee, daß die Bürgermeisterin gemordet hat! Die faltet ihre Hände immer über dem Bauch, wenn sie eine Rede hält.

Herrera setzte sich an seinen Schreibtisch und schrieb das Protokoll über sein Verhör mit einem Nachbarn des Bäckers weiter. Die Vernehmung hatte nichts gebracht. Keiner wollte was gesehen haben. Feiges Pack! Vielleicht hatte ja die Tobal mehr Glück. Bei dem Gedanken an seine Chefin wurde der Inspektor nachdenklich. Er sah die Kollegin vor sich. Eine tolle Frau. Spitzenfigur. Das enge Kostüm, das sie heute trug, stand ihr wirklich gut. Vielleicht bin ich mit meinen 58 Jahren etwas zu alt für sie, dachte er und sah zur Glasvitrine hinüber. In der Scheibe spiegelte sich sein Gesicht. Sorgsam strich er die Haare glatt. Er lächelte sich an. Kein schlechter Kopf, dachte er.

Er strich zärtlich über seine Schreibmaschine. Mit der Tobal würde ich ja doch mal gerne ...

* * *

»Lassen Sie mich in Ruhe, Padre! Ihr Gott kann mir nicht helfen. Erst nimmt er meiner Tochter die Mutter und jetzt den Vater«, schrie Frederico Martinez. Pedro fuhr instinktiv zurück, und der Wärter am Ende des Saales stand von seinem Platz auf und sah beunruhigt zu ihnen herüber. Pedro hob beschwichtigend die Hände. Da knallte Frederico die Faust mit voller Kraft auf den Tisch. Seine Muskeln auf den entblößten Oberarmen spannten sich. »Und mich sperrt ihr Gott hier ein. Verdammt noch mal. Ich bin unschuldig! Und er läßt mich in dieser miesen Zelle sitzen. Mein Kind ist allein da draußen. Keiner glaubt mir. Keiner. Nur weil ich mal Fremdenlegionär war, traut mir jeder zu, daß ich die Leute reihenweise umbringe.«

»Bitte! Frederico!« redete Padre Pedro auf den Taxifahrer ein, »Ich will ihnen und ihrer Tochter helfen.«

»Beten reicht nicht!« schrie Frederico.

»Schnauze!« fuhr der Wärter den Gefangenen an. Er stand jetzt hinter ihm.

»Hören Sie es? Hören Sie, wie man hier behandelt wird? Schnauze, sagte der. Schnauze. Ein Dreckloch ist das hier.«

Frederico sprang von seinem Stuhl auf und beugte sich drohend über den Tisch zu dem Priester hinüber. Die anderen Häftlinge und ihre Besucher in der Halle sahen zu ihnen herüber. Endlich war was los! Würde der Häftling es wagen, den Schwarzrock zu schlagen?

Der Wärter wollte kein Risiko eingehen. Er pfiff auf seiner Trillerpfeife die Kollegen herbei und griff gleichzeitig von hinten zu. Er versuchte Fredericos Arme auf den Rücken zu hebeln. Doch er hatte nicht mit dessen Kraft gerechnet. Frederico schüttelte den Wärter von sich ab wie eine lästige Spinne. Der Uniformierte war einen Kopf kleiner und erheblich dicker als der Gefangene. Dessen Körper war durchtrainiert. Er versetzte dem Wärter mit dem linken Fuß einen Tritt in den Unterleib, faltete beide Hände zu einer Faust und rammte sie dem Mann seitlich an den Hals. Der Gefängniswärter stürzte zu Boden. Padre Pedro rannte um den Tisch herum, um dem Verletzten zu helfen. Doch Frederico stieß ihn plötzlich zur Seite und drehte ihn um die eigene Achse. Er griff mit beiden Händen den Hals des Priesters, drückte ihm brutal die Luftröhre zusammen, so daß er kaum atmen konnte. Polternd kippte der Tisch um.

Frederico zwang Pedro, sich auf den Boden zu knien. Mit der freien Hand griff er nach dem Pistolenhalfter des Wärters, riß den Verschluß auf und zog die Waffe aus dem Lederetui. Pedro spürte das Metall an seiner Stirn. Dann hatte er Angst. So große Frucht, wie er sie nur einmal in seinem Leben erfahren hatte. Und das war so lange her, daß er sich nicht mehr an die Situation erinnern konnte. Nur noch an das Gefühl ...

Pedro zitterte am ganzen Körper. Er sah, wie die anderen Häftlinge und Besucher im Raum zurückwichen. Niemand sagte ein Wort. Ängstliche Blicke. Einige Wärter hatten ihre Waffen gezogen, kippten Tische um und verschanzten sich dahinter.

»Nicht schießen«, bat Pedro, »denken Sie an ihre Tochter! Bitte!«

Der Druck an seinem Hals wurde stärker. Das Atmen fiel ihm schwer. Er röchelte. Frederico Martinez schleifte ihn wie eine Schaufensterpuppe rückwärts auf den Ausgang zu. Mithäftlinge und Wärter wichen zur Seite.

»Den Schlüssel«, schnauzte Frederico einen Wärter an. Der reichte ihm den Schlüsselbund, doch Frederico machte nur eine kurze Bewegung mit der Pistole, und der Wärter ging voran.

Über die Flure hallte das Kreischen der Alarmsirenen. »Schneller!« befahl Frederico. Er fuchtelte mit der Pistole in der Luft herum, zielte abwechselnd auf den Kopf des Priesters und auf den des Wärters. Der lief vor ihnen her und öffnete die Türen. Pedro kam es wie eine Ewigkeit vor. Die kahlen Wände der Gefängnisflure waren nur noch Schatten.

Endlich öffnete der Wärter die letzte Tür. Das Tageslicht blendete sie, als sie in den Hof des Gefängnisses blickten. Ein Lieferant, der gerade Lebensmittel von seinem Kleinlaster ablud, ließ beim Anblick der drei Männer vor Schreck einen Kasten mit Milchflaschen fallen. Frederico stieß den Wärter auf den Fahrersitz und setzte sich mit Padre Pedro daneben.

»Gib Gas«, befahl er. »Raus! Auf das Tor zu!«

Mit heulendem Motor, ruckend und ächzend fuhr der Wagen an. Weitere Kästen mit Bier, Milch und Säften rutschten hinten über die geöffnete Ladefläche und krachten auf den Asphalt. Das Fahrzeug gewann an Fahrt. Frederico schoß mit der Pistole durch das Seitenfenster auf das Wärterhäuschen und schrie: »Öffnet das Tor oder der Priester stirbt!«

Es waren nur noch wenige Meter, die das Auto von dem stählernen Tor trennten. Mit seinem linken Fuß trat Frederico hart auf den Fuß des Wärters, der das Gaspedal bediente. Das Fahrzeug schoß vor. Es sah so aus, als würde der Wagen mit voller Geschwindigkeit das Tor rammen, da schwenkten im letzten Moment die Türflügel auf, und der Lieferwagen raste schleudernd auf die Landstraße hinaus.

Padre Pedro hatte die Augen geschlossen, als könnte er sich so aus allem heraushalten. Nach wenigen Kilometern ließ Frederico den Wagen stoppen. Er zerrte den Wärter hinter dem Steuer hervor und stieß ihn in den Straßengraben. »Kopf in den Sand. Dann zählst du langsam bis Tausend.«

Der Wärter nickte eilfertig und kauerte sich auf den Boden. Frederico setzte sich ans Steuer und fuhr weiter. »Sie sind jetzt meine Fahrkarte in die Freiheit«, sagte er zu Pedro. »Jetzt holen wir Isabella und dann verlasse ich mit ihr die Insel. Wenn Sie sich nicht verbessern möchten, tun Sie, was ich sage.«

»Wie meinen Sie das«, fragte Pedro irritiert.

»Wenn ein Priester stirbt, kommt er doch zu seinem Chef in den Himmel.«

* * *

»Vielleicht möchten Sie beichten?« fragte Padre Pedro.

»Hör'n Sie auf damit. Das hilft mir nicht!« höhnte Frederico. Er steuerte den Wagen hart in die nächste Kurve. Das Fahrzeug schleuderte durch die Serpentinen, die von der Küstennationalstraße zur Cala Melia hinunter führten. Die Scheinwerfer des Autos warfen bizarre Lichtkegel auf die schmale Straße. Manchmal erhellten sie für Momente Steinmauern und Olivenbäume, an anderen Stellen verloren sie sich im Dunkel steiler Schluchten. Der Wind trieb Staub und Blätter durch die Nacht und manchmal flogen Büsche auf die Motorhaube. Frederico sah angespannt in die Nacht hinaus.

»Der Weg ist gefährlich«, sagte Pedro, »fahren Sie langsamer!«

»Die Polizei sagt, ich wäre ein Mörder. Soll ich warten, bis die mich erschießen?«

»Es gibt keine Todesstrafe mehr.«

»Braucht's auch nicht. Das Gefängnis ist der Tod!«

»Die Wahrheit, Frederico!«, bat Pedro, »sagen Sie denen doch nur die Wahrheit. Es wird sich alles aufklären.«

Wieder kam der Wagen in einer Kurve dem Abgrund gefährlich nah. Pedro saß starr auf seinem Sitz.

»Schnauze! Kapiert!?«

Frederico war gereizt. Die vergangenen Stunden hatten ihn Nerven gekostet. Nach der Freilassung des Wärters rief er von einer Telefonzelle seine Tochter an und forderte sie auf, am nächsten Morgen um vier Uhr unterhalb des Leuchtturms am Felsenstrand von Dolorosa zu warten. Dann verbrachten sie einige Stunden im Wagen auf einem Waldweg in Nähe der Küste. Manchmal hörten sie entfernt das hektische Sirenengeheul eines Polizeiwagens, und dann richtete Frederico die Waffe auf den Priester, als wolle er ihn beim Anblick einer Uniform erschießen. Erst nach Anbruch der Dunkelheit fuhren sie weiter.

»Sie haben den Ausbruch geplant«, fragte Pedro. »Oder?«

»Hab' ich. Soll ich das beichten?«

»Warum haben Sie mich als Geisel genommen? Sie wissen, daß ich ihnen und ihrer Tochter helfen möchte.«

»Nur weil ich Sie als Geisel hatte, haben die Wärter nicht geschossen.« Frederico lächelte hämisch. »Bei anderen Geiselnahmen haben die Häftlinge meistens nicht überlebt. Auch manche Geisel nicht. Die Gefängniswärter schießen schnell.«

»Dann war ich ihr Schutzengel?«

Frederico lächelte: »Wer will sich schon mit der Kirche anlegen? Einen Priester erschießen?«

Im Scheinwerferlicht tauchte der Strand auf. Das Meer war aufgewühlt. Die Wellen schlugen gegen die Felsen. Das Mondlicht beleuchtete die kleine Bucht. Frederico steuerte den Wagen in die Einfahrt eines Ferienhauses. Die Männer stiegen aus und gingen zum Strand hinunter.

»Lassen Sie mich frei«, schrie Pedro. Der Sturm schluckte fast jedes Wort. »Ich kann ihnen nicht mehr schaden.«

Frederico sah ihn von der Seite an. Dann ging er wortlos zu einem Pfahl und nahm einen Strick, der daran hing. »Hände her.«

Er band Pedro die Handgelenke zusammen und zog ihn hinter sich her. »Ich glaube nicht an Gerechtigkeit«, sagte er. »Ich will nicht, daß sie mir Isabella wegnehmen und das Kind in ein Heim kommt.«

In Ufernähe schaukelten Fischerboote in den aufgewühlten Wellen. Ein schlankes, weiß gestrichenes Boot schien Frederico zu gefallen. »Schwören Sie, daß Sie hier warten und nicht fliehen werden«, rief er Pedro zu, »und knien Sie nieder.«

»Was?«

»Sie sollen schwören!«

Pedro bückte sich. »Ich schwöre.«

Frederico lief ins Wasser. Er kletterte an Bord und brach mit einem Eisenstück das Schloß zum Motorenraum auf.

Pedro beobachtete ihn vom Ufer aus. Er überlegte, ob er den Schwur brechen sollte. Dann dachte er daran, daß es seine Pflicht war, auszuhalten und den Flüchtenden vor Schlimmerem zu bewahren. Vielleicht konnte er eine Schießerei zwischen Frederico und der Polizei verhindern.

Das Tuckern des Bootsmotors wehte zu ihm herüber. Frederico winkte ihm zu. Pedro watete durch das Wasser. Vorsichtig setzte er Schritt vor Schritt. Gischt spritzte ihm ins Gesicht. Nicht stolpern, dachte er. Mit gefesselten Händen kannst du nicht schwimmen. Frederico zog ihn ins Boot, schob ihn auf eine Holzbank. Kaum hatte er Platz genommen, legte Frederico den Rückwärtsgang ein, wendete das stark schwankende Schiff und steuerte aufs offene Meer hinaus.

Pedro betete leise. Er saß mit dem Rücken zum Bug des Schiffes neben dem Mast. Frederico stand an der Ruderpinne. Im spärlichen Licht des Mondscheins sah er furchterregend aus. Unrasiert, mit fettigen pechschwarzen Haaren, die Augen bis auf schmale Schlitze zusammengekniffen. Seine grüne Häftlingsjakke sah in der Finsternis aus wie eine militärische Uniform.

Mehr und mehr verschwammen die kleinen Bootshäuser, die wenigen Bäume und das kleine Restaurant am Strand, und je weiter sie aufs Meer fuhren, desto sorgenvoller wurde das Gesicht des Priesters. Immer höher türmten sich die Wellen, sie rollten in kürzer werdenden Abständen auf das Schiff zu, und immer stürmischer wehte der Wind den Männern ins Gesicht.

»Wo haben Sie gelernt, ein Schiff zu steuern?« schrie Pedro zu Frederico herüber. Er fürchtete, daß der Mann, der in diesem Moment über sein Schicksal bestimmte, keine Ahnung von der Seefahrt hatte.

»Mein Vater. Er war Fischer. Wir hatten auch so ein Boot. Ich war mal Fischer ein paar Jahre. Bis es sich nicht mehr lohnte«, rief Frederico.

Padre Pedro bekreuzigte sich, so gut es mit den Fesseln an den Händen möglich war.

»Gut so! Segnen Sie auch mich, Padre! Wir können es gebrauchen.« Pedro schlug wieder ein Kreuz in die Luft, diesmal in Fredericos Richtung und wie zur Sicherheit noch eins in Richtung des offenen Meeres, als könnte er die bösen Geister beschwören, die dort draußen ihr Unwesen trieben.

»Doppelt hält besser«, spottete Frederico.

Eine Riesenwelle hob das kleine Boot hoch und ließ es Augenblicke später in steilem Winkel zu Tal stürzen. Pedro, der gerade die gefesselten Hände zum Kreuzzeichen erhoben hatte, verlor das Gleichgewicht. Er wäre über Bord gestürzt, hätte ihn Frederico nicht im letzten Moment zu Boden gerissen. Pedro preßte sich an das Holz, suchte auf dem Boden des Schiffes Halt, preßte den Mast zwischen seine Beine und blieb so liegen.

Frederico steuerte das Fischerboot in Sichtweite zum Land an der Küste entlang. Trotz der Achterbahnfahrt über die Wellenberge stand er aufrecht am Ruder, die Beine so verkantet, daß sie eher brechen als auf dem glitschigen Holzplanken den Halt verlieren würden. Sein Blick richtete er mal zum Land, dann wieder starr in die Dunkelheit.

»Was werden Sie tun? Wollen Sie etwa bei diesem Wetter zusammen mit ihrer Tochter über das Meer flüchten?«

Frederico antwortete nicht. Pedro streckte seinen Kopf über die Seitenwand des Bootes und sah zum Land hinüber. Die Konturen waren verschwommen zu erkennen. Er hatte das Gefühl, daß sie nicht einen Meter weitergefahren waren. Alles sah gleich aus. Dabei wünschte er sich so sehr, endlich anzukommen, wo auch immer das war. Er fühlte sich elend. Ihm war schlecht. Er fror, und seine gefesselten Hände schmerzten.

Es begann zu regnen. Erst waren es nur dünne Wasserschwaden, die zusammen mit der Gischt der Wellen über das Boot wehten. Dann zuckten Blitze am Himmel, Donner übertönte das sirenenartige Heulen des Windes. Plötzlich prasselten Wassermassen auf sie nieder.

Frederico nahm ein Seil und band sich damit am Ruder fest. Er würde beim Kentern wie ein Kapitän mit dem Schiff untergehen.

Die Wellen türmten sich meterhoch vor ihnen auf. Wenn das kleine Boot eine Spitze erklomm, hatte Pedro das Gefühl, auf das Dach eines mehrstöckigen Hauses hochgehoben zu werden. Oben angekommen, rutschte das Boot steil hinab in ein Tal wild brodelnder Wassermassen.

Pedro betete. Sekunden wurden zu Stunden. Das Boot schlingerte und schleuderte von Wellenberg zu Wellenberg. Mit jeder Talfahrt bereute der Priester in seinen Gedanken, daß er sich jemals um Frederico und seine Tochter gekümmert hatte. Er schwor, Dolorosa zu verlassen, falls er dieses Abenteuer überleben sollte. Doch schon im nächsten Moment bedauerte er seinen Wutausbruch. Er dachte er an das Mädchen und seine Verzweiflung, als sie ihn im Pfarrhaus aufgesucht hatte. Er würde das Kind nicht alleine lassen.

»Vater unser, ich danke dir!« entfuhr es Pedro, als endlich die Lichter des Hafens von Dolorosa für Sekunden hinter einer Welle auftauchten und wieder verschwanden, um dann im Takt der Wellenbewegungen erneut aufzuleuchten.

»Er hat Sie erhört«, schrie Frederico und lachte, »klappt ja bei ihnen mit dem Draht nach oben.«

Er steuerte das Boot auf einen Felsvorsprung unterhalb des Leuchtturms zu. Er war im Dunkeln nur schemenhaft zu erkennen, seine Lichtsignale tanzten über die brodelnde Wasserfläche. Das Boot war in Landnähe den Kräften der in die Bucht rollenden Wellen noch stärker ausgeliefert. Es kam dem Ufer so nah, daß es aussah, als würde es von den Wellen auf den Felsen geschleudert.

»Steuern Sie in den Hafen«, schrie Pedro.

Frederico reagierte nicht. Padre Pedro riß vergeblich an dem Knoten des Seils an seinen Händen. Er versuchte aufzustehen, wurde jedoch durch die wilden Schiffsbewegungen zu Boden geworfen .

»Im Hafen wartet die Polizei. Hier bin ich mit Isabella verabredet.«

»Laß das Kind an Land! Sie kann dir nicht helfen. Nimm doch lieber mich mit. Verschon' deine Tochter!«

»Callate! Schweig, Padre! Das hatten wir doch schon. Nie werde ich meine Tochter allein zurücklassen. Lieber sterbe ich.«

Frederico warf das Ruder herum. Das Boot schrammte mit der Längsseite an einem Felsen vorbei, schlug, von einer Welle angehoben, noch einmal gegen den Stein und glitt dann um den Felsen herum in eine kleine Bucht. Hier war das Wasser etwas ruhiger.

»Papiii!«

Isabella stand nur wenige Meter vom Boot entfernt auf einem Felsvorsprung. »Hier! Ich bin hier!«

»Wir kommen! Warte«, schrie Frederico und löste erst das Seil, mit dem er sich selbst ans Ruder gebunden hatte. Dann knotete er Pedros Fesseln auf. Einen Moment achtete er dabei nicht auf das Ufer und schon krachte das Boot gegen den Felsen, auf dem Isabella stand.

»Spring!«

Pedro klammerte sich an den Mast. Isabella machte keinen Versuch, ins Boot zu steigen.

»Nein! Ich komm' nicht mit.«

Der Priester sah zu Frederico hinüber. Würde er das Steuer loslassen und die Tochter mit Gewalt an Bord holen? Frederico umklammerte mit beiden Händen das Ruder und versuchte, das Boot nah am Felsen zu halten.

»Du sollst kommen!« schrie er wütend, »ich kann das Boot nicht lange so halten. Ich muß hier weg.«

»Nein. Ich suche den Mörder«, rief Isabella. Der Wind zerrte an ihrem Mantel, und ihre Haare wehten wild um den Kopf. Sie formte ihre Hände zu einem Trichter und rief: »Ich will dir helfen, Papi.«

»Tonterías! Unsinn. Keiner wird dir glauben.«

Das Mädchen machte einen Schritt auf das Boot zu. Es sah aus, als hätte Frederico die Tochter überzeugt. Isabella sah ängstlich zu den Männern hinüber.

»Lassen Sie das Kind!« schrie Pedro.

»Ich schaffe das. Meine Freundinnen helfen mir.«

Der Wind riß dem Mädchen den Schal vom Hals. Das Stück Stoff flog wie eine Fahne durch die Luft und verfing sich am Mast. Frederico ergriff den Schal und schob ihn unter seine Jacke.

»Geben Sie ihr eine Chance«, bat Pedro. »Ich werde ihr helfen.«

Frederico beachtete ihn nicht. »Du sollst an Bord kommen!« schrie er wütend, »Verdammt! Komm rüber!«

»Nein. Versteck' dich, bis ich die Wahrheit herausbekommen habe.«

»Cariño, Liebling. Sei vernünftig! Du kannst mir nicht helfen.«

Jetzt klang Fredericos Stimme verzweifelt. Das Meer war stärker als er. Er spürte, daß er das Boot nicht mehr lange gegen Wind und Wellen von dem Felsen zurückhalten konnte.

»Beeil' dich! Bitte. Ich brauche dich! Wir haben nur uns beide«, rief er. Es schien dem Priester, als wollte das Kind zum Sprung auf das Boot ansetzen. »Nein«, schrie er, »bleib' da.«

Padre Pedro machte einen Schritt auf den Bootsrand zu, hob abwehrend die Hände, um ihr zu signalisieren, daß sie an Land bleiben solle. »Es ist zu gefährlich«, rief er Isabella zu. Er drehte sich zu Frederico um: »Wollen Sie das Kind töten? Es ist hier zu gefährlich! Sie schafft es nicht an Bord zu kommen.«

Frederico versuchte, das Boot vom Felsen wegzudrehen. Da schob sich eine Welle unter das Schiff, hob es hoch und drückte es gegen den Felsen. Frederico rutschte auf den Holzplanken aus, das Ruder schlug zur Seite. Pedro verlor den Halt, stürzte gegen die schmale Bordwand. Isabella erschrak. Instinktiv beugte sie sich vor, als wollte sie dem Priester helfen, verlor das Gleichgewicht und stürzte kopfüber in das Wasser.

»Isabella«, schrie Frederico.

Padre Pedro sah für Sekunden den Kopf von Isabella in dem schäumenden Wasserberg. Er sprang über Bord. Die Wellen schlugen über ihm zusammen. Strudel rissen ihn herum. Er wußte nicht mehr wo oben und unten war. Er spürte einen starken Schlag von der Seite. Seine Kleidung sog sich mit Wasser voll. Als er für einen Moment aus den Wellen auftauchte, hörte er den Schrei des Mädchens. Das war seine Orientierung. Er schwamm auf sie zu. Bekam ihren Mantel zu fassen. »Vorsicht!« schrie Frederico, der versuchte, mit seinem Boot Abstand zu halten. Die Bootswand schob sich auf Pedro zu. Er stemmte sich mit einer Hand dagegen und wurde so gegen den Felsen geschoben.

»Gott!« schrie er. Isabella und er waren zwischen Felsen und Boot eingeklemmt. »Gott, hilf mir endlich!«

Plötzlich wurde das Boot von einer Welle zur Seite gehoben. Eine Welle drückte Padre Pedro hoch gegen den Felsen. Er zog Isabella hinter sich her. Noch einmal nahm er seine ganze Energie zusammen, stemmte sich hoch und kroch auf allen Vieren auf den Felsen. Isabella löste sich aus seinem Griff und stand hustend und vor Kälte zitternd am Ufer und winkte ihrem Vater zu.

»Ich melde mich wieder«, rief Frederico, »ich komme wieder.«

Langsam verschwand das Boot im Grau des anbrechenden Tages hinter tosenden Wellenbergen. Isabella kauerte sich neben dem Priester. Pedro bemerkte die Tränen in ihren Augen. »Wir werden den Mörder finden«, versuchte er sie zu trösten, »bei Gott, ich verspreche es.«

* * *

»Ich habe keine Minute Angst gehabt, daß er mir was tun würde. Er ...«

»... hat mit ihnen gebetet, wie?« spottete Tobal. »Predigen Sie nicht, Padre! Das war eine Geiselnahme. Er hat Sie entführt. Mehrere Wärter im Gefängnis mit der Waffe bedroht. Einer liegt noch im Krankenhaus!«

Padre Pedro sah sie schuldbewußt an. Die Kommissarin hatte ja Recht. Er fühlte sich erbärmlich. Nur gut, daß Isabella zu Hause war und das Verhör nicht miterleben mußte. Er hockte, in eine Decke gehüllt, wie ein Verbrecher auf einem Stuhl vor dem Schreibtisch der Polizistin. Seine Kleidung lag vor ihm auf dem Boden. Tobal hatte ihm befohlen, die nassen Kleider auszuziehen, damit er sich nicht erkälte. Der Priester hatte das Gefühl, nicht Opfer, sondern Täter zu sein. Ihre harte Stimme, die routinierten, bohrenden Fragen. Sie glaubte ihm nicht!

»Ich möchte schwören, daß Frederico kein Mörder ist!« Pedros sprach leise, aber bestimmt. »Er wirkte auf mich eher wie ein gehetzter Stier, der mit den Hörnern wild um sich stößt, weil er sich angegriffen fühlt.«

Tobal sah ihn skeptisch an. Er versucht, Stimmung für Frederico zu machen, dachte sie. Gott, wie sie diese Menschen haßte, denen man die Pistole an den Kopf setzen konnte und die selbst dann noch um Gnade für den Täter baten. »Mit einer Hand hat er das Ruder im Sturm gehalten. Mit der anderen dem blonden Engel über den Kopf gestreichelt. Und mit der dritten hat er Sie ans Ufer geschoben?«

Er überhörte ihren Sarkasmus. »Geben Sie dem Mann eine Chance. Heben Sie den Haftbefehl auf, damit nicht noch ein größeres Unglück passiert! Er wird niemandem etwas tun, wenn man ihn nicht in die Enge treibt. Er greift aus Verzweiflung an.«

»Wir wollen ihn nicht umbringen. Nur verhaften.«

»Aber für ihn ist das ein Entzug von Freiheit, eine Existenz hinter Gittern wie ein langsames Sterben, bei dem die Gegner zusehen, wie er krepiert.«

Paloma bemerkte, daß die Decke über den nackten Knien des Priesters verrutscht war und den Blick auf seine Oberschenkel freigab. »Davon haben wir nichts gemerkt. Er war extrem gewalttätig.«

Pedro bemerkte ihren Blick und bedeckte seine Blöße. »Lebewesen sind erfinderisch, wenn es ums Überleben geht. Nehmen Sie den Hummer, der in Kanada gefangen wird …«

»… und?«

»… bis er in Europa in einem Kochtopf landet, dauert es oft Monate. Während dieser Zeit lebt das Tier in einem engen Kasten und wird von einem Fischlieferanten zum nächsten weiterverkauft. Vom Fischer an den Einkäufer, von dem an den internationalen Vertrieb. Dann geht's im Kasten auf ein Schiff und auf große Fahrt. Endlich landet er in Paris auf dem Großmarkt und von dort wird er in die Restaurants transportiert. Um zu überleben, zehrt der Hummer während dieser Zeit von seinem eigenen Fleisch. Die Folge davon ist, daß der kanadische Hummer den Feinschmeckern in Europa kaum Fleisch zu bieten hat. Das gefällt mir. Das ist die Rache des Hummers. Leider kann der bretonische Hummer solche Abwehrwaffen nicht einsetzen.«

»Sie träumen, Padre. Frederico war Fremdenlegionär. Der hat mehr Blut gesehen, als Sie Weihwasser.«

»Warum sollte er die Männer getötet haben?« fragte der Padre, »Nennen Sie mir einen Grund!«

»Er kannte die Opfer gut. Und er hatte ein Motiv.«

»Welches?«

»Das darf ihnen nicht sagen.«

»Aber er hat mir geschworen, es nicht gewesen zu sein.«

»Jeder schwört alles, wenn er lebenslänglich Bau vor sich hat. Auch Sie.«

Padre Pedro sah sie irritiert an. »Heißt das, Sie würden mir die Morde zutrauen?« fragte er.

Sie blickte von ihren Akten hoch. »Überrascht Sie das?! Natürlich gehören Sie zum Kreis der Verdächtigen. Denken Sie nur an die Bemerkung von Gonzales kurz vor seinem Tod.«

»Soll ich das ins Protokoll nehmen«, fragte Inspektor Herrera, der auf einer alten Schreibmaschine das Formular bearbeitete.

»Ja«, sagte Pedro.

»Nein, streichen Sie's«, sagte Paloma.

»Es bleibt im Protokoll«, verlangte der Priester und beugte sich über den Schreibtisch von Herrera. »Ich war es! Ich habe die vier Morde begangen. Ich gestehe. Und nun verhaften Sie mich!«

Tobal schüttelte den Kopf. »Was reden Sie da?«

Sie ging zum Fenster und sah hinaus. Jetzt schien der Priester durchzudrehen. Das wollte sie nicht! Die Bürgermeisterin spazierte über die Plaza und winkte freundlich hoch. Bei ihrer letzten Begegnung hatte sie sich weniger sympathisch verhalten. Ihr zwei Wochen Zeit für die Klärung der Fälle gegeben.

Nimm das Angebot an! Das ist die Chance. Das Geständnis eines Priesters. Der lügt nicht. In diesem Moment kann der Fall für dich erledigt sein, dachte Tobal. Ich muß nur das Geständnis akzeptieren. Ich muß es nur zu Protokoll nehmen lassen. Es wäre so einfach ... Aber Pedro hinter Gittern? Mit einem Ruck drehte sich Tobal um.

»Padre. Hören Sie auf. Ich glaube, Sie sind mit den Nerven fertig. Geh'n Sie nach Hause! Sie können ja nicht mal ein Kaninchen fürs Mittagessen töten«, sagte sie unwirsch.

»Ich bin ein guter Koch«, sagte er, »Kaninchen in Estragonsauce ist meine Spezialität. Soll ich ihnen das Rezept verraten?«

»Sehr witzig! Machen Sie die Geschichte nicht noch komplizierter. Was soll so ein Geständnis? Wir glauben ihnen nicht.«

»Doch, ich war's. Schreiben Sie, Inspektor: Padre Juan Marie Pedro hat heute vier Morde gestanden und ...«

»Sie schreiben nicht.«

Die Hände des Inspektors schwebten über der Schreibmaschinentastatur. Er war bereit, das Geständnis in den Polizeiakten zu verewigen und blickte abwartend von seiner Chefin zum Padre und wieder zurück.

»Gehen Sie, Padre! Bitte.« Tobals Stimme klang fast fürsorglich. »Hören Sie mit dem Theater auf. Sie können Frederico nicht retten. Vielleicht schlafen Sie sich erst einmal aus. Sie haben viel durchgemacht.«

* * *

Inspektor Herrera las das Vernehmungsprotokoll. Irgend etwas stimmte nicht an der Aussage des Priesters. Etwas störte ihn. Ein unwichtiges Detail, das vielleicht doch eine Bedeutung hatte. Es hatte mit dem Priester zu tun, da war er sich sicher. Er zog sein Taschentuch aus der Hose und sah nach, ob er sich darin einen Knoten gemacht hatte. Das tat er immer, wenn er etwas nicht vergessen wollte. Kein Knoten. Er sah zu Tobal hinüber, die an ihrem Schreibtisch saß und sich Notizen machte.

Sie hob den Kopf: »Haben Sie mit dem Restaurantbesitzer gesprochen?«

»Ja, Señora! Ich habe Alberti gesagt, daß er sich vor Frederico in acht nehmen soll.«

»Hoffentlich macht er es auch«, sagte Tobal, »wenn Frederico wirklich unser Mann ist, wird er sich Alberti schnappen. Teilen Sie besser eine Wache zum Personenschutz ein.«

Antonio las die Aussage des Priesters noch einmal durch. Der Priester – ein Mörder? Verrückt! Er kannte sich aus. Er hatte immer hier gelebt und nur wenige Male das Dorf verlassen. Einmal hatte er einen Lehrgang in der Hauptstadt besucht. Der Lärm, die vielen Menschen, die hupenden schnellen Autos, die hohen Häuser, verwirrende Straßen und Gassen, all das hatte ihn nervös gemacht. Er war froh, als er wieder in Dolorosa war. In seiner Heimat. Das beste Fleckchen Land auf der Welt! Da kam selbst die Hauptstadt mit ihren vielen Parks und den schönen Frauen nicht mit. Am Polterabend vor seiner Hochzeit hatten ihm die Kollegen in der Altstadt einen Abschiedsabend vom Junggesellenleben spendiert. Mann. Das würde er nie vergessen. Eine Sauferei!

Seine Ehefrau Magda kam auch aus Dolorosa. Beim Tanz auf der Plaza hatte er sie kennengelernt. An einem Silvesterabend vor 38 Jahren. Nacheinander waren seine sechs Söhne geboren worden. Zu viele, sicher. Es war mühsam gewesen, sie von seinem Polizistengehalt durchzubringen.

Das alles hatte zu seiner Welt gepaßt. Das war normal in Dolorosa. Die Morde waren pervers. Grauenvoll. Er war überzeugt, daß der Mörder nicht aus Dolorosa kam.

Tobal schrieb den Namen »Frederico Martinez« auf einen Zettel. Darunter: »Der Hauptverdächtige. Kannte alle Opfer.« Dann schrieb sie: »Motiv: Rache für seinen Freund. Gewaltbereit.«

Sie schrieb einen weiteren Zettel: »Matilda Colam, Haushälterin. Geliebte von Ramon, später von Gonzales.«

Paloma blätterte in ihrem Notizbuch und sah nach, was ihr Frau Gonzales erzählt hatte. Da! – der Polizist hat der Frau den Laufpaß gegeben. Wie Ramon vor ihm, hatte er Matilda erst genommen und dann fallen gelassen wie Dreck. Manche Männer in den Kneipen bezeichneten die Haushälterin als die »Öffentliche von Dolorosa«. Als Nutte also. Sie soll nicht gut im Bett gewesen sein, die Colam, erzählte man. Paloma zog die Luft ein, hob die Brauen, wie sie es immer machte, wenn sie sich sehr ärgerte. Dieser Dorfklatsch war widerlich. Aber die Polizei lebte von solchen Informationen. Verschmähte Liebe könnte natürlich für die Haushälterin ein Motiv gewesen sein. Mord aus Eifersucht. Eine klassische Variante. In vielen Fällen traf sie zu. Vielleicht versuchte Frau Gonzales der Konkurrentin die Schuld in die Schuhe zu schieben. Dieses Motiv paßte nur nicht zu den anderen Toten. Da mußte mehr dahinter stecken. Vielleicht gab es auch eine Verbindung zwischen den Toten. Etwas, das sie gemeinsam hatten?! Oder gemeinsam getan hatten?

Tobal schrieb »Padre Pedro« auf einen Zettel. Sie stand auf und ging zum Fenster. Sie blickte hinaus, ohne etwas bewußt wahrzunehmen. Bis jetzt gab es kein Motov. Nur einen Verdacht – Gonzales letzter Satz: »Der Padre ist ...« Aber das nicht allein! Da war mehr. Sie dachte an die Fotos von den Toten. Da hatte es etwas gegeben, das sie irgendwie an Kirche erinnerte. Sie mußte sich die Fotos noch mal ansehen.

Herrera beobachtete Paloma Tobal wie sie an ihren Schreibtisch zurückging. Diese Frau macht mich wirklich an, dachte er. Er spürte eine leichte Erregung.

Tobal dachte über Padre José nach. Auf den ersten Blick gab es zwischen ihm und den Toten keine Verbindung. Er war ein bißchen schusselig. Aber auch schlau. Paloma notierte den Namen des alten Priesters. Du spinnst! Nicht jeder ist ein Mörder, nur weil er anders ist als die meisten Menschen, dachte sie.

Antonio Herreras Blick glitt über Tobals Körper und verharrte auf ihren Händen. Er wünschte sich, diese Hände würden ihn berühren! Hände? Hände! Das war es, woran er sich nicht erinnern konnte. Hände! Irgendwas mit Händen. Er sah seine Hände an und dann wieder die von Tobal.

Paloma stützte ihr Kinn in die Hände. Was machte Pedro nur so sicher, daß Frederico nicht der Mörder war? Sicher, er kannte die meisten Menschen im Ort. Durch seinen Job. Durch die Kirche. Die Beichte. Hatte jemand bei ihm gebeichtet?

Herreras Blick wanderte von den Händen der Kommissarin zu ihrem Nacken. Wie hilflos sie wirkte. Ihr dunkles Haar lag auf der weißen Haut des schlanken Halses. Ihre Schulterblätter drückten sich durch den Stoff der Kostümjacke. Er spürte ein starkes Verlangen, hinter sie zu treten und ihre großen Brüste zu streicheln.

»Nichts deutet auf einen Mord durch einen Priester hin. Keine Spur, die in die Kirche führt«, redete Paloma in diesem Moment zu sich selbst. Sie sah den Inspektor von der Seite an. Sein Blick irritierte sie. »Was ist? Denken Sie an die Toten? – Es gibt nur einen Hinweis: die gefalteten Hände. Die haben vielleicht mit der Kirche zu tun.«

Herrera vergaß für ein paar Sekunden das Atmen: Das war es! Das war das Stichwort. Gefaltete Hände. Die hatte er vergessen! Der Hinweis der Kinder, den er nicht ernst genommen hatte.

»Die gefalteten Hände! Die gefalteten Hände haben vielleicht mit der Kirche zu tun!« Herrera sprang von seinem Stuhl auf. »Chefin, bitte. Ich muß ihnen etwas gestehen. Ich habe einen Hinweis, vielleicht einen wichtigen Hinweis vergessen.«

Verlegen beugte sich Antonio über Tobals Schreibtisch. Die Schultern verkrampft, hochgezogen. Den Blick gesenkt. »Die Kinder waren bei mir. Isabella und die Töchter von Gonzales und dem Bäcker. Sie haben es mir erzählt. Ihnen ist aufgefallen, daß allen Toten die Hände gefaltet worden waren.«

»Das haben die meisten Toten. Die Angehörigen falten ihnen die Hände, wenn sie gestorben sind. Oder die Priester ...«

Die Kommissarin stutzte: »... oder die Priester bei der letzten Ölung.«

* * *

»Mein Gott, was ist mit ihnen?! Señorita! Hören Sie! Geht es ihnen nicht gut?« Tobal öffnete die Augen. »Sind Sie ohnmächtig geworden?«

Eine alte Frau beugte sich zu der Kommissarin herunter und reichte ihr ein Glas Wasser.

»Ich muß wohl eingeschlafen sein«, sagte Paloma ein wenig müde. »Ich habe einen Mittagsspaziergang gemacht und mich hier hingesetzt. Ein schöner, schattiger Platz zum Träumen.«

»Direkt neben unserem Eingang.« Die Alte deutete auf ein verrostetes Eisengitter. »Ich verkaufe hier mittags immer Callas. Heute ist nicht viel los. Aber wann ist hier schon mal was los. Ich wohne jetzt schon über 60 Jahre hier.«

Die Frau blickte fragend zu Tobal hinunter, die gegen einen Baum gelehnt auf dem Boden saß. »Geht es ihnen wirklich gut? Sie sehen krank aus.«

Paloma trank einen Schluck Wasser. »Nein, nein! Vielleicht bin ich etwas überarbeitet. Und das Wetter macht mir zu schaffen!«

»Das kann ich gut verstehen«, bestätigte die Frau, »hier in Dolorosa ist das Klima im Sommer immer so. Ich komme aus Melia. Da ist man dem Himmel viel näher. Da würden auch nie solche Morde passieren wie hier. Sie haben doch sicher von den Morden gehört, oder? Sie sind nicht von hier, wie?«

»Ja. Ich habe davon gehört.«

»Was muß das für ein Mensch sein, der so was tut! Vielleicht ein Verrückter! Ich hab' sie alle gekannt. Den Ramon. War kein guter Mensch. Der Gonzales war ein ganz Vornehmer. Obwohl er bei der Polizei war. Und Fernando Pérez. Den konnte ich nicht leiden. Er soll kleinen Mädchen hinterhergelaufen sein.«

Tobal erhob sich. Die Geschichte mit den kleinen Mädchen interessierte sie. »Was hat er denn mit den Mädchen gemacht?«

»Der? Ja ... was macht so ein Mann mit kleinen Mädchen!«

»Ich weiß nicht? Wissen Sie's?«

Die Alte lächelte. »Sie wollen es aber genau wissen, wie? Aber mehr kann ich nicht sagen. Hab's ja auch nur gehört ...«

»... von wem?«

»Oh, das weiß ich nicht mehr. Erzählt man sich halt so.«

Mehr würde sie von der Alten nicht erfahren, dachte Tobal. So waren sie alle im Dorf. Erzählten gern Geschichten. Wenn man nachfragte, versiegte der Redeschwall wie das Wasser auf dem von der Sonne ausgedörrten Boden. Vielleicht war es ja wirklich nur ein Gerücht. Schnell hatte jemand was erzählt und machte die Runde im Dorf. »Tja dann, ich muß jetzt gehen.«

Das Lächeln verschwand von dem runzligen Gesicht. »Schade. Ich hätte gern noch mit ihnen geplaudert. Warten Sie.« Die Frau verschwand hinter dem Gittertor. Nach wenigen Sekunden kam sie mit einem großen Strauß Callas zurück. Elegante grüne, lange Stengel, deren weiße Blütenköpfe wie geöffnete Muscheln aussahen. Die Frau drückte ihr die Blumen in die Hand. Es waren mindestens 30 Stück. Tobal konnte sie kaum tragen und wußte vor Rührung nicht, was sie sagen sollte. Sie liebte Callas. Dann sah sie die vernarbten, schwieligen Händen der Frau. »Sie haben auf dem Land gearbeitet?«

Die Alte nickte. »Mit einundzwanzig habe ich meinen Mann geheiratet. Seitdem arbeite ich auf dem Feld. Kartoffeln, Tomaten, Erdbeeren. Und Callas. Es sind meine Lieblingsblumen.«

»Meine auch ...«

»... ich hatte bei meiner Hochzeit einen Riesenstrauß im Arm. Ich bin so fotografiert worden.« Die Frau lächelte freundlich, drehte sich um und verschwand hinter dem Eisengitter. »Adios.«

»Bis bald einmal«, sagte Tobal.

Langsam ging sie zur Plaza zurück. Der Ort wirkte wie ausgestorben. Im Sommer blieben die Türen, Fenster und Holzblenden vor den meisten Häusern nicht nur nachts, sondern auch tagsüber wegen der unerträglichen Hitze verschlossen. Nur früh am Morgen wurde das Haus gelüftet. Dann wehte für kurze Zeit ein frischer Wind durch die Zimmer.

Mittagszeit. Siesta. Hinter manchen der grünen Persianas hörte sie Geklapper von Geschirr. Dort wurde gekocht oder zu Mittag gegessen. In einer Seitenstraße wehte Schlagermusik aus einem Haus die Straße hinunter.

»Hola! Sind Sie's, Kommissarin? Geht's gut?« Der blinde Salvadore wandte sein Gesicht in ihre Richtung. »Ich habe Sie an ihren Schritten erkannt. Es sind die einer tatkräftigen Frau. Eine, die weiß, was sie will. Es gibt nicht viele Frauen wie Sie hier im Dorf. Weiter so! Aber vergessen Sie die Liebe nicht! Manchmal muß eine Frau auch auf Samtpfoten gehen und schnurren.« Er lachte so herzhaft, daß Paloma die wenigen Zähne in seinem weit geöffneten Mund gut sehen konnte.

Tobal ging weiter. Ihr war nicht nach einer Plauderei zumute. Er drehte den Kopf in ihre Richtung. Seine Nase schnüffelte. »Dieser Duft«, murmelte er, »ein wundervoller Duft«.

Am Café Central grüßte sie den Kellner, der lächelnd einer Musikkapelle zuhörte. »Mein Fräulein, kennen Sie schon meinen Rhythmus ... einmal kurz, zweimal lang im Takt. Mein Rhythmus ist ein Ding, wo jeder mit muß ...«

Typisch, dachte Paloma. Die Dolorosenser lieben ihren geordneten Tagesablauf. Morgens einen kleinen Kaffee auf der Plaza, mittags Musik auf der Plaza und am späten Abend ein Bier in der Bar an der Plaza. Sie schlenderte weiter und blickte dabei über den Platz. Mindestens zwölf Restaurants, Bars und Cafés gab es hier, und doch ein Ort der Ruhe. Wer hier einkehrte, ging seinen Weg langsamer.

»Leben ohne Liebe kann man nicht ...«, sang der Sänger »... wenn man auch den Himmel dir verspricht. Alles kannst du haben und hast doch keine Ruh'. Denn ein bißchen Liebe gehört nun mal dazu. Wär's auch nur 'ne kleine Sympathie – Leben ohne Liebe kann man nie. Zehn mal eher kannst du entbehren Luft und Licht, aber Leben ohne Liebe nicht ...«

Paloma blickte auf die Callas in ihrem Arm. Sie könnte Padre Pedro ein paar Blumen bringen. So hatte sie einen Vorwand, ihn aufzusuchen und unverfänglich ein Gespräch zu beginnen. Sie bog in die Calle Pasteur ein, die auf das Pfarrhaus zuführte. Vielleicht sind ja beide Priester zuhause. Sie klopfte an die Eingangstür des Pfarrhauses.

»Buenos Dias, Señora.« Padre Pedro begrüßte sie freundlich.

»Ich freue mich, daß Sie mich besuchen«, sagte er, »ich wäre sonst zu ihnen gekommen. Ich möchte mich entschuldigen für mein dummes Geständnis.«

»Ach!« Tobal sah sie skeptisch an.

»Glauben Sie, daß ich ...?«

»... ich wollte ihnen ein paar Callas schenken, Padre. Vielleicht freuen Sie sich darüber.«

Der Priester bat sie herein und holte eine Vase. Tobal setzte sich auf die Couch neben dem Fenster. Das kühle Klima im Raum war angenehm. Die Wohnhalle war ein Ort, in dem sich Menschen gerne aufhalten, um zu lesen oder Musik zu hören. Sie überlegte, wie sie das Gespräch auf die gefalteten Hände bringen könnte, ohne daß es dem Priester wie die Fortsetzung eines Verhörs vorkam. Sie blickte durch das Fenster die Gasse hinunter. Am Ende der Straße stand ein Gebäude, das wie eine Festung aussah. »Was ist das für ein Haus, Padre?«

»Die Villa ›Morgenstern‹. Gehört einem Künstler. Dem Maler David Kaspar. Ein verrückter Typ, der aus seinem Haus eine Fluchtburg gemacht hat. Mit einer kleinen Zugbrücke davor, die er immer dann hochzieht, wenn er in Ruhe malen und keine Leute sehen will. Erst wenn ein Bild fertig ist, klappt er die Brücke wieder runter, und dann läßt er Gäste ein. So wissen alle, wann arbeitet.«

Sie sah Kinder vor der hochgezogenen Zugbrücke spielen.

»Die Mädchen«, sagte sie, »ich frage mich, was die Mädchen vorhaben.«

»Welche Mädchen?«

»Isabella, Margarita, Monica.«

»Wie kommen Sie gerade auf die?«

»Weil vor der Zugbrücke Kinder spielen.«

Es war gut, daß ihr die Mädchen eingefallen waren. »Die Mädchen spielen Detektiv und suchen den Mörder.«

»Tun sie das?«

»Ja. Sie machen mir Konkurrenz. Und ich frage mich, warum?«

»Sie trösten sich gegenseitig.«

»Und ihre Familien?«

»Die Mütter sind jetzt mit ihnen allein. Und mit dem Tod kann niemand umgehen. Erwachsene noch viel weniger als die Kleinen. Denen kann man sagen, daß es ein Paradies gibt. Dann glauben die Kinder, daß es den Toten gut geht. Daß sie den Vater irgendwann im Himmel wiedersehen. Ein großer Trost für sie.«

»Dann hat man den Mädchen vermutlich nichts vom Paradies erzählt. Sonst versuchten sie ja nicht, sich gegenseitig zu trösten,« erwiderte Tobal. »Wie trösten Sie sich? Beten Sie? Knien Sie nieder, falten Sie die Hände?«

»Natürlich bete ich. Mehrmals am Tag. Und besonders in Not- oder Krisensituationen. Die kennt auch ein Priester. Das Gebet hilft.«

»Ich habe mich manchmal gefragt, warum man nicht einfach beten, ich meine, ohne große Gesten beten kann. Warum man sich bekreuzigen muß, die Hände zum Gebet falten ...«

»... das sind Symbole. Symbole unseres Glaubens. Das Kreuz, an dem Jesus Christi für uns gestorben ist. Die Hände falten – ein Zeichen der Besinnung. Innere Einkehr und Ruhe. Damit vermitteln wir unseren Mitmenschen, daß wir an Gott glauben, daß wir bereit sind, in einen Dialog mit Gott zu treten ...«

»... und warum faltet man Toten die Hände?«

»Oft ist der Mensch selbst dazu vor dem Ableben nicht mehr fähig. Wenn ein Mensch gläubig ist, wird er den Priester vor dem Sterben bitten, mit ihm zu beten. Möglichst so lange zu beten, bis seine Seele zu Gott geht. Viele Menschen befinden sich aber in Situationen, in denen sie keine Hand mehr für ein Gebet frei haben. Sie sterben auf dem Operationstisch in der Narkose. Und an ihren Händen und Armen sind die Kanülen der medizinischen Apparate. Sie verunglücken tödlich in ihrem Auto. Mit den Händen am Lenkrad ...«

»... oder sie werden ermordet und versuchen, sich mit Händen und Füßen gegen den Mörder zu wehren«, ergänzte Tobal die Aufzählung des Priesters.

»Das fällt dann nicht nur in mein, sondern auch in ihr Fachgebiet.«

»Aber Sie falten den Toten dann die Hände?«

»Wenn ich hinzugerufen werde, ja. Dann gebe ich ihnen die letzten Sakramente. Spreche ein Gebet für sie, auch wenn sie schon tot sind, und wünsche ihrer Seele Frieden. Und ich falte ihnen selbstverständlich auch die Hände. Sofern die Leichenstarre noch nicht eingetreten ist.«

»Ist es wichtig, daß Toten die Hände gefaltet werden?«

»Vor allem für die Angehörigen. Ich schließe den Toten auch die Augen, falls sie noch geöffnet sind. Es sieht besser aus. Es entspricht dem Bild, daß sich Gläubige von ihren Toten machen. Wohin sollte man den Toten sonst die Hände legen? Zur Seite? In die Hosentasche, als käme der Tote geradewegs vom Fußballplatz? Auf dem Rücken unter den Körper wie bei einem Gefangenen? Unter den Kopf wie bei einem Mittagsschlaf am Strand? Vors Gesicht? Die gefalteten Hände symbolisieren, wie ich schon sagte, die Bereitschaft mit Gott zu sprechen. Sie stehen für Frieden und Ruhe.«

»Es sind nicht nur Priester, die den Toten die Hände falten!?«

»Nein«, fuhr der Pater fort, »die Angehörigen tun es. Oder der Bestatter oder Leichenwäscher vom Beerdigungsinstitut. Ich habe einmal einen Polizisten dabei beobachtet. Er faltete zwei Menschen, die bei einem Verkehrsunfall gestorben waren, die Hände, bevor er die Plastikplane über sie deckte. Ich denke, das Händefalten hilft den Menschen, mit der Anwesenheit eines Toten fertigzuwerden. Die gefalteten Hände signalisieren, daß ein Menschen seinen Weg zu Gott gefunden hat.«

»Was würden Sie von einem Mörder halten, der den Toten nach der Tat die Hände faltet?«

»Wieso fragen Sie?« Der Priester sah sie irritiert an. »Das ist nicht mein Alltag. Mörder und Ermordete gehören nicht oft zu meiner Klientel. Haben Sie einen besonderen Grund, warum Sie über die gefalteten Hände von Ermordeten nachdenken?«

»Den Toten, mit denen ich in letzter Zeit zu tun hatte, waren allen die Hände gefaltet worden, Padre.«

Pedro zog die Stirn in Falten: »Wer war das?«

»Das frage ich Sie«, sagte Tobal. »Vielleicht ist der Mörder sehr gläubig!«

»Ich weiß nicht ...« Pedro dachte nach. Nach einiger Zeit fuhr er fort: »Dieser Mensch wird vielleicht wegen der Toten und seiner Verbrechen sehr leiden.«

»Leiden?«

»Er will den Toten den Weg in den Himmel öffnen.«

»Haben Sie schon mal von einem Mörder gehört, der den Toten die Hände faltet. Ich noch nie.«, sagte Paloma, »ich muß jetzt gehen.« Sie reichte Pedro die Hand. In ihren Blicken war mehr als Abschiedsstimmung. Eine neue Art von Vertrautheit verband sie, und ihre Hände lagen ein wenig länger ineinander, als es bei einer Verabschiedung normal war.

»Danke für die Blumen«, sagte Padre Pedro, »wissen Sie eigentlich, was Georgia O'Keefe über Callas gesagt hat?«

»Wer ist das«, fragte Paloma.

»Eine amerikanische Malerin.«

»Und?«

Er überlegte einen Moment, bevor er fortfuhr. »Sie meinte, Callas seien das Symbol weiblicher Sexualität.«

Paloma lächelte und zog die Tür hinter sich zu.

* * *

Führt mich zu dem Mörder! Tobal holte die Fotos der Toten aus dem Schrank und befestigte sie mit Klebestreifen an der Wand hinter ihrem Schreibtisch.

»Was machen Sie da?« Santiago Manchago steckte den Kopf durch die Tür.

»Vernünftige Polizeiarbeit«, sagte Tobal ein wenig zu scharf, »ich mache das, was zu einer korrekten kriminalistischen Arbeit dazugehört. Man muß die Bilder der Toten immer vor Augen haben. Sie müssen einem Gefährten werden. Man muß sich am Tatort auskennen, wie im eigenen Wohnzimmer. Die Verdächtigen kennen wie den eigenen Bruder oder die eigene Schwester. Der Tatverlauf muß wie der eigene Lebenslauf erscheinen. Und das heißt: Akten und Bilder so lange studieren, bis man etwas entdeckt, das man übersehen hat. Wie die gefalteten Hände.«

»Welche Hände?«

»Ich informiere Sie später! Lassen Sie mich jetzt allein!«

An der Wand entstand ein Mosaik aus Bildern voller Brutalität. Da waren sie! Tote mit gefalteten Händen. Von allen denkbaren Seiten und mit vielen Details fotografiert. Gefaltete Hände in Großaufnahme. Die schlanken Hände des Bäckers. Grob die des Weinhändlers. Der Polizist hatte große Hände, sehr gepflegte Fingernägel.

Wer faltet Hände auf diese Art und Weise? Die Handflächen gegeneinander gelegt. Es gibt ein Bild, ein berühmtes Gemälde. Ich habe es gesehen, als ich in Deutschland Urlaub gemacht habe. Wie hieß er noch? Ein Maler. War es Durer? Nein, Dürer hieß er. Ganz zarte Finger. Ganz feine Striche. Das Bild zeigt nur die Hände. Sie liegen mit den Handflächen aufeinander. Wie hier auf den Fotos. Betende Hände!

Ja, so hieß das Bild. Die betenden Hände von Dürer. Warum ist mir das nicht früher aufgefallen?

Tobal starrte auf die Fotos an der Wand. Sie war fasziniert von dem, was sie sah. Ein Orakel. Geheime Zeichen, die sie zum Täter führen würden! Gefaltete Hände bei dem Polizisten. Bei dem Weinhändler. Dem Bäcker. Sogar bei dem Straßenbahnfahrer, bei dem sie noch immer nicht sicher war, ob ein Unfall oder Mord zu seinem Tod geführt hatte.

* * *

Renata weinte. Isabella saß neben der neuen Freundin auf einer Grabsteinfassung aus Marmor. Die Mädchen hatten sich auf dem Friedhof verabredet, weil Renata frische Blumen ans Grab des Vaters bringen wollte. Der Friedhof lag am Rand des Zentrums. Ein prachtvolles terrassenförmig angelegtes Terrain, Zeugnis des Reichtums, den der Ort in früheren Zeiten erlebt hatte. Die meisten Gräber waren mit Rosen, Nelken und Tulpen, Kakteen oder Bougainvilleas geschmückt. Auf dem Grab des Weinhändlers stand nur ein Blumenstrauß in einer Vase neben einem Foto des Verstorbenen, fast so groß wie eine Zeitung, und dem Weinkrug, den Ramon zu Lebzeiten bevorzugt hatte. Man gab den Toten in Dolorosa gern ihre Lieblingsdinge mit auf den letzten Weg.

Renata strich mit einer Hand über das Foto des Vaters und weinte, und je mehr Isabella versuchte, sie zu trösten, desto stärker wurde sie von Weinkrämpfen geschüttelt. Isabella litt mit ihr. Sie hatte Renata gefragt, ob sie sich auch so allein fühle, seit ihr Vater tot sei. Sie selbst sei oft traurig, vor allem, wenn sie abends in ihrem Bett liege und nicht schlafen könne. Sie müsse dann immer an ihren Vater denken.

»Ich auch«, schluchzte Renata, »ich denke auch an Papa. Aber nicht so wie du. Mein Papa war nicht so lieb wie Deiner.«

»Wieso?«

»Er hat ...« Renatas Worte gingen in einem Schluchzen unter.

»Was meinst du?«

»Er ist abends oft zu mir gekommen ...«

»... wie mein Vater. Der hat immer mit mir gebetet. Obwohl er selbst nicht an Gott glaubt«, erzählte Isabella. »Ich weiß das, weil meine Mutter manchmal mit ihm geschimpft hat. Sonntags, wenn er nicht mit uns in die Kirche wollte ...«

»Nein. Er hat mich gestreichelt.«

Das Gefühl von Hilflosigkeit und Fliehen-Wollen war wieder da.

»Deiner auch?!« sagte Isabella.

»Schlimmer war das mit Mama!« Renata sah Isabella mit traurigen Augen an. »Sie hat mir nicht geholfen.«

Isabella hielt sich entsetzt die Hand vor den Mund: »Wußte sie das?«

Renata nickte: »Papa hat sie immer aus dem Zimmer geschickt. Manchmal hat Mama geschimpft und geschrien, daß sie eines Tages zur Polizei gehen würde.«

»Ist sie?«

Renata schüttelte den Kopf. »Papa hat sie verprügelt, wenn sie davon gesprochen hat. Ich glaube, Mama hat Angst vor ihm gehabt. Und getrunken hat sie soviel, daß Papa meinte, bei der Polizei würde man einer Besoffenen sowieso nicht glauben.«

»Das tut mir so leid!« Isabella legte den Arm um die Schulter der Freundin.

»Meine Mutter geht deswegen nicht zum Grab von Papa«, sagte Renata. »Sie ist nicht zu seiner Beerdigung gegangen. Angeblich war sie krank. Aber ich weiß, daß das nicht stimmt. Sie haßt ihn. Und sie trinkt!«

Isabella hielt Renata im Arm, als könnte sie so die Freundin vor den schrecklichen Erinnerungen bewahren.

Ein Trauerzug bog um die Ecke und passierte das große, schmiedeeiserne Portal des Friedhofs. Tobal stand neben der kleinen Kirche und beobachtete die Beerdigungsgesellschaft. Sie überlegte, ob sie zunächst zu den Mädchen gehen und mit ihnen sprechen sollte. Dann entschied sie sich, zusammen mit Inspektor Herrera abzuwarten.

»Kennen Sie die alle?« wandte sie sich an Antonio.

»Die meisten, ja. Hinter Padre Pedro geht die Frau von Moreno«, sagte Herrera. »Die war ganz schön sauer, daß wir die Leiche ihres Mannes jetzt erst zur Beerdigung frei gegeben haben.«

»Die kenne ich inzwischen auch. Und daneben?«

»Morenos Onkel. Ein Abogado. Ein bißchen plemplem. Macht nur in Sachen Erbschaft. Hat nie Geld, weil es bei uns so viele Erbschaftsstreitigkeiten gibt und keiner den Anwalt bezahlen will, Señora.«

»Irgendeiner, der nicht dazu gehört, Inspektor?«

»Alles Familie. Morenos Mutter. Die Brüder. Freunde«, Antonio Herrera lächelte. »Was man so Freunde nennt.«

Dem Trauerzug voran ging ein kleines Mädchen in einem langen, weißen Kleid. Es trug ein Bild des Toten in den Händen. Das Foto schmeichelte dem Verstorbenen. Es machte ihn jünger. Die Menschen, die langsam und würdevoll und manche weinend hinter dem Sarg herliefen, waren in Schwarz gekleidet. Jeder von ihnen trug eine rote Rose in der Hand.

Tobal beobachtete das Kind. Der Anblick des Mädchens im weißen Kleid berührte sie. »Wer ist das Mädchen«, fragte sie den Inspektor.

»Die Tochter des Bruders.«

Tobal beobachtete, wie Felix von Bourbon an dem Trauerzug vorbeilief und das Kind fotografierte.

»Die Schmeißfliege ist da«, flüsterte Herrera. »Soll ich ihn zum Teufel jagen?«

Tobal winkte ab. Sie empfand ein unangenehmes Gefühl, als sie den Reporter beim Fotografieren beobachtete. In seinem weißen Anzug und dem Strohhut auf mit dem Kopf sah er aus wie der Tourist eines Kreuzfahrtschiffs beim Landgang. Das Mädchen, das er fotografierte, blieb stehen. Es wußte offenbar nicht, wie es sich verhalten sollte und blickte verlegen zu seinen Eltern zurück. Padre José, der als erster hinter dem Sarg herschritt, machte eine kurze Handbewegung, die andeutete, daß Bourbon verschwinden solle.

Inspektor Herrera machte einen Schritt nach vorn. Tobal hielt ihn am Jackett zurück. »Das ist nicht unsere Veranstaltung, Inspektor! Wir wollen die Leute beobachten«, mahnte sie den Kollegen und sah sich nach Renata und Isabella um.

Die Mädchen saßen noch immer an Ramons Grab. Sie beachteten den Trauerzug nicht. »Der Vater von Margarita war auch böse«, erzählte Isabella und meinte verschwörerisch. »Vielleicht ist er deshalb tot? Wie die anderen!«

Renata sah sie entsetzt an und protestierte. »Ich habe meinen Papa doch deswegen nicht getötet. Dafür habe ich ihn viel zu lieb gehabt!«

»Ich meine nicht, daß du Deinen Papi getötet hast. Irgend jemand anderes«, sagte Isabella.

»Meinst du meine Mami?« fragte Renata. »Sie hat mal in einem Streit geschrien, daß sie Papi umbringen würde. ›Eines nachts schlag ich dir im Schlaf den Schädel ein.‹ – Papa hat sie so verprügelt, daß sie eine Woche krank war.«

»Das meinte ich nicht«, Isabella verschränkte ihre Arme vor der Brust, »vielleicht hat Gott getötet, weil er uns helfen wollte«.

»Ach so.« Renata legte den Kopf zwischen ihre Knie und schluchzte leise.

»Deine Mama war's bestimmt nicht«, beruhigte Isabella die Freundin.

»Ich weiß nicht ...«, Renata sah Isabella mit traurigen Augen an, »als wir Papa gefunden haben, war ich erst richtig froh. An dem Abend, als er gestorben ist, war er nicht bei mir. Das war so schön. Am nächsten Morgen wußte ich, warum. Papa war tot. Ich war so schrecklich traurig und habe ganz viel geweint. Aber Mama meinte, er hätte es verdient. Ich soll mich freuen. Den ganzen Tag hat sie nur getrunken und erzählt, wie schön unser Leben werden würde.«

»Vielleicht war sie verzweifelt und wollte es dir nicht so zeigen?« wandte Isabella ein.

»Glaub' ich nicht«, sagte Renata. »Komisch, ich hab gleich daran gedacht, daß Mama ihn vielleicht doch umgebracht hat.«

Tobal wandte den Blick von den Mädchen ab und konzentrierte sich wieder auf die Trauergesellschaft, die an ihr vorbei in Richtung des vorbereiteten Grabes ging. Die Glocken bimmelten hektisch. Sie war sicher, daß der schrille Klang im ganzen Tal zu hören war.

»Das ist ja eine Inszenierung«, flüsterte sie Herrera zu.

»Die Barbara war's.«

»Wer?«

»Barbara, die Floristin. Wollte eigentlich Schauspielerin werden. Dann hat sie Andrés, den Schreiner, geheiratet. Der kümmert sich zusammen mit ihr um die Toten. Seitdem ist jede Beerdigung eine große Show.« Antonio lachte auf und einige Trauernde in seiner Nähe blickten vorwurfsvoll zu ihm herüber. »Sie hätten mal die Beerdigung des Vaters von der Señora Bürgermeisterin erleben sollen. Alle trugen einen Strauß weißer Rosen im Arm. Vor dem Sarg ging eine Jazzkapelle und spielte. Weil der Alte, ich meine, der Tote, doch so gerne Jazz gehört hat. Und ganz vorne liefen zwanzig Mädchen in weißen Kleidern und streuten Blumenblätter.«

»Bißchen viel Show ...«, sagte Tobal.

»... aber Spaß hat's gemacht«, sagte der Inspektor.

»Fällt ihnen hier was auf?«

»Glauben Sie etwa, daß der Mörder vorbeimarschiert?«

Aus der Kapelle ertönte Gesang. »Ave Maria ...«

»Hat es schon gegeben.«

»Wer würde das schon tun, Kommissarin?«

»Ein Verrückter!«

»Wir sind alle verrückt«, sagte Herrera.

»Ist mir schon passiert. Das war einer, der nur getötet hat, weil er so gern zu Beerdigungen ging. Wenn mal gerade niemand gestorben ist, hat er selbst nachgeholfen.«

»Verrückt!«

»Sag ich ja!« Tobal sah zu Isabella und Renata hinüber, die in diesem Moment Gesellschaft von zwei weiteren Mädchen bekamen. Paloma sah ihre Zeit gekommen, mit den Kindern zu sprechen. »Bleiben Sie hier und halten Sie die Augen auf«, sagte sie zu dem Inspektor.

Margarita und Monica fragten natürlich sofort, warum Renata weinte. Isabella wußte nicht, was sie den beiden antworten sollte und sah die Tochter des Weinhändlers fragend an.

Renata nickte, und Isabella erklärte den Freundinnen, worüber sie gesprochen hatten. Spontan drückte Margarita die weinende Freundin an sich und tröstete sie. Sie konnte so gut verstehen, wie sich das Mädchen fühlte. Ihr ging es doch genauso. Auch sie war hin- und hergerissen von der Trauer über den Tod des Vaters und der Freude darüber, endlich von den Qualen und Schmerzen in der Nacht befreit zu sein.

Isabella und Margarita kümmerten sich um die Tochter des Weinhändlers. Monica war zur Seite getreten und starrte auf sein Grab. Sie sagte kein Wort. Sie zog einen Riegel Mars aus ihrer Hosentasche. Die Schokolade war weichgeworden, und als sie hineinbiß, floß das flüssige Karamel über ihr Kinn und tropfte zu Boden. Vergeblich versuchte sie, die Tränen zu unterdrücken, die langsam über ihre Wangen rollten.

Renata sah es zuerst. Sie machte die beiden anderen auf Monica aufmerksam, die mit hängendem Kopf und bebenden Schultern neben dem Grab stand.

»Mein Vater hat es mit mir auch gemacht ...«, schluchzte Monica, »... immer wieder«.

Die Freundinnen halfen ihr, sich auf eine Grabplatte zu setzen.

»Was ist mit ihr?« Besorgt beugte sich Paloma Tobal zu Monica hinunter. Die Mädchen antworteten nicht. »Hast du dich verletzt? Hast du Schmerzen?«

»Es geht schon wieder«, sagte Monica und richtete sich langsam auf. Paloma sah ihre verweinten Augen.

»Kann ich dir helfen«, fragte Paloma.

Monica schüttelte den Kopf.

»Vielleicht könnt ihr mir aber helfen«, Paloma wandte sich an die drei anderen Mädchen, »ich habe ein paar Fragen.«

Die Mädchen nickten schüchtern.

»Ihr seid ja bei Inspektor Herrera gewesen. Ihr habt ihm was erzählt, von den gefalteten Händen und so.«

»Er hat uns nicht geglaubt«, sagte Isabella trotzig.

»Ich weiß. Er hat's vergessen.«

»Wir haben ihm gesagt, daß Monicas Papi die Hände gefaltet hatte.«

»Wie bei meinem Papi«, sagte Renata.

»Ist euch noch was aufgefallen?« fragte Paloma. Sie sah in die Runde und folgte plötzlich einer Eingebung. Sie öffnete ihre Handtasche und zog ein Foto heraus, das sie als kleines Mädchen zeigte. Sie trug darauf ein langes Blümchenkleid und ihre welligen Haare waren zu einem Kranz gebunden. »Das war ich, als ich so alt war wie ihr.«

Die Vier beugten sich über das Foto. »Wie traurig Sie aussehen«, sagte Isabella.

»Wie ihr! Monica, habt ihr mir vielleicht nicht doch noch etwas zu sagen?«

Die Mädchen gaben ihr das Fotos zurück und blickten sich an.

»Renata? Margarita?«

»Ich ...«

»Wir ...«

»Wir haben vorhin über was gesprochen«, sagte Isabella leise, »ich weiß nicht, ob ich das sagen darf.« Sie sah ihre Freundinnen an, als erwarte sie von ihnen eine Antwort.

»Doch!« Monica beugte sich vor: »Wir haben darüber gesprochen, was unsere Papis gemacht haben.«

Paloma spürte die Spannung, die entstanden war. »Und?«

»Sie haben uns angefaßt.« Renata sah Tobal an, und ihr Blick war so schuldbewußt, als hätte sie selbst das Verbotene getan. Monica schluchzte auf und schüttelte den Kopf.

»Wollt ihr mir davon erzählen?« fragte Paloma.

Die Mädchen schwiegen.

»Nein«, sagte Monica nach einer Pause, »ich will nicht!«

Jetzt schüttelten auch die anderen Mädchen die Köpfe.

»Kann ich euch helfen?« Paloma sah von einem zum anderen Mädchen. »Sollen wir irgendwann in den nächsten Tagen mal darüber sprechen?«

Die Mädchen sahen Paloma wieder stumm an.

»Also gut. Ihr habt mir ja schon sehr geholfen«, sagte Paloma. »Vielleicht überlegt ihr euch das noch mal. Wenn ihr Hilfe braucht, ich bin für euch da. Nicht nur weil ich Polizistin bin.«

Die Kommissarin stand auf und ging zwischen den Gräbern hindurch auf die Friedhofskapelle zu. Inspektor Herrera kam ihr entgegen.

Die Mädchen sahen Paloma nach. Minuten des Schweigens vergingen.

»Und was sollen wir jetzt tun«, fragte Monica leise. »Sollen wir nicht doch mit ihr sprechen?«

Die anderen drei Mädchen schüttelten den Kopf.

»Wir suchen selbst weiter«, sagte Isabella, »ich will den Mörder finden, damit mein Papi aus dem Gefängnis rauskommt.«

»Wir wissen jetzt, daß alle toten Väter ihren Kindern was angetan haben«, sagte Margarita.

»Aber irgend jemand muß das vor uns gewußt haben«, meinte Renata.

»Stimmt. Ja! Der Mörder!« sagte Isabella. »Aber woher wußte er das?«

Die Mädchen überlegten. Sie hatten nie mit jemandem darüber gesprochen. Sie hatten sich zu sehr geschämt. Die Mutter von Monica wußte es. Die Mütter von Renata und Margarita sicher auch.

Renata sagte plötzlich: »Nur ... einem habe ich es gesagt. Gott! Ich habe gebeichtet. Ich war in der Kirche und habe gesagt, was mein Vater mit mir macht. Weil er gesagt hat, ich wäre böse. Weil ich ihn verführt hätte. Das habe ich gebeichtet.«

Monica und Margarita blickten sie mit großen Augen an.

Monica stammelte: »Ich ... habe das auch gebeichtet.«

Und Margarita flüsterte: »Ich auch.«

Renata kaute nervös auf ihren Fingernägeln. »Ich habe euch nicht alles erzählt. Mein Papi kannte ja auch die Papis von Monica und Margarita. Manchmal hat er mich mitgenommen zu ihnen.«

Den anderen Mädchen stockte der Atem: »Und? – Was?«

»Die haben auch mit mir ...«

»Sprich lauter. Wir verstehen ja nichts.«

»Die haben mit mir«, wiederholte Renata, »in einer Höhle. Da mußte ich es ... Es war in einer Höhle.«

Monica flüsterte mit zittriger Stimme: »Du meinst ... mein Papi hat ... mit dir?«

»Und meiner auch?« fragte Margarita mit schwacher Stimme.

Die Mädchen fragten nicht weiter. Sie wußten, was ihre Väter mit Renata gemacht hatten. Monica sah ihren Vater vor sich, wie er mit einem Baiser in der Hand auf sie zukam und sie anlächelte. Sie haßte Baisers. Margarete sah die Dienstpistole ihres Vaters auf dem Nachttisch neben ihrem Bett liegen. Die

Mündung zeigte auf ihren Kopf. Renata dachte daran, daß manchmal auch Alberti, der Restaurantbesitzer, in die Höhle gekommen war. Sie überlegte, ob sie den Freundinnen davon erzählen sollte. Aber sie schämte sich zu sehr! Und Alberti lebte doch noch!

Isabella sprach es als Erste aus: »Dann ist der Padre der Mörder!«

* * *

Padre Pedro saß in seinem Schaukelstuhl. Er hatte die Augen geschlossen, die Hände auf dem Schoß gefaltet und dachte an Paloma Tobal. Er wollte die Gedanken und Gefühle nicht zulassen, die ihn nicht losließen und verwirrten. Ob sie an ihn dachte? Ob sie sich gut fühlte? War sie glücklich? Einsam? Spürte sie ein Verlangen, ihn zu sehen, so wie er sie zu treffen wünschte? Er betete ein Ave Maria, um sich abzulenken. Die Mutter Gottes war ihm schon früher eine gute Ratgeberin gewesen, doch jetzt wirkte das Gebet nicht. Er fühlte sich wie der Gefangener seiner Gedanken. Gute und böse wechselten sich ab wie Ebbe und Flut, und er war machtlos, sich dagegen zu wehren.

Er betrachtete die weißen Callas auf dem Tisch. Ihr Geschenk! Er erinnerte sich, daß seine Mutter diese Blumen geliebt hatte. Pedro hörte ein Stöhnen aus dem Tunnel neben der Couch. Schwer atmend kroch Padre José hervor. Gesicht und Kleidung waren mit Staub bedeckt. Er reckte sich und wischte sich mit dem Hemdsärmel den Schweiß von der Stirn. Die massige Gestalt erinnerte Pedro an einen Darsteller, den er auf dem Plakat eines Horrorfilms gesehen hatte.

»Geschafft«, sagte José und spuckte auf den Boden. Das hatte er sich angewöhnt, seit er in der Höhle die Erde umwühlte und dabei Staub und Dreck schluckte.

»Was, Padre?«

»Den Schatz. Bald ist es soweit. Sehen Sie.«

Der Alte zeigte ihm eine Münze: »Die ist alt.«

Padre Pedro hielt sie unter das Licht der Stehlampe. »Ich kann keine Prägung erkennen.«

José drehte die Münze in der Hand und versuchte, mit dem Daumen die Patina abzuwischen. »Die ist alt. Das wette ich?«

»Ich wünsche es ihnen«, sagte Pedro.

Der alte Priester schlug sich mit dem Handrücken den Staub aus der Kleidung. Pedro stand auf, holte eine Flasche Wein aus dem Kühlschrank und entkorkte sie. »Lassen Sie uns einen Schluck auf ihren Erfolg trinken.« Padre José zog einen Sessel aus der Ecke herüber und setzte sich, ohne darauf zu achten, daß er mit seiner verdreckten Kleidung das Möbel verschmutzte. »Ist es nicht wunderbar? Eine Gnade! Ich kann noch etwas für meine Kirche tun. Bin nicht zu alt.«

Pedro hatte Mühe, ihn zu verstehen. Wenn der alte Priester aufgeregt war, murmelte er besonders stark und war kaum zu verstehen. Manchmal verschluckte er ganze Silben. »Ich grabe nach einem Schatz und finde ihn. Ich bin nah dran. Ganz nah. Ich glaube, daß Gott mir den Weg weist. Er möchte, daß ich der Kirche etwas hinterlasse, wenn ich sterbe.«

Pedro sah Josés traurigen Blick. »Es ist trotzdem was mit ihnen?«

»Ach. Vielleicht die Atmosphäre da unten.«

»Was ist dort?«

»Die Düsternis. Sie deprimiert mich. Beten Sie für mich, Padre.«

»Wenn ich ihnen damit helfen kann.«

»Die Kirche ist meine Familie. Verstehen Sie? Ich habe niemanden. Nur die Kirche. Ich besitze nichts, was ich der Kirche hinterlassen könnte. Deswegen suche ich nach diesem Schatz. Ich war ein Waisenkind. Ich bin in einem Kinderheim aufgewachsen. Ich weiß nicht, wer meine Eltern sind.«

»Das tut mir leid ...«

»Das ist es nicht allein! Es gibt viele Waisenhäuser, in denen sich Kinder wohl fühlen und glücklich sind. Aber ich war in einem Haus ...«

Der Priester kippte hastig den Wein hinunter und schüttete sich mit leicht zittriger Hand das nächste Glas ein. »Der ist gut. Ich wette, das ist ein Chardonnay.«

Er nahm wieder einen großen Schluck Wein, schnalzte mit der Zunge, während er den Kopf ein wenig hob, um das Getränk genießerisch mit Zunge und Gaumen zu kosten, dann fuhr er fort: »Wenn ich beim Küchendienst einen Teller fallen ließ, bekam ich Prügel. Wenn ich zu spät von der Schule kam, oder wenn ich nachts noch einmal zur Toilette mußte, gab es Schläge.«

José versenkte den Kopf in seinen staubigen Händen und murmelte vor sich hin. Nervös drehte Pedro das kleine Kreuz zwischen seinen Fingern, bis es ihm entglitt. »Sie müssen mir nichts sagen. Manchmal ist es besser, die Vergangenheit ruhen zu lassen«.

»Ich muß mit jemandem sprechen«, antwortete José, »ich habe zu lange geschwiegen!«

José stand auf. Er hatte einen roten Kopf, und es sah aus, als würde ihn jeden Moment ein Schlaganfall treffen.

»Beruhigen Sie sich, bitte! Sie dürfen sich nicht so aufregen,« sagte Pedro.

»Ich muß beichten. Jetzt! Bitte, Padre. Gehen wir zur Kirche!«

»Es ist drei Uhr morgens.«

»Es ist wichtig. Sie werden es verstehen, wenn Sie mich erst angehört haben. So viele, so große Sünden lasten auf mir. Bitte!«

Widerwillig gab Pedro nach und nahm den Schlüssel vom Seiteneingang zur Kirche vom Schlüsselbrett. Beim Hinausgehen streifte sein Blick das Loch zur Höhle, und er ging noch einmal zurück und schob die Couch über die Öffnung.

Der Vollmond warf sein Licht in die Gassen, und die Schatten zeichneten skurrile Bilder von Totenmännern, Gespenstern und Ungeheuern. In den Bergen bellte ein Hund. Sein Gejaule wurde von anderen Hunden beantwortet, und ein Choral aus Hundegebell schwebte über die Orangen- und Zitronenplantagen. Die beiden in schwarz gekleideten Priester schritten schweigend und schnell voran. Sie passierten das Bürgermeisterhaus und die Polizeiwache. Padre Pedro sah zum ersten Stock hoch.

»Die Kommissarin arbeitet noch«, sagte Pedro zu seinem Kollegen und zeigte auf das beleuchtete Zimmer von Paloma.

»Sie ist besessen«, erwiderte José kühl, »sie will den Mörder – und sie wird ihn kriegen!«

* * *

»Ich hasse meine Job!« Tobal stützte ihren Kopf erschöpft in die Hände. »Zwei Leichen in einer Nacht. Dieses Dorf ist vom Teufel besessen!«

Inspektor Herrera beobachtete sie von seinem Schreibtisch. »Sie sollten sich ausruhen.«

Es klopfte an der Tür. Im Türrahmen stand Abogado Montez. »Buenos Dias, Señora Kommissarin«, säuselte er

»Ich habe ihm gesagt, daß Sie nicht zu sprechen sind«, entschuldigte sich Fernandez, der Polizist der Policía Local, und schob sich an dem Anwalt vorbei ins Zimmer. »Er läßt sich nicht abwimmeln.«

»Verehrte Kommissarin«, mischte sich der Anwalt ein. »Ich habe wirklich viel Verständnis für Sie und ihre Arbeit.« Montez zog das »i« in die Länge, als würde er bei diesem Buchstaben zum Stabhochsprung ansetzen. »Aber«, er kicherte, und seine Brille rutschte dabei ein wenig nach vorn, »ich muß auch an die Interessen meines Mandanten denken. Sie halten ihn schon seit Tagen fest. Ohne Haftbefehl. Ohne richterliche Vorführung. Das ist ja wie Sodom und Gomorrha!«

»Gomera, meinen Sie?!«

Der Anwalt sah Tobal irritiert an. »Die Insel? Wieso?«

»Man sollte den Körper auf die Insel schicken.«

»Meinen Körper?!«

»Nicht ihren.« Tobal sah ihn von oben bis unten an. »Den Körper, um den Sie sich kümmern. Der hinter Gittern sitzt.«

»Wieso nennen Sie meinen Mandanten ›Körper‹?«

»Wie würden Sie denn jemanden nennen, der versucht hat, Sie zu vergewaltigen?«

Montez blickte sie mit großen Augen an. »Wie ich ihn nennen würde? Na ja ...«

»Wie auch immer: Ich hab' keine Zeit!«

»Jeder Bürger dieses Landes hat ein Recht auf ein ordentliches Verfahren, liebe Frau Kommissarin!«

»Der muß warten. Morde gehen vor!«

»Keinen Haftbefehl? Keinen richterlichen Beschluß?« Montez schüttelte den Kopf und lächelte süffisant. »Ist das in der Hauptstadt so üblich?«

Der Anwalt stand jetzt vor ihrem Schreibtisch und öffnete seine braune Ledertasche. »Ich habe eine Beschwerde vorbereitet.«

Montez beugte sich vor. Tobal roch seinen Pfefferminzatem. »Muß es wirklich dazu kommen?«

Tobal sah den Anwalt scharf an. »Fühlen Sie sich eigentlich wohl in ihrer Haut?«

»Ich kann ja verstehen ...«

»Wie erklären Sie ihrer Frau, was Sie machen?«

»Meiner Frau?!«

Tobal bedauerte, daß sie sich zu diesem Disput hatte hinreißen lassen. Das Gespräch führte zu nichts und sie wußte, daß Montez Recht hatte. Sie verhielt sich nicht korrekt.

»Sie können ihn doch nicht im Keller schmoren lassen, Señorita. Er hat Rechte.«

»Dieser Körper ist ...«

»Wir werden uns um ihn kümmern«, unterbrach Herrera das Gespräch.

»Aber bitte, warten Sie nicht lange«, sagte Montez. »So schlimm war es ja auch nicht, was er getan hat.« Er lächelte Herrera an: »Oder?«

Bevor Herrera um seinen Schreibtisch herum gekommen war und sich auf den Anwalt stürzen konnte, hatte sich Tobal erhoben und drängte den Mann zur Tür. »Sie gehen jetzt besser, Señor Montez. Und Sie, Inspektor, fassen Sie mal zusammen, was wir diese Nacht an Fakten gesammelt haben!«

»Beide Fälle?« fragte der Herrera verdutzt.

»Wenn es geht, alle Fälle«, sagte Tobal verärgert.

Montez wartete unschlüssig an der Tür und beobachtete sie.

»Sie können gehen«, fuhr Tobal ihn an.

Ricardo und Santiago betraten das Zimmer. »Und?« fragte Tobal die Kriminalbeamten.

»Nichts«, sagte Ricardo.

»Keine Zeugen«, sagte Santiago.

Tobal biß sich auf die Lippen. Entweder waren die beiden zu dumm, um Hinweise zu finden. Oder es gab wirklich keine Zeugen. Acht Stunden Klinkenputzen, acht Stunden von Tür zu Tür, von Nachbar zu Nachbar. Und keine Hinweise?

»Ich gehe dann«, Montez klemmte sich seine Tasche unter den Arm. »Sie werden von mir hören.«

Tobal warf nervös ihre Haare zurück. »Fassen wir zusammen«, sagte sie. »Der Restaurantbesitzer ist ermordet worden. Wie der Priester gestorben ist, wissen wir nicht. Das wird sich aber bald herausstellen. Die Gerichtsmedizin wird was finden. Erzählen Sie mal, wie sich der Fall für Sie darstellt, Señor Herrera! Vielleicht haben wir am Tatort etwas übersehen.«

Der Inspektor verzog genervt das Gesicht. Es war nicht seine Art, Vorträge zu halten: »Also. Erster Tatort ist das Restaurant *Sehnsucht* am Leuchtturm. Der Besitzer, Hernandez Alberti, wurde gegen zwei Uhr von seiner Frau tot aufgefunden. Im Kühlhaus.«

Er sah Tobal fragend an. Er kam sich vor wie ein Schüler, der auf die Fragen seiner Lehrerin nicht die richtige Antwort wußte. Was gab es noch zu sagen?

»Der Leichnam hing neben Schweine- und Rinderhälften an einem Haken«, ergänzte Ricardo eifrig.

Santiago meldete sich zu Wort: »Die Haltung des Toten war seltsam ...«

»Ziehen Sie keine Schlüsse. Machen Sie eine nüchterne Bestandsaufnahme. – Mit dem Kopf nach unten hing er. Vergessen Sie nicht die Details«, unterbrach ihn die Chefin, »darauf kommt es bei der Aufklärung an.« Sie schrieb die Details in Stichworten unter den Namen des Toten an die Tafel.

Santiago fuhr fort: »Die Beine waren wie bei einem Knienden angewinkelt, als er gefunden wurde. Er hatte offensichtlich vor seinem Tod oder bis zu seinem Tod gekniet. Die Hände gefaltet. Wie beim Gebet. So war der Tote wohl an den Haken gehängt worden. Es ist nicht üblich, daß ein Mann, der lebend an einen Fleischerhaken gehängt wird, die Knie anwinkelt. Der hat anderes zu tun. Versucht sich zu befreien. Nicht, wie ein Yogi durch die Luft zu fliegen. Der will vom Haken runter.«

»Das bedeutet«, Tobal schrieb die Beobachtungen mit, »daß der Mann in dieser Haltung gestorben sein muß. Also hat ihn jemand dazu gezwungen. Und dann ist er vermutlich so eingefroren worden. Kalt genug war es im Kühlhaus.«

»Gut!« unterbrach ihn die Kommissarin, »und nun zu dem Priester«.

Herrera lief unruhig im Zimmer auf und ab: »Der Priester wurde heute morgen gegen sieben Uhr vom Orgelspieler entdeckt. Er lag auf dem Boden des Beichtstuhls. Keine äußeren Verletzungen. Offensichtlich ist er nicht durch Gewalteinwirkung gestorben. Vielleicht an Unterkühlung.«

»Inspektor«, mahnte Tobal, »bringen Sie die Fälle nicht durcheinander!«

»... ich meine, der Priester ist offensichtlich nicht wie Señor Alberti durch Unterkühlung gestorben. Sondern anders. Er hatte auch nicht die Hände gefaltet ...«

»Stimmt!« Tobal nahm die Fotos des Toten, die auf ihrem Schreibtisch lagen, und betrachtete sie. Der Polizeifotograf hatte schnell gearbeitet. »Was hat der Priester in der Kirche gemacht?«

»Keine Ahnung, es gibt keine Zeugen«, sagte Santiago. »War ja mitten in der Nacht. Da schleichen in Dolorosa nur noch die Kater um die Häuser. Und die haben was anderes im Sinn, als in die Kirche zu gehen.« Die Männer grinsten sich an.

»Er ist vermutlich zwischen drei und vier Uhr gestorben«, ergänzte Tobal. »Sagt jedenfalls der Arzt.«

»Sieht aber nicht nach Mord aus«, sagte der Inspektor, »Glück für uns. Aber klar: Der Priester hat die Hände nicht gefaltet. Nur wer die Hände gefaltet hat, ist ermordet worden.«

»Sie ziehen raffinierte Schlüsse aus dem, was Sie sehen«, sagte Tobal ironisch, »haben Sie auch mit dem anderen Priester gesprochen?«

»Der ist total fertig«, antwortete Herrera, »er wußte aber nichts.«

»Wo ist er in der Nacht gewesen?«

»Er hat geschlafen, Señora.«

»Glauben Sie ihm?«

»Ein Priester lügt nicht!« Antonio Herrera sah seine Chefin empört an. »So was gibt es nicht in Dolorosa.«

»Ich bin mir da nicht so sicher«, sagte Tobal. »Haben Sie die Haushälterin befragt?«

»Sie ist gestern abend zuhause gewesen«, meldete sich Santiago zu Wort. »Sie machte den Eindruck, als würde sie etwas verschweigen.«

»Wie kommen Sie darauf?«

»Sie wurde nervös, als ich ihr sagte, daß sie in der Nacht gesehen wurde.« Santiago blätterte in seinem Notizblock. »Dieser Reporter, dieser Bourbon, will Matilda in der Nacht auf der Plaza gesehen haben. Sie soll einen schwarzen Umhang getragen haben.«

»Besitzt sie einen?«

»Ich habe ihn in ihrem Wäschekorb gefunden.«

»Ich traue der Frau einen Mord nicht zu. Sie?«

»Vielleicht war sie die Geliebte des Priesters!« Herrera schrieb den Namen von Matilda auf einen Zettel, legte ihn neben die Zettel mit den Namen der anderen verdächtigen Personen auf Tobals Schreibtisch und sah seine Chefin wütend an. »Wenn ein Mensch ein so lasterhaftes Leben führt, ist ihm alles zuzutrauen. Auch Mord!«

* * *

»Moment! Ich muß ihnen die Augen verbinden!«

»Wollen Sie mich entführen?« fragte Tobal den Gerichtsmediziner, »ich denke, Sie stehen auf unserer Seite?«

»Da, wo wir hingehen, ist noch nie ein Fremder gewesen«, antwortete Professor Rasputin. »ich möchte nicht, daß jemand außer meinen nahen Angehörigen weiß, wo sich meine Höhle befindet. Sie soll keine Showhalle für Touristen werden. Ich will, daß sie in ihrem natürlichen Zustand erhalten bleibt.«

»Eigentlich wollte ich über ihre Untersuchungsergebnisse sprechen und keinen Abenteuerurlaub mit ihnen verbringen«, sagte Paloma. »Kann ein Mann wie Sie nicht ein normales Hobby haben? Klassische Musik? Eine Spielzeugeisenbahn? Meinetwegen auch Paragliding?«

»Mich faszinieren Höhlen. Und diese ist ein Prachtstück.«

Rasputin zog Paloma vorsichtig aus dem Auto und führte sie langsam über einen Weg. Sie gingen vielleicht fünf Minuten, plötzlich änderte sich die Lufttemperatur. War es draußen noch mindestens 40 Grad Celsius gewesen, so war es in der Höhle angenehm kühl. Paloma streckte ihre Hände aus. Sie spürte Stein und versuchte, sich an der Felswand entlang zu tasten.

»Vorsicht! Stufe! Sie müssen sich nicht fürchten. Ich führe Sie. Jetzt kommt eine steile Treppe mit schmalen Stufen. Hab ich selbst in den Stein geschlagen«, sagte Rasputin voller Stolz. Seine Stimme hallte an den Wänden der Höhle wider.

»Sie sollten den Beruf wechseln.«

»Dann müßten Sie in Zukunft auf meine Analysen verzichten.«

»Hat es sich gelohnt? Spannen Sie mich nicht auf die Folter, Professor!«

»Geduld. Geduld. Setzen Sie sich erst einmal, Señora!« Rasputin drückte Tobal sanft auf eine Steinbank.

»Sie sind die erste Fremde, der ich mein Geheimnis anvertraue«, erzählte Rasputin, während er ihre Augenbinde löste. Zuerst verschwommen, dann in aller Klarheit sah Paloma in die flimmernde Tiefe einer Tropfsteinhöhle. Tausende von Tropfsteinen, unterschiedlich lang und dick und in schillernden Farben hingen an der hohen Decke. Sie saß am Rand eines Sees, der in türkis und blaugrünen Farben schimmerte. Eine wunderbare unterirdische Landschaft. Das Wasser war so klar, daß sie bis auf den Grund und dort ungewöhnlich schöne Gebilde aus Fels und Stein sehen konnte.

»Mein Vater hat diese Höhle als kleiner Junge entdeckt. Wir haben nie jemandem davon erzählt. Unser Familiengeheimnis.«

»Warum verraten Sie es mir?«

»Weil ich Sie sehr mag, Señora. Wie meine Tochter, wenn Sie mir gestatten. Und weil ich weiß, daß Sie vor der größten und schwierigsten Aufgabe ihres Berufslebens stehen. Ich möchte, daß das, was ich ihnen gleich über ihren Täter erzählen werde, nicht ihre Wahrnehmung für das Schöne in dieser Welt verdeckt.«

»So zartbesaitet bin ich nicht.«

»30 Jahre dauert es, bis ein Stein um einen Zentimeter gewachsen ist. Hier hängen sie in Längen an der Decke, die man nur in Metern messen kann. Die Farben entstehen durch die Vermischung von Eisen- und Kupfersalzen.«

»Es sieht hier aus wie in einer Kapelle.«

»Ich nenne diese Höhle Kathedrale. Da vorn ist der Altar. Dort die Orgel mit Hunderten von Pfeifen.« Rasputin setzte sich neben sie und dirigierte mit seinen Händen vor ihrem Gesicht. »Dort der Beichtstuhl. Da das Altarbild.«

Tobal blickte Rasputin ernst an. »Sagen Sie mir, was Sie wissen.«

»Ich bin sicher, daß es sich bei allen Morden um ein und denselben Täter handelt. Ein geistig sehr reger, hochintelligenter, vom Auftreten her selbstbewußter Mann. Eine starke Persönlichkeit. Möglicherweise ist er sehr angesehen im Ort. Die stets in der gleichen Art gefalteten Hände sind zwar ein Hinweis auf schizophrenes Verhalten, doch würde ich dem zu diesem Zeitpunkt keine Bedeutung beimessen. Das ist ein Thema für die Gerichtsverhandlung, letztlich nur ein Plus für die Verteidigung des Täters. Die Schizophrenie ist vermutlich derart verkapselt, daß sie Außenstehenden kaum auffällt. Hier liegt eine seltene Mischung von gezielter Heimtücke, starkem Willen, einer Anfälligkeit für Theatralik und wirren Handlungen vor.«

Tobal beobachtete Professor Rasputin, während er sprach. Sie fand ihn faszinierend. Nicht nur wegen seines Aussehens. Seine Vorfahren kamen vermutlich aus Rußland, worauf ja auch sein Name schließen ließ. Er trug einen wallenden, grauen Bart und hatte Riesenhände, die besser zu einem Landarbeiter, als zu einem Wissenschaftler gepaßt hätten. Rasputin war einer der begabtesten Polizeipsychologen in Spanien und gleichzeitig ein erstklassiger Pathologe. Eine ungewöhnliche Berufskombination, die er damit erklärte, daß er Geist und Körper eines Toten und natürlich auch eines Täters verstehen müsse, um einen Kriminalfall beurteilen zu können. Das leuchtete Tobal ein, ebenso wie das, was der Professor ihr erzählte.

Rasputin hatte nicht nur die Toten obduziert, sondern auch die Akten und Fotos ausgewertet, die sie ihm geschickt hatte. Er vermutete, daß der Täter sehr gottgläubig, möglicherweise sogar im Umfeld der Kirche zu finden war. »Außergewöhnlich« nannte er die Art der Morde, die darauf schließen ließ, daß der Täter in zwei Fällen eine seltene Form der Gewalt angewendet habe: die rein psychische.

»Der Täter hat vermutlich weder Messer noch Pistole dabei gehabt und seine Opfer auch nicht angegriffen, gewürgt oder geschlagen. Der Bäcker ist eindeutig an einem Baiser erstickt und hat nicht den Versuch unternommen, das Gebäck aus seinem Mund zu entfernen. Das hätten mir Spuren am Tatort gezeigt. Reste von Teig und Speichel. Aber da war nur Erbrochenes.«

»Ein Psychomörder?!«

»Im besten Sinne. Hochgradig gefährlich. In Todesnot, bei einem Erstickungsanfall würde ein Opfer normalerweise versuchen, einen Kuchen auszuspucken. Selbst wenn der Täter mit einer Pistole droht. Hier hat jemand ungewöhnlich große psychische Macht über die Opfer gehabt. Möglicherweise hat der

Restaurantbesitzer vor seinem Tod gebetet. Insgesamt höchst ungewöhnliche Umstände.«

»Da bin ich ihrer Meinung. – Was ist mit dem Straßenbahnfahrer?«

»Kein Mord. Das war Selbstverschulden. Ein Unfall. Da bin ich hundertprozentig sicher. Ein Stromschlag. Er hat den Sicherungskasten geöffnet und versucht, eine Sicherung auszuwechseln. Er hat dabei ein loses Kabel angefaßt und ist von einem Stromschlag getroffen worden. Bei den dadurch ausgelösten Krämpfen hat er die Klappe des Kastens zugeschlagen. So war zunächst nicht zu erkennen, wodurch der Tod verursacht wurde.«

Ein Mord weniger, dachte Tobal. Ein wenig Glück mußte sie ja haben.

»Der Weinhändler ertrank in einem Faß Wein«, fuhr Rasputin fort. »Kein Zweifel. Ihm sind von unserem Psychokiller die Hände gefesselt worden.«

»Gibt es etwas, was alle Opfer gemeinsam haben?«

»Die wichtigste Erkenntnis ist, daß der Täter über den Weinhändler, den Bäcker und den Restaurantbesitzer enorme Macht besessen haben muß. Ein Druckmittel, das die Opfer zu unsinnigen, selbstzerstörerischen Handlungen verleitet hat. Das ist ein Ansatz für Sie, Paloma! Finden Sie das Druckmittel, und Sie haben den Täter.«

»Gab es nie Widerstand?«

»Nichts zu erkennen! So etwas habe ich niemals erlebt. Der Täter muß sie derart beeinflußt haben, daß sie keinen Widerstand gegen das Fesseln leisteten. Es gab nicht die Spur eines Kampfes an den Körpern.«

Paloma stand auf. Noch einmal schweifte ihr Blick über den See. Keine Welle bewegte die Wasseroberfläche. Ein silberner Glanz erhellte die Höhle. Kein Laut war zu vernehmen, nur der leise Atem von Rasputin neben ihr. »Hier würde ich gern ein Stück von Chopin hören«, sagte Paloma.

»Den Wunsch erfülle ich ihnen gern«, antwortete Rasputin, »wenn Sie mir auch einen Gefallen tun.«

»Welchen?«

»Fragen Sie die Angehörigen, ob Sie mir die Leichen überlassen. Ich möchte die Ermordeten so, wie sie gefunden wurden, meiner Sammlung einverleiben. Sie wissen ja, ich habe eine Kuriositätensammlung und bewahre ungewöhnlich Ermordete in großen, mit Alkohol gefüllten Glascontainern auf.«

»Mit allen wird's nicht klappen. Einer ist schon beerdigt. Aber ich werde versuchen, ob ich ihnen helfen kann«, sagte Tobal. »Wollen Sie mir nun wieder die Augen verbinden?«

»Können Sie schweigen?« fragte Rasputin.

Paloma nickte, und der Professor zeigte auf die Stufen, die zum Ausgang der Höhle hochführten.

»Ich vertraue ihnen. Sagen Sie niemandem, wo sich mein kleiner See befindet. Und für die Leichen haben Sie bei mir einen Riesengefallen gut«, rief Rasputin ihr nach.

Paloma war noch nicht weit gegangen, als sie vertraute Töne hörte. Es war die Melodie einer Polonaise von Chopin, die aus der Halle erklang. Es könnte eine Polonaise in A-Dur sein, dachte Paloma. Eine einfache Melodie, gleichmäßiger Rhythmus. Sie blickte sich um und wollte Rasputin danken. Doch sie schwieg, als sie beobachtete, wie der Professor gerade in seinen See stieg. Er war nackt.

* * *

»Das ist zu gefährlich!« Inspektor Herrera stellte sich Tobal in den Weg.

»Unsinn!« antwortete Tobal. Einen Moment überlegte sie, ob sie eine Waffe mitnehmen sollte.

»Lassen Sie mich gehen!« verlangte Herrera.

»Schluß damit. Ich gehe.« Tobal schob ihren Mitarbeiter zur Seite.

»Nehmen Sie wenigstens die Pistole mit«, rief Herrera hinter ihr her.

»Ich kann Waffen nicht ausstehen. Sie sind mir zu scharf geladen«, winkte Tobal ab. Sie arbeitete selten mit einer Waffe, obwohl sie während ihrer Dienstzeit bei der Polizei schon zweimal angeschossen worden war. Einmal wäre sie fast verblutet, weil der Rettungswagen so lange gebraucht hatte.

»Soll ich nicht wenigstens mitkommen«, bat Herrera.

»Sie will mich allein sprechen.«

»Es klang eher wie eine Männerstimme.«

»Eine herbe Frauenstimme würde ich sagen.«

»Ein anonymer Anrufer, der alles weiß? Da stimmt was nicht«, sagte Herrera besorgt.

»Er oder sie wird mich nicht gleich erschießen.«

Paloma fand es auch seltsam, daß die Anruferin sie unbedingt auf dem Landgut La Cochina treffen wollte. Aber in ihrem Beruf erlebte man vieles, daß schwer zu erklären war. Insgeheim hoffte die Kommissarin, daß es sich bei der Anruferin um die Ehefrau eines der Ermordeten handelte, die sich nicht traute, sie in Dolorosa anzusprechen. Vielleicht würde sie mehr über den Mißbrauch der Mädchen durch ihre Väter erfahren. Sie hatte die Mütter aufgesucht und sie vorsichtig verhört. Die Antwort war Schweigen. Abweisende Blicke. Entrüstung. Tränen. Der Schmerz der Frauen und Mädchen, die Vergewaltigungen als Betroffene oder als Mütter erlebten, war so alt wie das älteste Gewerbe der Welt. Ein Tabuthema, über das sich die Opfer nicht einmal mit ihrer Mutter oder der besten Freundin aussprachen.

Das Landgut lag in einem kleinen Tal in den Bergen am Meer. Tobal stellte den Wagen auf dem Parkplatz ab und ging über die von Apfelsinenbäumen gesäumte Allee zum Hauptgebäude. Sie würde sich bemerkbar machen, hatte die Anruferin gesagt.

Paloma stieg die Stufen zum unteren Teil des Restaurants hinab. Vorbei an der Kelterei und der großen Küche, der Brotkammer und der Backstube. Das Haus war ein Museum für Brauchtum und Handwerkskunst. Touristen schlenderten durch die Räume und betrachteten die Ausstellungsstücke. Weinfässer, Küchengeräte, alte Möbel. Die Finca gehörte einst den Zisterzienserpadres. Die hatten das Anwesen im 15. Jahrhundert von einer Adelsfamilie übernommen. Später verkaufte der Orden das Gut an einen Millionär aus England.

Tobal betrat das frühere Verlies. Sie setzte sich auf einen Stuhl und beobachtete die Folterinstrumente und das schmiedeeiserne, ausbruchsichere Kerkerfenster.

»Meine Tochter, möchtest du mehr über Deine Zukunft wissen?« Eine alte Frau schlurfte aus dem Halbdunkel des Raumes heran. Sie trug ein schwarzes Kleid, die silbergrauen Haare waren streng zu einem Knoten zusammengebunden. Sie wirkte müde, hatte einen gekrümmten Rücken, als hätte sie ein Leben lang auf dem Feld gearbeitet.

»Danke nein«, wehrte Tobal ab.

Die Alte sah Tobal eindringlich an. »Ich habe auf Sie gewartet.«

»Haben Sie bei mir angerufen?«

»Ja. Ich hatte heute nacht einen Traum, daß eine schöne Frau nach La Cochina kommen und mich nach dem Stand der Sterne fragen würde«, sagte die Alte. »Du bist diese Frau. Das spüre ich.«

»Sind wir uns schon mal begegnet?«

»Du stehst vor einem großen Rätsel ...«

Tobal lächelte. Es waren mehrere große Rätseln.

»Wenn du dieses Rätsel löst, werden sich auch privat die Lösungen ergeben.«

Paloma hielt nicht viel von Hellseherei. Sie legte keine Patiencen, sie verabscheute Horoskope und Gespräche über Affen und Drachen aus dem chinesischen Sterneneinmaleins. Doch die Frau faszinierte sie. Vielleicht besaß sie tatsächlich einen Zugang zu einer anderen Welt.

»Wovon sprechen Sie?«

»Ein Rätsel: Es besteht aus vielen kleinen Rätseln. Viele offene Fragen. Es fehlen Antworten. Es hängt vielleicht mit Deinem Beruf zusammen. Oder mit etwas außerhalb Deiner Familie. Die Lösung nicht zu finden, macht dich traurig. Sehr traurig. Ich weiß das«, die Alte kicherte, »ich wurde in meinen Träumen von einer schönen Katze geweckt. Sie hat stundenlang gejammert. Wie du in meinen Träumen ...«

»War ich eine Katze?«

»Du bist über das Dach unseres Hauses geschlichen. Stolz. Dunkel. Was für eine schöne Katze du warst. Und dann, dann bist du abgestürzt. Ein Fehltritt. Du bist über die glitschigen Ziegeln gerutscht und konntest den Fall erst in der Regenrinne wieder bremsen. Dann hast du keinen Mut mehr gehabt, weiter zu schleichen.«

»Was passierte dann?«

»Dann bin ich aufgewacht. Wohl vom Miauen der Katze vor meinem Fenster. Ich konnte nicht mehr einschlafen. Habe das Tier beobachtet. Stundenlang hat sie geschrien. Diese Katze hatte Deine Gesichtszüge.«

Die alte Frau drehte sich um. Paloma griff ihren Arm und hielt sie sanft zurück.

»Sagen Sie mir: Was kann ich tun, um das Rätsel zu lösen?«

Die Alte sah Paloma tief in die Augen, als könnte sie in ihnen lesen. Sie hatte eine grüne und eine braune Iris. »Fragen Sie die Kinder. Die Kinder sagen immer die Wahrheit.« Die alte Frau zog einen Schleier über ihr Gesicht.

»Welche Kinder?«

»Die der Toten. Sie besitzen die Lösung«, antwortete die Frau und verschwand in einer kleinen Tür in der Ecke, so lautlos wie sie gekommen war.

* * *

Verdammter Schinken! Sie haßte Serranoschinken. Paloma sah sich um, ob sie jemand beobachtete. Dann nahm sie die Schinkenscheiben und fütterte die schwarze Katze, die sich schnurrend an ihrem Bein rieb.

Das Mittagessen schmeckte ihr nicht. Es lag nicht an der Begegnung mit der Alten im Folterkeller; viel Neues hatte die ihr nicht gesagt, aber auch solche Begegnungen gehörten zum Alltag einer Kriminalbeamtin. Dagegen machte ihr die eigene Ungeduld, ihr Unvermögen, die Bilder in ihrem Kopf zu vergessen oder wenigstens richtig zu ordnen, zu schaffen! Mit den Mädchen hatte sie sich für den Nachmittag verabredet. Isabella wollte ein Treffen organisieren. Die schien ihr allmählich zu vertrauen.

Lustlos stocherte sie mit der Gabel in ihren Tapas. Sie hatte keinen Hunger auf Gebratenes und Gebackenes - Innereien, Leber, Hirn, Blumenkohlröschen, Auberginen und in Ölsud eingelegte Champignons. Sie sah die Augen von Padre Pedro vor sich. Schöne Augen. Ein sanfter, dunkler Blick, wie sie ihn mochte. Sie sah seine schmalen Hände - die gefalteten Hände!

Verdammt! War sie verrückt? Sie träumte von einem Priester, als wäre er ihr Geliebter. Dabei mußte sie genau das Gegenteil tun! Sie mußte ihn verhören! Sie mußte ihn vorladen! Vielleicht nicht offiziell durch einen Behördenboten, sondern persönlich. Paloma blickte auf ihre Uhr. Bis zum Treffen mit den Mädchen blieb noch Zeit. Sie könnte bei ihm vorbeigehen. Bring' ich's doch hinter mich, dachte sie.

Das Pfarrhaus lag nur wenige Minuten Fußweg von der Plaza entfernt. Als sie bei Salvadore vorbeikam, beschleunigte sie ihre Schritte. Sie grüßte kurz, ohne auf die Komplimente einzugehen, die er hinter ihr herrief.

Sie dachte an Pedro. Spürte ihre Hemmungen, dem Priester zu begegnen. Das große schwere Holztor zur Wohnhalle des Pfarrhauses war geöffnet. Durch die Scheiben des Windfangs sah sie den Priester in einem Schaukelstuhl sitzen. Sie klopfte gegen das Glas. Er winkte ihr zu und öffnete die Tür.

Pedro bat sie, Platz zu nehmen und entschuldigte sich, daß er gerade beim Essen war. Sie lehnte sein Angebot ab, etwas mitzuessen. Der Priester griff nach einem Teller auf einem Beistelltisch neben seinem Schaukelstuhl. Erst jetzt sah Tobal, was er aß. Serranoschinken! Rötlich frisch, mit einem schmalen Fettstreifen am Rand, hauchdünn geschnitten. Er verströmte einen intensiven, fleischig-würzigen Duft.

»Es ist schwer, einen Menschen zu verlieren, mit dem man längere Zeit unter einem Dach gewohnt und dem man vertraut hat«, sagte Padre Pedro. »Manchmal war er wie ein Bruder, dann wie ein Vater zu mir. Meistens war er ein Freund.«

»Haben Sie schon einmal eine Frau geliebt?« fragte Paloma. Erst als sie es ausgesprochen hatte, erschrak sie. Das war kein Thema für ein Gespräch mit einem Priester. Ein Padre war zur Enthaltsamkeit verpflichtet. Er würde wohl kaum Erfahrungen mit einer Frau gemacht haben.

Pedro reagierte nicht abweisend. »In meiner frühen Jugend. Da war ein Mädchen.«

Paloma spürte, daß Pedro nach Worten suchte.

»Verzeihen Sie«, sagte sie. »Ich wollte Sie nicht drängen ... Eigentlich meine ich auch, ob Sie sich gelegentlich mal nach Liebe sehnen?«

Auch das war falsch, dachte Paloma. Wenn es um Liebe ging, war sie ungeschickt. Schon immer.

Der Schaukelstuhl wippte langsam hin und her. Tobal schien es, als hätte Pedro ihre Anwesenheit vergessen.

»Padre«, sagte sie nach einer Weile, »ich muß Sie bitten, noch einmal zu mir ins Büro zu kommen. Wir müssen noch einmal über Padre Josés Tod sprechen. Wir suchen noch immer nach einer Erklärung.«

Pedro schien sie nicht gehört zu haben. Er blickte zur Decke hoch, als könnte er in den Maserungen der Holzbalken lesen wie in einem Buch.

»Ich werde kommen«, sagte Pedro nach einiger Zeit. Er schien bemerkt zu haben, daß Paloma log und sah sie mißtrauisch an. Der alte Priester war nicht ermordet worden. Das wußte sie, und so gab es eigentlich keinen Grund für eine Vernehmung. Sie hatte nur das Gefühl, daß Padre Pedro ein Schlüssel zur Klärung der Morde war.

»Haben Sie Angst vor dem Tod?« fragte Pedro.

Dachte der Priester an seinen toten Kollegen? »Mehr vor dem Leben«, antwortete sie.

»So schwer?«

»Zu leicht. Meine Karriere. Die Sympathie der Menschen. Der Freunde.«

»Wo sind ihre Freunde?«

»In der Hauptstadt. Sie warten auf mich. Sie wissen, daß sie mich nicht stören dürfen, wenn ich arbeite.«

»24 Stunden am Tag?«

»Ohne Pause.«

»Auch jetzt?«

Paloma antwortete nicht sofort. War es wirklich nur berufliches Interesse, das sie in das Pfarrhaus führte? »Ja! Ich möchte von ihnen mehr über die Menschen in Dolorosa erfahren. Ich will ihre Gewohnheiten und ihre Laster kennenlernen. Ihre Ängste. Ihren Frust.«

Wieder dieser skeptische Blick! »Zwischen zwei Leichen graben Sie im Müll?« fragte Pedro.

»Überall Fassade. Dahinter ist es zum Kotzen. Die Verlogenheit der Menschen stinkt zum Himmel!« Paloma lachte verlegen. »Verzeihen Sie, das war keine Anspielung auf ihren Chef.«

Sie erhob sich aus ihrem Sessel. »Das war's, Padre. Bitten kommen Sie in mein Büro. Vielleicht heute nachmittag?«

»Gern«, antwortete Pedro, aber warum fragen Sie nicht jetzt sofort?»

»Es muß von einem Kollegen protokolliert werden«, sagte Paloma.

»Ist es so schlimm?« fragte Pedro.

Paloma antwortete nicht.

* * *

Paloma saß mit den Mädchen in der Küche des flüchtigen Frederico zusammen. Isabella hatte Margarita, Monica und Renata zu sich eingeladen und servierte frisch gepreßten Orangensaft. Im Tal gehörte es zur guten Sitte eines Gastgebers, seinen Besuchern etwas zum Trinken anzubieten. Die meisten Bewohner ernteten die Apfelsinen in ihrem Garten, und so war es für sie ein preiswerter Begrüßungstrunk.

Paloma unterhielt sich zunächst mit den Kindern über ihren Alltag, dann wurde sie ernst: »Ich habe gehört, daß ihr den Mörder sucht. Das ist gefährlich!«

Isabella hob gelangweilt die Schultern. »Der bringt nur Männer um. Keine Kinder.«

»Wie kommt ihr darauf?«

Die Mädchen sahen sich verlegen an.

»Ihr habt doch einen Verdacht?« drängte Tobal.

Isabella nickte.

»Dein Vater ist es sicherlich nicht? Oder?«

»Que no! Natürlich nicht!« antwortete das Mädchen. Ihre dunklen Augen funkelten wütend.

»Wer dann?«

»Es hat mit den Händen zu tun«, begann Renata. Sie trug wieder einen dicken Pullover und schwitzte so stark, daß ihre Pickel im Gesicht rosa glänzten. »Die gefalteten Hände bei den Toten ...«

»... wir denken, daß jemand, der das bei Toten macht, etwas mit Gott zu tun hat.«

»Mit Gott?« fragte Paloma.

»Der betet vielleicht mit den Toten. Vorher ...«, sagte Monica.

»Wenn sie noch leben.« Margarita sah die Polizistin ernst an.

»Mein Vater hat das sicher nicht getan«, sagte Isabella, »der hat schon lange nicht mehr gebetet. Seit meine Mama tot ist. Bei ihrer Beerdigung zum letzten Mal. Früher war Mama oft böse, weil er nie in die Kirche wollte. Sie hat gesagt, ein Vater muß ein Vorbild sein für die Kinder. Manchmal ist er dann auch mitgegangen. Aber als Mama gestorben ist, da hat er nicht mehr gebetet. Siehst du, hat er gesagt, es hat ihr nichts genutzt, daß sie gebetet hat. Jetzt ist sie tot. Und dann hat er geweint.«

»Wenn dein Vater es nicht war«, fragte Tobal, »wer dann?«

»Vielleicht ein Priester?« Monica senkte den Kopf, als hätte sie etwas Schlimmes gesagt. Auch die anderen Mädchen blickten betreten zu Boden.

»Ein Priester?« Tobal zeigte sich überrascht, als wäre sie selbst noch nicht auf diese Idee gekommen. »Der bringt doch keine Menschen um?«

»Der betet mit den Menschen, bis sie tot sind«, sagte Margarita, »und faltet den Toten auch die Hände«.

»Margarita hat gesehen, wie Padre Pedro ihrem Papa die Hände gefaltet hat«, ergänzte Renata.

»Als er tot auf dem Parkplatz lag«, fügte Margarita leise hinzu.

»Auch die anderen Toten hatten die Hände gefaltet. Wir haben uns erkundigt. Das haben wir auch dem Inspektor Herrera gesagt.«

»Ich weiß ...«. Paloma sah Isabellas vorwurfsvollen Blick.

»Er hat uns nicht geglaubt.« Monica löste das Papier von einem Schokoladenriegel und biß hinein.

Isabella nickte zustimmend: »Wann glauben die Erwachsenen den Kindern schon mal was?«

»Er hat es mir erzählt«, bestätigte Tobal. Sie dachte an die letzten Worte des sterbenden Polizisten: »Der Padre ist ...«

»Das ist nicht alles.« Margarita sah ihre Freundinnen an. »Sollen wir ihr sagen, was passiert ist? Warum unsere Papas vielleicht sterben mußten?«

Die Mädchen nickten. Ihre Gesichter waren gerötet vor Scham und Verlegenheit. Tobal spürte die Anspannung. Sie erinnerte sich an die Ankündigung der Wahrsagerin: Die Kinder lösen das Rätsel. Paloma blickte von einem Mädchen zum anderen und lächelte. »Ich weiß, daß es manchmal sehr schwer ist, die Wahrheit zu sagen. Viele Menschen haben damit Probleme. Sie möchten zum Beispiel jemanden, den sie gut kennen, nicht verraten. Aber das geht nicht anders. Bei Mord darf niemand schweigen. Das ist eine schlimme Sache. Ihr wollt doch, daß der Mörder bestraft wird, oder? Dann muß man der Polizei helfen und alles, wirklich alles, sagen.«

Renata sprach als erste. Ihre Stimme zitterte: »Unsere Papas sind manchmal sehr böse gewesen.«

»Was meinst du damit«, fragte Paloma vorsichtig.

»Mein Papa ist abends zu mir gekommen. Ich mußte dann ganz lieb zu ihm sein und ihn streicheln«, sagte Monica leise.

»Meiner auch«, flüsterte Margarita.

Leise, verlegen und stockend berichteten die Mädchen der Kommissarin, was sie in den vergangenen Monaten und Jahren erlebt hatten. Sie sprachen über ihre Väter, die sich an ihnen vergingen, und dann über die Mütter, die das nicht sehen wollten. Über ihre Angst, wenn sie daran dachten, daß der Vater bald in ihr Zimmer kommen würde. Über die Verzweiflung, wenn sie alleine im Bett lagen und nicht wußten, was sie gegen den Mißbrauch machen könnten. Über ihre Schmerzen. Die körperlichen und die seelischen. Und sie sprachen über die Freude darüber, daß mit dem Tod der Väter die Qualen endlich ein Ende gefunden hatten und über die große Trauer, den Vater verloren zu haben und nun allein, ohne ihn, leben zu müssen.

Paloma hörte den Kindern zu. Mit jedem Satz, mit jeder Geschichte, die sie hörte, fühlte sie Kälte und Angst in sich aufsteigen. Es fiel ihr schwer, sich dagegen wehren und den Kindern zuzuhören. Erst als ihr Renata unter Tränen berichtete, wie sie von Ramon, Pérez, Gonzales und Alberti gemeinsam mißbraucht worden war, waren ihre Sinne wieder geschärft wie sonst, wenn sie jemanden verhörte.

»Es war ein Priester, der unsere Väter getötet hat«, sagte Renata leise. »Er wollte mir helfen. Ich habe nämlich in der Kirche gebeichtet. Weil doch mein Vater immer gesagt hat, daß ich schuld daran bin, wenn er diese Sachen mit mir macht.«

»Dann hast du gebeichtet, was Dein Vater getan hat, Renata?«

»Ja.«

»Ich auch«, sagte Monica.

»Und ich«, sagte Margarita.

»Und welchem Priester habt ihr das gebeichtet«, fragte Paloma vorsichtig und spürte ihre Furcht davor, daß gleich Pedros Namen fallen wurde.

»Padre Pedro«, sagten die Mädchen.

Paloma blickte langsam von einer zur anderen. »Seid ihr sicher? Padre Pedro?«

Die Mädchen nickten. Jetzt, wo der Name gefallen war, fühlte sie eine Veränderung in sich. Keine Gefühle mehr. Es war, als wäre sie aus einem Rausch erwacht. Padre Pedro! Zwei Worte! Und ein Traum, der noch nicht gewachsen war, wurde zerstört.

»Warum seid ihr da so sicher?« fragte Paloma noch einmal.

»Der alte Priester ist doch tot. Dann kann es doch nur Padre Pedro gewesen sein.«

Paloma stutzte: »Ihr meint, weil der alte Priester gestorben ist, kommt nur der junge als Mörder infrage? Ist das so? Ihr wißt es also nicht genau?«

Die Mädchen schüttelten verlegen den Kopf. Isabella sagte: »Aber daß es ein Priester ist, wissen wir genau.«

Paloma erhob sich. »Ich muß jetzt gehen, Kinder. Ihr habt mir sehr geholfen. Sollte euch noch etwas einfallen, kommt bei mir im Büro vorbei.«

Isabella begleitete sie zur Tür. Da kam Margarita hinter ihnen hergelaufen. »Da ist noch etwas. Mein Papi hatte ein kleines Kreuz mit roten Steinen. Aus Gold. Er trug es immer an einer Kette um den Hals. Ich weiß nicht, ob das wichtig ist für sie. Es ist weg.«

Ein Kreuz mit roten Steinen? Tobal überlegte, während sie zu ihrem Büro zurück ging, wo sie das Kreuz schon einmal gesehen hatte ...

* * *

Paloma stürzte zu Boden. Erschöpft und kraftlos blieb sie liegen. »Nur ein paar Sekunden! Bitte, ein wenig Schlaf nur«, bat sie.

Die Menschen um sie herum kannten kein Erbarmen. »Aufstehen! Aufstehen! Weiter! Weiter!« schrien sie. Das goldene Kreuz auf ihrem Rücken wog so schwer! Paloma kroch auf allen Vieren weiter. Kleine, spitze Steine rissen die Haut ihrer Knie auf. Sie bluteten. Die Zuschauer klatschten. Schweiß brannte ihr in den Augen. Wieder brach sie unter der Last des Kreuzes zusammen. Ihr Mund schlug auf den Asphalt auf. Durst! Sie versuchte, das Kreuz abzuwerfen. Das Metall polterte neben ihr zu Boden.

Paloma sah das Blut, das aus vier Öffnungen an den Enden des Kreuzes tropfte. Rubine rollten über die Straße. Sie wollte das Blut wegwischen, und erst da merkte sie, daß sie es selbst war, die aus großen Wunden blutete. Das Blut bedeckte ihren nackten Körper. Sie hob den Kopf und blickte in die Augen von Padre Pedro.

Paloma Tobal erwachte. Die Schreckensbilder der Nacht waren verschwunden. Tobal dachte an das Kreuz, das sie getragen hatte. Es erinnerte sie an etwas. Ja, an das kleine Kreuz von Padre Pedro. Das Kreuz des Polizisten Gonzales!

Hatte der dem Priester das Kreuz im Todeskampf heimlich in die Tasche geschoben? Sollte dieses Zeichen den Mörder entlarven? Oder hatte ein anderer das Kreuz heimlich in die Tasche des Priesters gesteckt, um den Verdacht auf den Ahnungslosen zu lenken?

Tobal lief zu dem kleinen Tisch am Fenster. Dort lag der Stapel mit den Fotos der beiden neuen Toten. Tobal sortierte die Bilder von Padre José heraus, die des toten Restaurantbesitzers legte sie zur Seite. Den Abend hatte sie damit verbracht, sich die Fotos anzusehen.

In der Vergangenheit brachte diese Methode öfter Erfolg. Bei einem Mord in Madrid überführt das Studium der Fotos den Täter. In einer Ecke, halb verdeckt von einem Vorhang, hatte ein Ehering gelegen. Darin war ein Name eingraviert. Der Name des Täters. Das Opfer hatte dem Täter im Todeskampf den Ring abgestreift. Auf den Fotos war dieser Ring als etwas Glänzendes, wie ein Fehler bei der Filmentwicklung, zu sehen gewesen. Sie besichtigte den Tatort noch einmal. Der Mörder bedankte sich, als sie ihm den Ring übergab. Er hatte ihn noch gar nicht vermißt.

Die Abzüge aus der Kirche in Dolorosa waren nicht sehr gut geraten. Tobal griff zu ihrem kleinen Diktiergerät und hörte ihre Beschreibung der Bilder vom Vorabend ab. Die Methode hatte sie selbst entwickelt. Doppelte Sicherheit! Sie betrachtete die Fotos und sprach das, was sie feststellte, auf Band.

»Der Kirchenbereich rund um den Beichtstuhl ist sehr dunkel. Das Gesicht des toten Priesters ist kaum zu erkennen. Der Tote liegt in sich zusammengesunken in der Ecke des Beichtstuhls. Die Beine eingeknickt. Der Kopf nach vorn halb auf der rechten Schulter. Nirgendwo Blutspuren.« Das Band lief eine Weile stumm weiter. Sie hörte, wie sie sich ein Glas Wein eingoß. Sie hatte gestern abend eine ganze Flasche Wein getrunken. Ein wenig zuviel. Dann ihre Stimme: »Der Vorhang ist zur Seite geschoben und auf das Dach des Beichtstuhls gelegt worden. Vermutlich hat das der Fotograf gemacht. Ein Fehler von ihm. Das muß ich ihm noch sagen. Die schmale Tür zur Kabine des Priesters ist geöffnet. Man sieht ...«

Tobal stoppte das Band. Sie betrachtete das Foto genau. Millimeter für Millimeter prüfte sie die Darstellung der Beichtkabinen. Natürlich! Das war es! Sie ließ das Band noch einmal zurücklaufen.

»... Die schmale Tür zur Kabine des Priesters ist geöffnet. Man sieht ...«

Stop. Das war es! Padre José lag gar nicht in der Kabine des Priesters, sondern auf der Seite des Beichtenden. Er lag neben dem Brett, auf dem die Beichtenden knieten. Die Kabine des Priesters verfügte über eine Sitzgelegenheit. Das konnte nur heißen, daß ein anderer Priester ... Padre Pedro! Er hatte dem älteren Kollegen die Beichte abgenommen! Er hatte im Beichtstuhl gesessen. Warum hatte Pedro nicht den Arzt gerufen? Nach Meinung der Spurensicherung war Padre José in dieser Kabine, in der er vom Orgelspieler gefunden worden war, gestorben. Es gab keinen Hinweis auf einen Kampf. Keine Schleifspuren. Keinen Kratzer im Holz.

Tobals Blick fiel auf einen anderen Ausschnitt des Fotos: Die Hände des alten Priesters. Sie waren nicht gefaltet. Eine Hand lag auf dem Fußboden, die andere hinter seinem Kopf. Kein Hinweis auf einen gewaltsamen Tod. Der Geistliche war offensichtlich nicht ein weiteres Opfer der Mordserie. Also kein Mord? Kein Mörder? Aber warum hatte Padre Pedro dem toten Kollegen dann nicht die Hände gefaltet? Er war in der Todesstunde bei Padre José gewesen, zumindest aber einer der ersten am Tatort. Noch vor der Polizei war er vom Orgelspieler benachrichtigt worden. Als die Polizisten in der Kirche eintrafen, kniete Pedro neben dem Leichnam von Padre José.

* * *

Sie würde Padre Pedro nicht auffordern, zu ihr ins Büro zu kommen! Nicht noch einmal! Sie würde ihn gleich mitnehmen! Er war gestern nicht auf dem Kommissariat erschienen, und Paloma ärgerte sich darüber. Heute morgen war die Frühmesse ausgefallen, erfuhr sie in der Kirche von dem Küster. Das erste Mal seit über 50 Jahren, so erzählte er, mußte er die Leute nach Hause schicken.

Paloma spürte ihre Nervosität, als sie sich dem Pfarrhaus näherte. Es war nicht allein das Jagdfieber, das Gefühl, der Aufklärung des Falles sehr nahe zu sein. Gleichzeitig sorgte sie sich um Pedro.

Sie klopfte mit dem schmiedeeisernen Kreuz, das als Handgriff in der Mitte Tür angebracht war, gegen das Holz. Die Tür öffnete sich knarrend. Tobal betrat die im Dämmerlicht liegende Wohnhalle. In der Küche schien Licht und sie rief: »Ist da jemand? Padre Pedro! Ich bin es. Paloma Tobal.«

Er schien sie nicht zu hören. Sie überlegte, ob sie weitergehen sollte. Sie fühlte sich wie eine Einbrecherin an einem Ort der Verschwiegenheit, der Ruhe und des Friedens. Unsinn, dachte sie. Die Wohnungen von Priestern sind nicht heiliger, als die von anderen Männern.

»Buenos Dias, was wünschen Sie?«

Eine Frau stand im Türrahmen zur Küche. Tobal erkannte die hagere Gestalt. Die Haushälterin.

»Ich bin Kommissarin Tobal. Ich möchte Padre Pedro sprechen.«

»Er ist nicht da.«

»Es ist dringend. Wo finde ich ihn?«

Die Frau drehte sich um und ging zurück in die Küche. Tobal hörte das Geschepper von Töpfen und Geschirr und folgte der Frau.

»Man sagt mir nicht, wo man hingeht. Ich weiß nichts.« Sie stand vor dem kleinen Spülstein in der Ecke und reinigte mit einer Scheuerbürste einen Topf.

»Er war heute morgen nicht in der Kirche.«

»Ich weiß. Hat sich ja alles verändert.«

»Ist was passiert?«

»Weiß nicht. Seit Padre José nicht mehr ist, kenne ich das Haus nicht mehr wieder.«

Die Frau spülte braunes Keramikgeschirr. Offensichtlich hatte Pedro am Morgen gefrühstückt.

»Wann ist er fort?«

Keine Antwort.

»Nach dem Frühstück?«

»Er hat nicht gefrühstückt.«

»Und das Geschirr?«

»Meins. Das Essen gehört hier zum Lohn.«

Paloma Tobal spürte, daß sie auf diese Art nur wenig erfahren würde. »Ich mache mir Sorgen um ihn.«

Die Haushälterin hielt mit dem Reinigen des Geschirrs inne. Tobal sah nur ihren Rücken, aber sie war sicher, daß die Frau überlegte, ob sie ihr vertrauen könne. Langsam blickte sich die Frau um und sah Paloma in die Augen und lächelte verlegen.

»Er ist früh fort. Das hat er noch nie gemacht.«

»Wohin wollte er?«

»Hat gesagt, daß heute keine Messe stattfindet. Wollte wandern.«

Paloma war überrascht. »Er wandert? Macht er das öfter?«

»Nein. Noch nie. Ich fand es auch komisch. In Turnschuhen in die Berge. Das machen nur Touristen«, sagte die Frau, »und manche kommen dann nicht mehr zurück. Oder nur auf einer Bahre«.

»Welchen Weg nimmt er«, fragte sie. »Hat er ihnen das gesagt?«

»Den an der Küste. Am Turm Vallrosa in Richtung des Touristenstrandes. Das hat er jedenfalls gesagt. Wo genau, weiß ich nicht. Aber wenn er dort ist, gibt es nur einen Weg. Ein schmaler Pfad. Oben am Berg. Hoch über dem Meer. Es ist gefährlich dort.«

»Danke.« Tobal verließ die Küche. In der Halle streifte ihr Blick den Schaukelstuhl, Pedros Lieblingsplatz. Neben dem Stuhl glitzerte etwas. Sie sah nach: ein kleines Kreuz. Ein Kreuz mit vier roten Steinen. Sie erkannte es sofort. Das war das Kreuz von Gonzales.

Tobal verließ das Pfarrhaus und schlug den Weg zu den Klippen ein. Ihre Faust in der Jackentasche umklammerte das kleine Kreuz.

* * *

»Verdammt! Dieser scheiß Weg!« Sie hätte Wanderstiefel anziehen sollen! Aber was machte sie: Kletterte mit einem dünnen Rock und einer leichten Jacke bekleidet und mit Sommerschuhen an den Füßen den Berg hoch. Der schmale Pfad, der hinauf zu den Klippen führte, war steinig und uneben. Immer wieder stolperte sie. Die scharfen Kanten der Steine drückten sich durch die Sohlen ihrer Schuhe. Ihre Füße schmerzten.

Hoffentlich würden bald die Kollegen von der Wasserschutzpolizei, die sie alarmiert hatte, mit einem Hubschrauber kommen. Aber bis der von der Marinebasis hier war, würde noch einige Zeit vergehen.

Weiter! Nicht aufgeben! Ein früherer Chef hatte ihr bescheinigt, das Gespür einer Wildkatze zu besitzen, die ihr Opfer so lange verfolgt und nicht eher von ihm abläßt, bis es zur Strecke gebracht ist.

Tobal hatte weniger Angst, Padre Pedro zu finden, als vielmehr, zu spät zu kommen. Sie ging schneller. Sie wollte ihn nicht tot zurück bringen. Zur linken Seite blickte sie in den Abgrund. Ein Hochhaus tief fielen die Felsen steil zum Meer ab. Einige gezackte Vorsprünge hier und da. Ein paar magere Büsche, die es geschafft hatten, sich an die Klippen zu klammern und ihre Wurzeln in Felsspalten zu pressen. Manchmal bröckelten Steine aus dem schmalen Weg und stürzten in die Tiefe. Nirgends entdeckte sie einen Pfad, den man zum Meer hinuntergehen konnte. Paloma hielt sich zum Schutz gegen die blendenden Sonnenstrahlen die Hand über die Augen und versuchte, auf dem Weg vor sich etwas zu erkennen. Kein Mensch, so weit sie blicken konnte. Der einzige Weg, den es hier oben gab, verschwand nach einigen hundert Metern in einer Mulde, um kurz danach wieder aufzutauchen und dann erneut hinter Felsen zu verschwinden.

Die Sonne brannte auf ihrer Haut. Kein Wind. Die frühe Hitze des Tages ließ ahnen, welche Temperaturen hier am Mittag herrschen würden. Sie achtete nicht auf ihre Schmerzen. Mal lief sie schnell, dann wieder mit schwerem, bedächtigem Schritt, wenn es bergan oder steil abwärts ging. Minute um Minute, eine Stunde und noch eine zweite.

Dann sah sie ihn! Sie wußte sofort, daß der kleine dunkle Strich ein paar Kilometer vor ihr nur Pedro sein konnte. Der Punkt wurde größer und größer und nahm allmählich Konturen an. Manchmal verschwand er für Minuten in einer Senke des Weges. Dann hatte sie Angst, daß dem Verfolgten etwas zugestoßen sein könnte. Daß er abgerutscht war oder sich über die Klippen gestürzt hatte.

Tobal schwitzte stark. Ihre Augen brannten. Sie atmete schwer. Sie wollte gerade stehenbleiben und sich kurz ausruhen, als sie ihn endlich deutlich vor sich sah. Keinen Kilometer mehr entfernt. Er hatte sich auf einen Felsvorsprung gesetzt, der einige Meter weit über den Abgrund hinausragte. Das spornte sie an. Sie lief schneller. Er schien sie nicht bemerkt zu haben, und sie wollte die Situation nutzen, ihn zu überraschen. Als sie von hinten auf ihn zuging, drehte er sich erschrocken um. »Señora Tobal! Was machen Sie hier?«

»Ihre Haushälterin sagte mir, daß ich Sie hier finden würde«, antwortete Tobal ganz außer Atem.

»Was ist so wichtig, daß es nicht Zeit hat bis zu meiner Rückkehr?«

»Ich habe befürchtet, daß das eine Ewigkeit dauern könnte. Etwas lang. Ich bin von einem weltlichen Gericht beauftragt.«

Tobal glaubte einen Moment lang ein Funkeln in seinen Augen zu erkennen. Etwas wie Wut. Sie wußte den Blick nicht genau zu deuten. Besorgt stellte sie fest, daß sie ihre Pistole besser mitgenommen hätte.

»Verfolgen Sie mich?«

»Isabellas Vater ist kein Mörder.« Paloma zog das kleine goldene Kreuz aus der Tasche hervor. »Kennen Sie das?«

Pedro zögerte mit der Antwort. Es schien ihr, als habe er das Kreuz erkannt und suche nach einer Antwort, die sie überzeugen würde.

»Sie wissen es doch«, antwortete er unsicher. »Ich fand es in meiner Tasche.«

»Es gehörte einem Toten. Gonzales. Auf dem Parkplatz am Leuchtturm wurde er bestialisch ermordet.«

Sie beobachtete ihn. Sie wartete auf eine Reaktion, ein verräterisches Zeichen. »Warum sind Sie gestern nicht zu mir ins Büro gekommen? Wir waren verabredet. Warum haben Sie die Messe heute morgen ausfallen lassen?«

Pedro atmete schwer, als seien ihm die Fragen lästig.

Paloma stand auf und sah Pedro eindringlich an: »Ich war bei ihnen im Pfarrhaus. Sie waren bei Padre José, als er starb. Sie waren in der Kabine des Priesters, er in der des Beichtenden. Worüber haben Sie gesprochen, bevor er starb?«

Der Priester blickte hinaus aufs Meer.

»Padre! Sprechen Sie!«

Tobal setzte sich so, daß sie ihn im Auge behalten konnte. Sie war wachsam, jederzeit bereit, einen Angriff abzuwehren. Sie stellte ihm weitere Fragen. Er antwortete nicht. Nicht auf ihre Frage nach einem Alibi in den Mordnächten. Nicht nach den Gründen für die Morde. Er zeigte auch keine Regung, als sie ihm von dem Mord an dem Restaurantbesitzer erzählte und beschrieb, wie sie seinen Leichnam zwischen Rinder- und Schweinehälften gefunden hatten. Sie sprach von den Kindern, die ihre Väter verloren hatten. Sie fragte ihn, was er Isabella erzählen würde, die gehofft hatte, daß er ihr den Vater zurückbringen würde.

Sie saßen fast eine halbe Stunde auf dem Felsvorsprung. Tobal war froh, daß sie sich ausruhen konnte. Der Rückweg würde beschwerlich sein. Doch dann bemerkte sie die dunklen, schwarzen Wolken, die sich der Küste näherten. Ein Unwetter! Sie stand auf. »Lassen Sie uns gehen, Padre.«

Er ging langsam vor ihr den Weg zurück, den sie gekommen waren. Tobal drängte ihn, schneller zu gehen: »Es zieht ein Gewitter auf!«

»Bin ich verhaftet?« fragte Pedro, ohne sich umzublicken.

»Ja! Sie dürfen schweigen. Alles was Sie sagen, kann gegen Sie verwendet werden.«

»Wollen Sie mir keine Handschellen anlegen?«

»Ich hoffe, daß das bei ihnen nicht nötig ist«, sagte Tobal.

Wo nur der Hubschrauber blieb? Tobal zwang sich, die Schmerzen an ihren Füßen zu ignorieren. Dann begann das Gewitter. Die Kommissarin und der Priester, beide unerfahren in den Bergen, wurden von den Naturgewalten überrascht. Einen Moment noch irritierte die plötzlich einsetzende Windstille. Dann folgte mit einem tosenden Schlag der Sturm. Wind trieb das Wasser gegen die Klippen und peitschte die Gischt vor sich hoch bis auf die Felsen. Innerhalb weniger Minuten war der Steinweg naß und glitschig.

»Wir müssen uns irgendwo unterstellen«, rief Tobal.

Pedro schien sie nicht zu hören und schritt unbeirrt weiter. Der Sturm zerrte an seiner Kleidung, die wie ein gerafftes Segel um seinen Körper flatterte. Tobal konnte kaum mit ihm Schritt halten. Mit ihren flachen Schuhen stolperte sie immer wieder, rutschte auf den nassen Steinen aus. Für Sekunden verschwand Pedro vor ihr hinter einem Felsvorsprung. Tobal rannte los, besorgt, der Gefangene könnte ihr doch noch entkommen. Sie achtete nicht auf den Weg, sah nicht, daß die Steine des Pfads an einer Stelle locker waren. Sie hatte den Felsen, hinter dem der Priester verschwunden war, fast erreicht, als unter ihren Füßen der Boden wegbrach. Sie griff nach dem Buschwerk, das an ihrer Seite aus einem Felsspalt wuchs. Sie verlor den Halt, rutschte den Abhang hinunter. Verzweifelt gruben sich ihre Hände in das Erdreich und rissen vergeblich an den spärlichen Pflanzen. Ihr Blick klammerte sich an den sicheren Felsvorsprung, der nur wenige Zentimeter von ihren Fingerspitzen entfernt war und den sie doch nicht mehr erreichen konnte.

»Pedroooo!!«

Sie spürte, daß ihre Füße immer mehr Halt verloren. Der Boden bröckelte unter ihr weg wie ein ausgetrockneter Kuchenteig.

»Pedrooo«, schrie sie. Wie in Zeitlupe rutschte sie Zentimeter für Zentimeter weiter den Abhang hinunter. Ein kleines Stück Fels ragte neben ihrer linken Hand aus dem Erdreich heraus. Sie griff danach. Endlich! Ein fester Halt. Der rechte Fuß fand eine Wurzel als Stütze. Gott sei Dank!

»Paloma!«

Pedro kniete über ihr und streckte ihr die Hand entgegen. Regen und Wind peitschten in sein Gesicht.

»Gib mir deine Hand.«

Wenige Zentimeter nur trennten seine und ihre Hand. Paloma wollte die rettende Hand ergreifen, als sie seine Augen sah. Sie waren kalt und starr.

Sie hielt inne.

»Paloma! Deine Hand! Bitte!«

Unter ihren Füßen rutschte wieder etwas Erde weg. Nun hing sie nur noch mit einer Hand an dem Felsvorsprung.

»Paloma! Verdammt! Deine Hand!«

Wenn er mich hier tötet, hat er gewonnen.

»Paloma! Bitte!«

Ich muß ihn so fassen, daß er mich nur hochziehen kann oder mit mir in die Schlucht stürzt.

Erde rutschte über ihren Kopf. Sie hob die rechte Hand. Nur wenige Zentimeter noch. Er streckte sich weiter vor, hing jetzt halb über den Abgrund. Pedro griff ihr Handgelenk. Jetzt hat er mich da, wo er mich haben wollte. Er kann mich fallenlassen!

Da war kein Halt! Ihre linke Hand hatte den Felsen losgelassen. Sie rutschte. Ihr Körper beschleunigte im Fall. Sie spürte Schläge gegen den Kopf. Gegen Oberschenkel, Bauch und Brust. Dann versank sie in Dunkelheit.

* * *

Paloma zitterte. Ihr ganzer Körper schmerzte. Oberschenkel. Arme. Brust. Sie fühlte sich wie gelähmt. Eine Hand strich über ihre Stirn, über die Haare bis zu ihrem Hinterkopf und zum Nacken. Sie öffnete die Augen und sah ein Gesicht, das sich über sie beugte. Erst nach einigen Sekunden erkannte sie, wer es war. Padre Pedro! Er kniete neben ihr und hatte ihren Kopf auf seine Oberschenkel gebettet.

»Keine Angst«, beruhigte er sie.

»Wo sind wir?« fragte Tobal.

»Unterhalb des Wegs. Hier sind wir erst mal vor dem Sturm sicher.«

Tobal sah sich um. Sie befanden sich in einer kleinen Felsnische. Mit seinem Körper verdeckte Pedro den Ausgang und schützte sie so vor dem Sturm.

Der Regen prasselte auf seinen Rücken.

»Wie geht es mir?« fragte Paloma und versuchte zu lächeln.

»Eine Beule an der Stirn. Eine geplatzte Augenbraue. Eine verschrammte Nase«, antwortete Pedro, »ich hoffe, daß Sie sich nichts gebrochen haben«.

Paloma versuchte, sich zu bewegen. Sie gab ihr Vorhaben schnell wieder auf. »Mir tut alles weh.«

»Nach dieser Rutschpartie!«

»Bin ich tief gefallen?«

»Etwa zehn Meter. Wir haben Glück gehabt. Unser Sturz endete hier auf dem Felsvorsprung.«

Paloma versuchte sich zu erinnern. »Sie haben mir geholfen. Warum?«

»Ist das nichts selbstverständlich?«

»Sie hätten flüchten können. Eine gute Gelegenheit.«

»Ich habe mir Sorgen um Sie gemacht.«

»Danke.« Paloma sah, daß er lächelte.

»Haben Sie an Flucht gedacht?«

»Ich kann keinen Menschen am Abgrund zurücklassen.«

»Sie hätten sich retten können. Sie stehen unter Mordverdacht. Auf einen Menschen mehr oder weniger kommt es doch nicht an.«

»Das, was da in letzter Zeit passiert ist, hat viel mit meiner Kindheit zu tun. Ich darf ihnen nicht den Grund sagen, warum die Männer sterben mußten. Das fällt unter das Beichtgeheimnis. Aber ich kann ihnen etwas von mir erzählen. Eine Geschichte, nein, ein schreckliches Erlebnis aus meiner Kindheit. Es ist wie ein Gleichnis. Und vielleicht verstehen Sie dann, warum die Männer tot sind. Und vielleicht verstehen Sie mich dann auch ein wenig.«

»Sie haben sie also getötet?« Paloma wollte endlich die Wahrheit hören.

»Mein Vater war ein einfacher Mann. Er hat mir viele gute Ratschläge gegeben. Oft sagte er: Der Himmel hilft niemals denen, die nicht handeln wollen. Erst später, im Priesterseminar, habe ich erfahren, daß es sich um einen Gedanken von Sokrates handelte. Als Kind habe ich geglaubt, daß mein Vater die schlauen Sprüche erfunden hat. Unter seinem Rat, daß der Himmel niemandem hilft, der nicht aktiv ist, habe ich mein Leben lang gelitten.«

Padre Pedro schloß für einen Moment die Augen, als wollte er sich auf das Bild des Vaters konzentrieren. »Nein, das ist falsch! Ich leide noch immer darunter.«

»Als kleiner Junge habe ich etwas Schreckliches erlebt. Viele Jahre hatte ich es vergessen. Das ist, wie Sie vielleicht wissen, normal, daß sich Opfer manchmal dagegen wehren, die Erinnerung zuzulassen.«

Pedro erzählte ihr von einer kleinen Freundin, die er eines abends aufgesucht hatte, um Abschied von ihr zu nehmen. »Wir wußten: Ich durfte nicht in ihrem Zimmer sein. Wir hörten, wie jemand die Treppe hochkam. Ich versteckte mich in einem Kleiderschrank. Und dann, dann geschah es. Ich mußte mit ansehen, wie sie von ihrem Vater mißbraucht wurde.«

Paloma spürte, wie zu den Schmerzen die Kälte kam.

»Es war eine schreckliche Situation. Ich stand zwischen den vielen Kleidern meiner Freundin. Das Bett, auf dem sie lag, knarrte. Ein schreckliches Geräusch. Bis heute kann ich es nicht ertragen, wenn ein Bett knarrt. Der Vater lag auf ihr. Ich sah in Nenas Augen.«

Paloma sah ihn entsetzt an! Tränen liefen über ihre Wangen. Pedro bemerkte es nicht. Er starrte in die Luft, als würden dort die Bilder der Erinnerung wie auf einem Monitor ablaufen.

»Du sprichst von meinem Vater. Du hast mich damals Nena genannt. Nena, kleine Freundin«, schluchzte Paloma.

Pedro nickte. »Ja! Nena hieß sie. Und ich hieß bürgerlich Miguel, bevor ich in die Kirche eintrat!«

»Miguel!«

Erst jetzt begriff Pedro. Er beugte sich vor. »Ich wußte ja nicht ... ich wollte nicht ... ich hätte das nicht erzählt. Nena?! Tut mir leid ... verzeih mir«, stammelte er.

Paloma antwortete nicht. Sie fühlte sich wie ein Kind, das gerade eine schreckliche Nachricht erhalten hat. Die Bilder einer schrecklichen Kindheit ...

Sie saßen nebeneinander. Redeten. Schwiegen. Zeit verging.

Als Paloma die körperlichen Schmerzen wieder spürte, schien die Sonne und warf ihre Strahlen auf den Felsvorsprung, auf dem sie kauerten.

»Miguel«, sagte Paloma und löste sich aus der Umarmung. »Wir müssen gehen. Es wird Zeit.«

»Ich weiß. Bald ist Abend. Im Dunkeln ist der Weg besonders gefährlich.«

»Es fällt mir so schwer, das zu tun, was ich tun muß.«

»Ich weiß«, beruhigte er sie, »aber es ist richtig so. Laß mich nur eins sagen. Immer wenn ich mich an damals erinnerte, habe ich mich schuldig gefühlt. Als Feigling, als Versager. Und ich mußte daran denken, was mir mein Vater gesagt hatte: Der Himmel hilft niemals solchen, die nicht handeln wollen.«

»Ich verstehe dich«, sagte Paloma, »und es tut mir sehr leid, daß unser Wiedersehen so endet. Aber ich bin es nicht, die entscheidet. Laß uns gehen. Bitte.«

Pedro kroch vor ihr aus der Höhle. Mühsam zog er Paloma Zentimeter für Zentimeter den Abhang zum Weg hoch. »Dieses Mal lasse ich dich nicht im Stich. Ich gehe freiwillig mit dir ins Gefängnis. Vergiß Miguel. Ich bin der Mann, der vier Morde begangen hat.«

* * *

Inspektor Herrera saß an seinem Schreibtisch und versuchte vergeblich, die Kinder zu bewegen, ihn endlich in Ruhe zu lassen.

»Wir warten, bis die Kommissarin kommt«, sagte Isabella trotzig. Margarita, Monica und Renata nickten zustimmend. »Sie haben uns schon mal nach Hause geschickt«, sagte Monica. »Und der Kommissarin nichts gesagt«, maulte Renata. Der Inspektor versuchte, sich auf die Akte zu konzentrieren, die vor ihm auf dem Schreibtisch lag. Doch er war so durcheinander, daß er kaum die Buchstaben entziffern und erst recht nicht die komplexen Zusammenhänge der Sätze begreifen konnte. Er nahm den Telefonhörer und wählte die Nummer der Polizeiwache. Zum wiederholten Mal erkundigte er sich, ob die Tobal endlich gefunden worden war. Noch immer gab es keine Nachricht von ihr. Er machte sich Sorgen und fragte sich, ob ihr etwas zugestoßen war. Sie war am Morgen nicht zum Dienst erschienen. Dann hatte die Wasserschutzpolizei angerufen, daß ihr Hubschrauber defekt sei und man die Polizei in Dolorosa nicht unterstützen könne. Er wußte gar nicht, was die Kollegen damit meinten. Am Mittag war er in das Hotel gegangen, in dem Tobal wohnte, doch hatte er sie dort nicht angetroffen.

Er überlegte gerade, ob er Tobal von den Kollegen der Policía Local oder der Guardia Civil suchen lassen sollte, als die Tür geöffnet wurde. Kommissarin Tobal und Padre Pedro traten ein. Mit ihrer dreckigen, durchnäßten Kleidung setzten sie sich auf die Stühle neben dem Schreibtisch des Inspektors. Herrera schaltete die Kaffeemaschine an.

Die vier Mädchen sprangen auf und Isabella ergriff die Initiative. »Padre, sagen Sie, daß mein Vater unschuldig ist?« flehte sie, »er hat ihnen doch nichts getan. Sie haben versprochen, daß Sie ihm helfen wollen.«

»Warum sagen Sie nicht ..., daß Sie die Männer getötet haben«, rief Renata und hielt sich erschrocken die Hand vor den Mund, als könnte sie die Worte aufhalten, die den Priester stärker trafen als Sturm und Schmerzen auf den Klippen.

»Ja. Sie waren es!« flüsterte Margarita.

Herrera versuchte, die Kinder aus dem Raum zu drängen. Doch Pedro hielt ihn zurück: »Die Kinder haben das Recht auf eine Antwort.«

Er ging vor ihnen in die Hocke. »Dein Vater, Isabella, ist unschuldig! Du mußt dir keine Sorgen mehr machen. Er wird nicht mehr gesucht werden. Schon bald wird das in den Zeitungen stehen. Er wird es lesen und dann zu dir zurückkommen.«

Isabella standen die Tränen in den Augen. Dann drängte sich Monica vor. »Warum haben Sie meinen Papi getötet?« schluchzte sie mit zittriger Stimme. »Ich wollte ihn nicht verlieren«.

»Ich habe nicht gebeichtet, weil sie meinen Papi töten sollten«, sagte Margarita. »Ich hab' ihn doch lieb gehabt.«

Wütend und traurig zugleich sahen die Mädchen den Priester an.

»Es tut mir leid«, stammelte Pedro. »Ich kann euch nicht helfen.« Er sah sich nach Paloma um.

Tobal schickte die Kinder aus dem Raum und setzte sich an ihren Schreibtisch. »Padre Pedro. Sie sind über ihre Rechte belehrt worden. Sie können schweigen und haben das Recht, einen Anwalt zu rufen. Wenn Sie sprechen, kann alles, was Sie sagen, gegen Sie verwendet werden ...«

»Ich möchte aussagen«, antwortete der Priester.

»Nennen Sie uns zuerst ihren richtigen Namen. Ich nehme an, daß ihr Name, den Sie als Geistlicher führen, nicht ihr Geburtsname ist.«

»Ich werde Juan Pedro als Priester genannt. Mein Geburtsname ist Miguel Carmen de Santori.«

»Ich erinnere mich«, sagte Tobal leise, »ich hatte den Namen vergessen«.

»Und ich Deinen«, sagte Pedro.

»Soll ich das auch schreiben?« fragte Antonio und sah seine Chefin irritiert an.

»Nein!«

»Ich kenne meine Rechte und möchte zu Protokoll geben, daß ich der Täter bin. Ich habe den Weinhändler Ramon, den Polizisten Gonzales, den Bäcker Pérez und den Straßenbahnfahrer Moreno getötet.«

»Und den Restaurantbesitzer Alberti!« ergänzte Inspektor Herrera eilfertig.

»Den auch!« Pedro nickte zustimmend zu ihm herüber und sah ihn dabei an, als wäre er dankbar, diesen Namen nicht auch noch selbst aussprechen zu müssen.

»Wie haben Sie die Männer getötet?« fragte Tobal.

»Darüber möchte ich nicht sprechen.«

»Warum nicht?«

»Die Erinnerung ist zu schrecklich. Es muß genügen: Ich gestehe meine Taten und bereue sie.«

»Das ist alles?« fragte Paloma wütend.

Padre Pedro schwieg. Er schien über etwas nachzudenken. »Mehr kann ich dazu nicht sagen. Das fällt unter das Beichtgeheimnis.«

»Das Beichtgeheimnis? Wollen Sie damit sagen, daß Sie sich immer noch an das Beichtgeheimnis und die Regeln der Heiligen Kirche gebunden fühlen?« Paloma sah ihn fassungslos an. »Ein Mörder wie Sie?!«

»Ja. Noch bin ich Priester. Noch hat mich die Kirche nicht verstoßen. Obwohl, ich befürchte, daß das bald geschehen wird.«

»Sie haben mir heute von Kindheitserlebnissen erzählt.«

Pedro hob überrascht den Kopf und sah Tobal an, als wollte er ihr verbieten, fortzufahren und ihr Geheimnis zu verraten.

Paloma sah Pedro eindringlich an: »Die Mädchen haben mir von ähnlichen Situationen erzählt. Auch sie sind von ihren Vätern mißbraucht worden. Haben Sie ihnen helfen wollen, indem Sie die Väter getötet haben?«

»Darüber möchte ich nicht sprechen. Ich kann ihnen nur soviel sagen: Ich mußte handeln, weil ich die Kinder in ihrem Leid nicht allein lassen wollte. Sie wissen, ich habe schon einmal versagt. Als kleiner Junge. Ich wußte nicht, daß ich damit gegen den Willen der Kinder gehandelt habe. Ich wußte nicht, daß Kinder, wenn sie ... auch wenn Kinder großes Leid durch ihre Eltern erfahren, sie diese wohl weiterhin über alles lieben. Das ist eine für mich gänzlich neue Erfahrung. Es tut mir leid, daß ich falsch gehandelt habe.«

»Warum sind Sie nicht zur Polizei gegangen?« fragte Tobal.

»Das Beichtgeheimnis. Ich durfte mit niemandem darüber sprechen. Ob Mörder oder Opfer, jeder hat ein Recht auf das Beichtgeheimnis. Kein Priester darf dagegen verstoßen.«

»Auch wenn dadurch Verbrecher geschützt werden?«

»Auch dann. Die Beichte und ihr Geheimnis gehören zu den Fundamenten meiner Kirche.«

»Überholte Tradition«, sagte Tobal unwirsch.

»Die Kirche sieht das anders.«

»Und was ist mit Padre José geschehen? Im Beichtstuhl. Auch ein Geheimnis?« fragte Tobal, nun mit leicht höhnischem Unterton. Sie war müde. Die Festnahme des Priesters war für sie kein Triumph. Sie fühlte sich innerlich so kraftlos. Zu sehr war sie selbst Figur dieser tragischen Geschichte geworden.

»Er ist hinter mein Geheimnis gekommen. Er hat mich zur Rede gestellt. Im Beichtstuhl. Hat mich in die Kirche gelockt und gesagt, daß er beichten wolle. Dann hat er den Spieß umgedreht und von mir eine Beichte verlangt. Ich konnte nicht anders. Ich habe ihm alles gestanden. Das war zuviel für ihn. Er hat einen Herzanfall erlitten und ist gestorben. Es passierte ganz schnell. Ich glaube, er spürte nicht mal Schmerzen.«

»Warum haben Sie ihm nicht die Hände gefaltet? Sie haben ihm doch sicher die letzten Sakramente verabreicht«, fragte Paloma.

»Ich habe es vergessen. Ich war so schockiert. Ich habe ihm auch nicht die letzte Ölung gespendet.«

»Das kann man ja nachholen«, warf der Inspektor ein, »wir brauchen ohnehin einen neuen Priester.« Er zog das Formular mit dem Protokoll aus der Schreibmaschine und murmelte zynisch: »Wird garantiert wieder 'n Fremder sein«.

* * *

Miguel Carmen de Santori saß an einem wackligen Tisch in der Zelle des Gefängnisses. Er fror und knöpfte sich die graue Strickjacke zu. Durch das vergitterte Fenster über seinem Kopf fiel nur wenig Licht in den Raum. Vom Gang her vernahm er das Klappern von Geschirr. Jemand schrie über den Flur: »Zur Hölle mit dem Fraß!« Miguel beugte sich über das Blatt Papier vor ihm.

»*Liebe Paloma*«, er hielt inne und überlegte, ob er diese vertraute Anrede wählen sollte. Vielleicht empfand sie es als zu aufdringlich? War »Liebe Señora Tobal« besser? Eine Anrede wie »Sehr geehrte Frau Kommissarin« schien ihm zu unpersönlich. »*Ich habe lange überlegt, ob ich Dir antworten soll. Ich habe mich sehr über Deinen Brief gefreut und denke oft an Dich, obwohl es mir schwer fällt, diesen Gedanken zuzulassen. Ich kann sehr gut ver-*

stehen, daß Du hin- und hergerissen bist, wenn es um mich geht. Du bist nicht mehr Nena, meine kleine Freundin, sondern die Kommissarin, die mitten im Leben steht.

Ich kann das Leben, das ich während der letzten Jahre geführt habe, nicht mit meiner Soutane abstreifen. Ich glaube, ich habe immer noch nicht akzeptiert, daß ich nicht mehr Priester bin. Ich merke das daran, daß ich morgens um sechs Uhr aufwache und mich im Gebet für die Messe vorbereite. Erst dann wird mir bewußt, daß ich mich in einer Gefängniszelle befinde. Und ich nehme meine Umgebung wahr. Dieses Bett mit der unbequemen Matratze, die Toilette in der Ecke und daneben der Spülstein. Der Betonboden unter meinen Füßen, die kahlen Wände. Das alles stört mich nicht. Viel schwerer wiegt es für mich, in einen kleinen Raum eingesperrt zu sein. Seit damals, als ich mich in einem Schrank verstecken mußte, habe ich Angst vor kleinen, engen Räume. Sogar im Beichtstuhl der Kirche habe ich es kaum ausgehalten.

Was meinen Ausschluß aus der Kirche betrifft, so fällt mir sehr schwer, die Entscheidung zu akzeptieren. Ich freue mich natürlich, daß Du dem Bischof schreiben möchtest. Aber ich denke, Du bemühst Dich vergeblich.

Ich bin auch nicht enttäuscht, daß Du nur sehr wenige Zeilen geschrieben hast. Mich wundert, daß Du es überhaupt getan hast. Ich bin sehr gerührt. Ich habe Dir so weh getan. Ich möchte Dir so viel erklären und weiß nicht, wie. Ich fühle ich mich noch immer an die Regeln der Kirche gebunden …«

* * *

»Er ist unschuldig!« sagte Kommissarin Tobal.

Ihr Chef von der Policia National, Damian Torres Bestard, sah sie von der Seite an. »Können Sie das beweisen?«

Der Stier stand mitten in der Arena. Die Zuschauer riefen aufgeregt »Óle, Torero!«

»Sie wollen Blut sehen!« Bestard nickte zu den Rängen hinüber.

»Beweisen Sie mal die Unschuld eines Mannes, der sich selbst als Täter bezichtigt.«

Der Picador auf dem Pferd näherte sich dem Stier. Blut strömte aus den Wunden, die messerscharfe Pfeilspitzen der

Pica, der Lanze des Toreros, in seinen Rücken geschlagen hatten. Das Pferd roch das Blut, tänzelte nervös. Die Hörner des Stiers zielten auf die Brust des Pferdes. Er schien Maß zu nehmen. Bereit, loszustoßen und Pferd und Reiter zu töten.

»Der Stier ist auch unschuldig«, sagte Bestard.

Paloma sah ihren Chef an. »Es scheint Sie nicht zu interessieren, ob wir den Falschen hinter Gittern gebracht haben.«

Tobal merkte, daß er sich nicht für das Gespräch mit ihr interessierte. Er wollte den Stierkampf sehen. Sie hätte sich nicht darauf einlassen sollen, hier über ihr Problem zu sprechen. Aber offensichtlich wollte er vermeiden, mit ihr zusammen in seinem Büro gesehen zu werden. Falls sie ihren Job verpatzte, konnte er alle Mitschuld von sich weisen.

Bestard verfolgte das Geschehen in der Arena. »Sehen Sie! Der alte Pfarrer kann nicht mehr vor Gericht gestellt werden. Die Leute wollen aber jemanden hängen sehen. Wie hier in der Arena. Einer muß sterben. Stier oder Torero.«

»Auch hier stirbt meistens der falsche«, sagte Paloma.

»Wie meinen Sie das?«

»Der Stier ist doch nicht freiwillig hier«, sagte Paloma, »er wird zum Kampf gezwungen.«

»Und hat eine faire Chance!«

»Fair?!« Paloma lachte verächtlich. »Er ist hier, weil er immer verliert. Das ideale Opfer.«

Pedro war unschuldig, konnte aber nicht aus der Haft entlassen werden, weil er sein Geständnis nicht zurückzog. Beweise, daß er nicht der Mörder war, gab es nicht. Und Bestard hatte gar kein Interesse daran, ihr entgegenzukommen. Er wollte Ruhe im Kommissariat und den Bürgermeister und den Innenminister zufriedenstellen. Selbst ein falscher Erfolg genügte ihm.

Der Torero rammte dem Stier die Spitze seiner Lanze hinter der Schulter ins Fleisch und gab dem Pferd die Sporen. Der Stier schüttelte sich. Blut spritzte in Fontänen in den Sand. Das Publikum klatschte begeistert.

»Chef! Padre Pedro hat einen Mord zuviel gestanden. Der Straßenbahnfahrer ist bei einem Unfall ums Leben gekommen. Nicht ermordet!«

»Vergessen Sie's! Vielleicht sind die pathologischen Untersuchungen falsch gewesen?!«

»Das Gutachten von Professor Rasputin beweist eindeutig, daß Moreno einen Unfalltod starb.«

Bestard lachte. »Gutachter irren oft. Haben Sie ihre Lektion auf der Polizeischule nicht gelernt: Wir lassen sie nur gewähren, wenn es uns in den Kram paßt.«

»Können Sie damit leben, einen Unschuldigen hinter Gittern zu wissen?«

»Sie können als Siegerin aus der Arena gehen, Paloma.«

Die Vorderläufe des Stiers knickten ein. Der massige Kopf fiel in den Sand. Die Menschen klatschten. Der Torero sprang von seinem Pferd. Er zeichnete mit dem Degen Phantasiefiguren in die Luft. Verbeugte sich in Richtung der Loge des Königs.

»Wir können doch nicht mit ansehen, wie ein Unschuldiger sein Leben hinter Gittern verbringt.«

Bestard winkte ab: »Wir haben ihnen in Dolorosa eine Chance gegeben. Vergessen Sie das nicht. Eine Chance!«

Der Torero näherte sich vorsichtig dem Stier. Er zielte mit dem Degen auf den Kopf. Wirbelte die Muleta, das herzförmige rote Tuch, über den Boden. Kniete schließlich kaum einen halben Meter vor den Hörnern des Tieres entfernt nieder, legte Degen und Muleta, Capa und Dreispitzhut zwischen sich und den Stier und bekreuzigte sich. Die Menschen klatschten und riefen begeistert den Namen des Toreros. Der Stier sah ihn mit matten Augen an.

»Er hat sich selbst hinter Gitter gebracht, ihr Padre.«

»Chef. Ich kann das nicht.«

»Das Ende ihrer Karriere. Denken Sie gut nach!«

Der Torero stand auf. Stellte sich dicht neben den Kopf des Stiers. Die Menge klatschte und grölte.

»Niemand will die Wahrheit wissen«, schrie Bestard ihr von der Seite zu. »Die Bürgermeisterin hat ihre Arbeit übrigens sehr gelobt.«

»Sie denkt nur an die Wahlen, die sie gewinnen will.«

Der Torero hob den Estocada, den Degen. Jeden Muskel seines Körpers und der hoch erhobenen Arme gespannt, stieß er dem Stier den Degen bis zum Griff zwischen die Schulterblätter.

Die Menschen sprangen von ihren Sitzen auf. Tobal erhob sich. »Adios!« Bestard winkte begeistert. Der Stier zitterte am ganzen Körper.

»Ihre Karriere! Nicht vergessen! Ihre Karriere!« rief Bestard ihr nach.

Frenetischer Beifall erfüllte die Arena. Frauen schmissen Taschentücher und Blumen in Richtung des Toreros. Ein junges Mädchen warf ihm ein Höschen zu. Er hob es auf und schwenkte es in der Luft. Die Menge tobte. Aus der Kehle des sterbenden Stieres drang ein dumpfes Gurgeln.

* * *

Miguel spürte, wie sein Herz schneller schlug. Er schwitzte und hatte Mühe, zu atmen. Seine Klaustrophobie machte ihm zu schaffen. Reiß dich zusammen, ermahnte er sich. Er schrieb weiter, und die Gedanken flossen wie von selbst auf das Blatt: *»... wir werden uns vermutlich nie mehr wiedersehen. Dein Brief klang wie ein Abschied. Auch ich schreibe, um Abschied zu nehmen von Dir und unserer gemeinsamen Kindheit. Ich wünsche von Herzen, wir wären uns unter anderen Umständen wieder begegnet. Aber unsere Wege sind vorgezeichnet. Ich bin Priester. Nein, ich war Priester. Aber ich habe meinen Glauben an Gott, den man mir nicht nehmen kann. Er wird mir helfen, die zärtlichen Gefühle, die ich für Dich empfinde, zu vergessen ...«*

* * *

Maria Paloma Tobal sah sich in ihrem Hotelzimmer um. Sie hatte nicht lange hier gewohnt, aber es kam ihr vor, als seien Jahre vergangen, seit sie den Koffer ausgepackt und ihre Kleidung in den Schrank eingeräumt hatte. Sie ging zur Rezeption und zahlte die Rechnung. Ihren Koffer ließ sie im Hotel stehen und ging zur Plaza. Nur noch wenige Stunden würde sie in Dolorosa sein. Im Café Central bestellte sie sich einen Milchkaffee. Es war für sie kein großartiger Abtritt von der Bühne.

»Buenos Dias!« Paloma schaute auf. Vor ihr stand Matilda, die Haushälterin aus dem Pfarrhaus.

»Gut, daß ich Sie treffe«, sagte die Frau, »ich wollte schon zu ihnen kommen«.

»Buenos Dias. Ich wäre gleich auch noch mal vorbeigekommen, um auf Wiedersehen zu sagen. Ist der neue Pfarrer schon da?«

»Ich habe da was im Pfarrhaus entdeckt, interessiert Sie vielleicht. Kommen Sie bitte mit.«

»Der Fall ist abgeschlossen.«

»Ach, kommen Sie schon. Dauert auch nicht lange. Sonst muß ich noch extra zum Kommissariat, um es zu melden. Und ich gehe nicht gern zur Polizei. Sie wissen doch: Die Leute denken immer, wenn sie einen da sehen, man hätte was verbrochen.«

Kurz darauf betraten Tobal und Matilda die Wohnhalle des Pfarrhauses. Die Haushälterin schob die Couch in der Wohnhalle zur Seite und hob eine Holzplatte hoch, die in den Boden eingelassen war. Tobal beobachtete sie. »Was machen Sie da?«

»Früher war das ein Tank für Olivenöl. Vor ein paar hundert Jahren. Da drin wurde das Öl gelagert, wenn es von der Finca hierher gebracht worden war.«

»Und warum zeigen Sie mir das?« Matilda zwängte sich durch die Luke und rief von unten: »Kommen Sie schon. Sie werden staunen!«

Tobal folgte der Frau.

»Sehen Sie hier!« Matilda knipste eine Taschenlampe an. Der Raum war etwa zwei Meter breit, erstreckte sich aber fünf oder sechs Meter weit unter der Wohnhalle. Er war nicht sehr hoch, so daß die beiden Frauen nur gebückt stehen konnten. Die Wände waren mit Keramikfliesen verkleidet, auch der Boden und die Decke. Überall lagen Erdhaufen, manche reichten bis zur Decke. In einer Ecke waren die Fliesen herausgebrochen worden.

»Der Gang da. Da will ich ihnen was zeigen«, sagte Matilda, »ich habe es erst gestern entdeckt. Wollte hier unten saubermachen. Ich weiß ja nicht, ob der neue Pfarrer, der nächste Woche kommt, ein Weinlager anlegen will. Und er soll nicht denken, daß ich alles verdrecken lasse. Also, hier vor dem Loch standen alte Bretter. Als ich sie zur Seite genommen habe, war da der Tunnel. Folgen Sie mir.«

Nach mehreren Metern erreichten die beiden Frauen eine kleine Nische. Auf einem alten Hocker lagen ein Schreibheft, eine Bibel, einige Kerzen und ein Kassettenrecorder. Auf dem Boden lagen eine Schaufel und eine Spitzhacke. Daneben ein Eimer und Handschuhe. An einem Nagel hingen ein schwarzer Umhang und eine schwarze Maske.

»Kommen Sie weiter«, rief Matilda, »die Luft ist so stickig. Ich will schnell wieder raus.« Nach etwa zwanzig Schritten führte der Gang allmählich bergan. Dann standen die beiden Frauen unter einem Loch, das mit einem Holzbrett über ihrem Kopf verschlossen war.

»Sehen Sie, hier geht's raus.« Matilda schob den Deckel zur Seite. Tobal stieg an der Haushälterin vorbei eine kleine Leiter hoch. Als sie sich umsah, stand sie mitten in einem dichten Gebüsch.

* * *

Sonnenstrahlen fielen durch das Fenster auf den Tisch in Miguels Gefängniszelle. Er schrieb: »*... Ich werde gleich zu meiner Arbeitsstelle gebracht. Ich habe mich freiwillig gemeldet. Als Untersuchungshäftling muß ich das nicht. Ich denke, daß mir die Arbeit helfen wird, mich an das Gefängnisleben zu gewöhnen. Schließlich werde ich hier noch viele Jahre zu tun haben.*

Es war nur noch in der Nähergruppe eine Stelle frei. So nähe ich also auf einer alten elektrischen Nähmaschine kleine Nackenrollen aus buntem Baumwollstoff. Ich hätte nie gedacht, daß mir so etwas einmal Befriedigung bereiten würde. Ich bin zwar nicht sehr geschickt und habe aus manchem Stück Stoff am Anfang ein rundes Kissen und keine Nackenrolle gemacht. Aber der Vorarbeiter lobt mich. Vielleicht möchte er sich ja einen guten Platz im Himmel sichern!?

Ich kann mir vorstellen, daß Dich das amüsiert. Lach' ruhig, Paloma. Mit meiner Person sind so viele traurige Erinnerungen verbunden, daß man die wenigen Momente der Freude genießen muß. Pedro an der Nähmaschine. Wenn das meine Gemeinde erfahren würde ...

Du weißt es vielleicht nicht: Frederico Martinez war hier. Er wollte sich revanchieren, weil ich ihn auch im Gefängnis besucht habe. Er erzählte mir, daß Isabella noch immer wütend auf mich ist. Das Mädchen tut mir sehr leid. Ich hoffe, daß Frederico wegen seiner Ausbruchs aus dem Gefängnis nicht bestraft wird. Ich werde jedenfalls keine Anzeige gegen ihn erstatten und bei der Gerichtsverhandlung, die in ein paar Wochen stattfinden soll, für ihn sprechen. Ich bin mir allerdings nicht sicher, ob das hilft, wenn ein Krimineller wie ich für einen anderen, wenn auch unschuldig in die Situation geratenen Geiselnehmer aussagt?!«

* * *

»Kommen Sie. Lassen Sie uns gehen«, rief Matilda von unten aus dem Tunnel, »ich muß wieder an die Arbeit.«

»Moment«, rief Tobal. »Warten Sie!«

Sie zwängte sich durch das Dickicht und sah den Bahnhof. Sie befand sich auf dem stillgelegten Betriebsgelände, das von Büschen und Bäumen überwuchert war. Der Pfad führte geradewegs zu einer Gasse neben dem Schaltergebäude. Auf diesem Weg konnte man nachts unbemerkt das Pfarrhaus verlassen und – Morde begehen.

»Kommen Sie schon«, quengelte die Haushälterin. Tobal kletterte in das Loch. Auf dem Rückweg blieb sie an der Nische stehen. Sie blätterte in dem Schreibheft. Neugierig sah ihr Matilda über die Schulter. Die beiden Frauen lasen: *»Ich, Padre José, trage eine schwere Last auf meinen Schultern. Eine Last, die ich kaum mehr zu tragen vermag ...«*

»Das ist ein Geständnis«, rief Matilda aus, »Padre José war's!«

Weiter so, Matilda!, dachte Paloma und sagte: »Sie haben eine sensationelle Entdeckung gemacht, Matilda, Sie haben Padre Pedros Unschuld bewiesen!«

Matilda las jetzt begeistert aus dem Tagebuch vor:

»... Ich habe gesündigt. Ich mußte es tun, um der Mädchen willen, die nicht in der Lage sind, sich aus ihrer Situation zu befreien. Als besonders verwerflich empfinde ich es, daß ich meinen jungen Kollegen Padre Pedro hintergehen muß. Er denkt, daß ich hier unten im Tunnel grabe, um für meine Kirche einen Schatz zu finden. Das ist Unsinn. Es soll zwar diesen Schatz geben, schließlich steht es in den Dokumenten. Aber ich bin kein Narr, der seinen Lebensabend in einem düsteren Tunnel verbringt, um nach Gold zu graben. Es ist jedoch gut, daß Padre Pedro mir diese Verrücktheit zutraut.

Für mich ist das ein Vorwand, ungestört das Pfarrhaus verlassen zu können. Wenn ich hier unten bin, schalte ich das Tonband ein, so daß Pedro annehmen muß, daß ich hier hart arbeite. Er merkt nicht, daß ich nicht da bin. Ich muß auch nicht befürchten, daß er mich in der Höhle überrascht. Er hat zwar mehrmals gesagt, ich soll ihm diesen Tunnel einmal zeigen. Aber er hat Angst vor engen Räumen. Klaustrophobie. Er wird niemals freiwillig hier reinsteigen. Da bin ich mir sicher ...«

* * *

Miguel hatte das Gefühl, als drückten ihm tausend Hände die Kehle zu. Die Beklemmungen wurden von Tag zu Tag schlimmer. Er versuchte, tief einzuatmen und sich zu entspannen. Er dachte an die Gemeindemitglieder, die er erschüttert in ihrem Glauben an Gottes Vertreter auf Erden zurückgelassen hatte. Er schrieb: *»Es ist für mich ungewohnt, nicht mehr Padre Juan Marie Pedro zu heißen, sondern wieder Miguel. Mit dem Wechsel meines Namens hat mein Leben eine Wende genommen. Vor mir lag, als Padre Pedro, der Weg eines Priesters. Kaum beeinflußt von Gedanken über Karriere und andere weltliche Probleme. Ein Priester wird von seinem Bischof in eine Gemeinde geschickt und hat zu dienen. Gott, der Kirche und den Gemeindemitgliedern. Jetzt muß ich mich mit Fragen auseinander setzen, um die ich mich früher nie kümmern mußte: Wovon soll ich leben, wenn ich aus dem Gefängnis entlassen werde? Welchen Beruf soll ich ergreifen? Soll ich vielleicht Schneider werden? Der Meister in der Gefängnisnäherei meint, ich hätte Talent. Ich könnte vielleicht auch Kommissar bei der Polizei werden?*

Verzeih' mir meinen dummen Scherz. Ich denke auch darüber nach, ob ich nicht ein Buch über Kindesmißbrauch schreiben sollte? Tausende Kinder werden jedes Jahr von Eltern, Verwandten und anderen Menschen aus ihrer Umgebung sexuell mißbraucht. Es ist, als würden ihnen Stecknadeln in die Seele gestoßen. Und es gibt nur wenige Menschen, die sich für das Schicksal der Kleinen interessieren. Manche wissen nicht, wie sie helfen sollen. Andere möchten nichts damit zu tun haben. Vielleicht, weil der Gedanke daran, was da mit den Kindern gemacht wird, so schrecklich ist.

Besonders grausam ist, daß aus vielen Opfer später selbst Täter werden. Sie mißbrauchen dann ihre eigenen Kinder und viele dieser Kinder werden wieder ihre Kinder mißbrauchen. So wird das Böse den Kindern mit dem Mißbrauch durch die Eltern eingepflanzt. Manchmal ist es das einzige, was ihnen von ihrer Kindheit bleibt. Wie eine schleichende Krankheit. Bei manchen bricht sie aus, bei anderen nicht.

Früher habe ich eine Zeit lang Tagebuch geführt, und ich erinnere mich, daß ich während meines Studiums sehr gern geschrieben habe. Vielleicht ist dieses Buch meine Zukunft.

Liebe Paloma, jetzt habe ich so viel über mich geschrieben. Aber ich denke, das war notwendig, damit du mich und meine Entscheidungen besser verstehen kannst ...«

* * *

Paloma lehnte sich an die Wand der Höhle und betrachtete Matilda. Mit jedem Satz, den sie aus dem Tagebuch von Padre José zitierte, wurde der Haushälterin deutlicher, daß ein Unschuldiger im Gefängnis saß. »*... ich habe Ramon, Gonzales, Pérez und Alberti getötet.*

Sollte man eines Tages diesen Tunnel und das Tagebuch finden, lebe ich vermutlich nicht mehr. Der Finder möchte dieses Buch bitte Padre Pedro übergeben. Ich schreibe dieses Geständnis für den Fall, daß ein Unschuldiger für meine Taten bestraft wird. Meinem verehrten, jungen Bruder gestatte ich, die Polizei zu informieren.

Ich habe gemordet. Ich wünsche von Herzen, ich hätte einen anderen Weg gesehen, den Kindern zu helfen. Aber was hätte ich tun sollen? Das Beichtgeheimnis bindet mich, mit niemandem über den Mißbrauch an den Kindern zu sprechen. Ich kann nicht zur Polizei gehen. Ich kann die Kinder nicht aus ihren Familien herausholen ...«

* * *

»... und dann habe ich das Tonband eingeschaltet, hörte Geräusche, wie sie beim Graben in Erdreich entstehen. Padre José war nicht der liebenswerte, verrückte alte Mann. Wenn man bösartig wäre, würde man ihn hinterhältig nennen. Ich sage, er war listig: Er hat das Tonband eingeschaltet, wenn er den Tunnel durch den Geheimausgang verlassen hat. Und Du hast oben in deinem Schaukelstuhl gesessen und ihn belächelt.«

Miguel hörte Paloma gebannt zu. Sie auf seinem Bett in der Gefängniszelle. Er stellte fest, daß sie alles wußte. Wie würde sie mit ihren Erkenntnissen umgehen?

»Stimmt«, sagte er, »das waren die Geräusche, die ich im Wohnzimmer gehört habe. Ich dachte wirklich, er würde wie ein Verrückter graben.«

»Er kundschaftete die Gewohnheiten seiner Opfer aus«, fuhr Paloma fort, »und hat sie dann auf eine ganz spezielle Art getötet. Die Opfer starben durch die Waffe, die sie als Täter gegen ihre Kinder benutzten. Er wußte ja durch die Beichten der Kinder, was geschehen war. Der Bäcker lockte seine Tochter mit Baisers ins Bett, und er erstickte durch sie. Der Weinhändler machte sein Kind mit Medikamenten gefügig, und Padre José betäubte ihn. Der Restaurantbesitzer hat sein Kind manchmal ins Kühlhaus eingesperrt und sie danach in sein Bett geholt, angeblich um sie zu wärmen. Padre José ließ ihn darum im Kühlhaus niederknien und sterben. Padre José hat schreckliche Zeichen gesetzt. Wie sehr muß er die Väter der Mädchen gehaßt haben?!«

Miguel schüttelte den Kopf. »Es war Verzweiflung. Große Verzweiflung. Er war ein alter Mann, der sich nicht zu helfen wußte. Er hat die zehn Gebote schon auswendig gelernt, kaum daß er als Baby die ersten Worte sprechen konnte. Er ist in einem Waisenhaus aufgewachsen.«

»Um so weniger kann ich ihn verstehen. Ich hätte ihn gerne dazu verhört.« Paloma erhob sich von ihrem Stuhl. »Laß uns jetzt gehen, Miguel. Wir bekommen nicht auf all unsere Fragen eine Antwort. Er hat in seinem Tagebuch alles gestanden. Du hast Glück gehabt. Bist frei.«

»Glück? Frei?« Miguel sah sie an. »Ja, ich bin jetzt so frei, hier rauszugehen. Aber wirklich frei bin ich nicht, Paloma. Ich habe dich belogen: Padre José hat mir die Morde gestanden.«

»Du hast alles gewußt?« Paloma sah Miguel an. Hatte er in seinem Schaukelstuhl gesessen und abgewartet, wie der verrückte Padre die Männer im Dorf abschlachtete?

»Er hat es mir gebeichtet. Kurz vor seinem Tod. Ich war entsetzt. Als Padre José im Beichtstuhl zusammenbrach, und ich feststellte, daß er tot war, bin ich voller Panik geflüchtet. Ich wußte einfach nicht, was ich tun sollte. Das, was er mir gestanden hatte, war so ungeheuerlich. Dann bin ich auf die Klippen geflüchtet, wohin du mir gefolgt bist. Ich weiß nicht, was ich da wollte. Ich wollte fort, einfach fort und wußte doch, daß es kein Entrinnen geben würde vor der Verantwortung.«

Paloma atmete erleichtert auf. »Warum hast du anschließend nicht wenigstens eine Andeutung gemacht? Warum bist du für ihn ins Gefängnis gegangen und hast die Morde gestanden?«

»Er hat das alles auch für mich getan.« Er machte eine Pause. »Die Art, wie er getötet hat, kann ich nicht akzeptieren. Aber er hat getan, was ich hätte tun sollen. Nur, ich hatte nicht den Mut dazu.«

»Du billigst sein Verhalten?«

»Das nicht. Aber, ich kann ihn verstehen. Daß du das entsetzlich findest, ist begreiflich. Letztlich aber hat er in meinem Namen getötet. Ich habe nichts unternommen, um zu helfen, als ein Mädchen mir während der Beichte erzählte, daß sie von ihrem Vater mißbraucht wird. Ich habe dir, der Polizei, nichts gesagt, weil mich das Beichtgeheimnis daran hinderte. Ich habe versucht, mit dem Vater des Kindes zu sprechen und dabei versagt. Ich habe zu einem schrecklichen Verbrechen geschwiegen. Padre José hat gehandelt.«

»Lieber töten, als das Beichtgeheimnis zu verletzen?«

»Ich kann dir diese Frage nicht beantworten. José hat sie mir in seiner Todesnacht auch gestellt. Was hätte ich tun sollen, Padre, fragte er mich. Hätten Sie einen anderen Weg gewußt? Einen besseren? – Ich habe ihm nicht geantwortet.«

Miguel schwieg. Paloma ließ ihm Zeit. Sie betrachtete seine Hände, die gefaltet auf seinen Knien ruhten.

Miguel hob nicht den Kopf, als er fortfuhr. »Ich habe geschwiegen, und in diesen Minuten meines Schweigens ist er gestorben. Ich habe ihm keine Antwort gegeben. Ich konnte ihm nicht einmal die letzte Ölung geben, weil er ein Mörder war und nicht um Verzeihung gebeten, seine Sünden noch nicht bereut hatte. Ich durfte ihm nicht die Hände falten und ihn von seinen Sünden freisprechen. Es gab nur eins, was ich tun konnte: sein Ansehen in der Gemeinde bewahren. Die Kirche war seine Familie. Seine einzige. Deswegen habe ich geschwiegen. Ich wollte, daß er auf dem Friedhof von Dolorosa begraben und nicht wie ein Ausgestoßener irgendwo ohne Grabstein verscharrt wird.«

»Es fällt mir nicht leicht, das zu verstehen.«

Sie gingen über den Flur zum Ausgang des Gefängnisses.

»Warum hast du mir auf meinen Brief eigentlich nicht geantwortet?« fragte Tobal beiläufig, als interessiere es sie kaum.

»Ich habe Dir geschrieben«, sagte Miguel. »Ich habe den Brief nur nicht abgeschickt.«

Sie standen vor dem schmiedeeisernen Tor des Gefängnisses.

»Da kommt der Bus.« Tobal griff nach seiner Hand. Instinktiv wollte er sie zurückziehen. Doch mitten in der Bewegung hielt er inne und drückte ihre Hand.

»Ich muß mich wohl erst daran gewöhnen, daß ich kein Priester mehr bin.«

* * *

Paloma und Miguel waren die einzigen Fahrgäste in dem Linienbus. Er kurvte langsam über die Küstenstraße. Immer wieder mußte der Fahrer bremsen und das Fahrzeug rangieren, um auf der schmalen Strecke den entgegenkommenden Autos auszuweichen.

Sie saßen auf der hintersten Bankreihe. Paloma öffnete ihre Handtasche und reichte Miguel ein Schreibheft.

Er sah, daß sie lächelte. Er nahm das Heft und blätterte darin. Dann las er …

Die Sonne schien. Das Meer unten am Fuß des Berges war glatt wie ein blauer Teppich. Paloma beobachtete ein Segelschiff, das weit vor der Küste mit schlaffen Segeln auf dem Wasser dümpelte. Am Horizont strahlte die Sonne orangegelb.

Die Serpentinen wurden länger, die Straße breiter. Mit jedem Kilometer, den der Bus zurücklegte, sah Miguel häufiger zu Paloma hinüber. Paloma tat, als beachtete sie ihn nicht. Dann sagte er: »Das Tagebuch von Padre José?!«

»Handschriftliche Aufzeichnungen. Sein Geständnis!«

»Der Beweis für meine Unschuld?«

Paloma blickte aufs Meer. Nachdenklich antwortete sie: »Schuld? Unschuld? Wer ist schon wirklich schuldig?!«

»Wird man es nicht vermissen?«

»Sicher.«

»Und wenn ...«

»... dann ist es eben verschwunden. Sie werden es vertuschen, wie ich den Laden kenne.«

»Sicher?«

»Das Verfahren ist eingestellt.«

»Für immer?«

»Für immer!«

Er sah sie lange an, während sie aus dem Fenster blickte und das Segelschiff beobachtete, das sich dem Horizont näherte, dort, wo die Sonne sich auf das Wasser senkte, um in Minutenschnelle darin unterzugehen.

»Die Schrift kenne ich nicht.«

Paloma nickte.

»Es ist nicht die von Padre José!«

Paloma nickte wieder. Die Sonne war am Horizont untergegangen. Miguel fragte: »Hast du mir etwas zu sagen?«

»Du mir?«

Seine Antwort kam zögerlich: »Ist das vielleicht Deine Handschrift?«

Paloma betrachtete das Tagebuch in seiner Hand, als könnte er dort die Antwort finden. Miguel legte seinen Zeigefinger unter ihr Kinn und hob ihren Kopf und sah ihr in die Augen. »Hast du ...?«

Sie nickte.

»Wirklich ...?«

»Ja.«

»Warum?«

»Wie hätte ich Deine Unschuld anders beweisen können?«

»Hättest du mich nicht einfach vergessen können?«

»Schon wieder? Meinst du das ernst?«

Er schüttelte den Kopf. »Wie hast du es geschafft?«

»Ich habe die Höhle entdeckt und das Tagebuch hineingelegt. Dann mußte ich nur warten, bis Matilda beim Saubermachen der Wohnhalle den Eingang findet und hinabsteigt.«

»Hat man nicht die Schrift verglichen?«

»Ordnungsgemäß.«

»Du hast jemanden bestochen?!«

»Ein böser Gedanke. Bei manchen Menschen habe ich eben etwas gut.«

Paloma sah aus dem Fenster und kaute dabei auf ihren Fingernägeln. Dann hielt sie inne, betrachtete ihre Hände und steckte sie in ihre Jackentaschen. »Ich glaube, ich will meinen Vater vergessen.«

»Ich auch«, sagte Miguel.

»Dann laß uns auch das hier vergessen«, sagte sie und nahm ihm das Tagebuch aus der Hand. Sie riß eine Seite heraus, steckte sie sich in den Mund und kaute auf dem Papier.

Miguel beobachtete, wie sie schluckte und dann die nächste Seite nahm. Die dritte Seite riß er aus der Kladde und begann, sie zu essen.

»Wir haben noch 20 Minuten Zeit bis zur Ankunft«, sagte sie. »Das dürfte für ein so dünnes Heft ausreichen.«

Er lächelte. Sie schluckte.